SHIFT

Directeurs d'ouvrage
Denis Guiot et Constance Joly-Girard

ANGE & HENRI LŒVENBRUCK

SHIFT

VOLUME UN

INTERVISTA CINEMASCOPE

Anne et Gérard Guéro, *alias* **Ange**, sont scénaristes de BD et écrivains. Leurs bandes dessinées sont traduites dans toute l'Europe et *La Geste des Chevaliers Dragons* vient de paraître aux États-Unis. Ils ont publié à ce jour onze romans, dans les thèmes de l'imaginaire ou du polar, dont la trilogie *Ayesha* et le thriller *L'Œil des Dieux*.

Né en 1972 à Paris, **Henri Lœvenbruck** est l'auteur d'une douzaine de romans, allant du fantastique au thriller. Qualifié de « nouveau maître du thriller français » par le *Nouvel Observateur*, il est traduit dans quinze pays. Il partage aujourd'hui son temps entre ses romans et la musique. Auteur-compositeur pour divers artistes, après avoir participé au dernier album du chanteur Renaud, il enregistre à présent son premier album solo, à paraître en 2011. Son thriller *Le Syndrome Copernic* est en cours d'adaptation au cinéma.

PROLOGUE

1.

17 JUIN, GÉORGIE, ÉTATS-UNIS.

Il était un peu plus de vingt-trois heures quand la voiture se mit soudain à déraper sur la route déserte.

Tout le temps que dura l'accident, Michaël resta silencieux, comme paralysé par la peur. D'abord, il entendit le cri aigu de sa mère, à l'avant : « Peter ! Peter ! Peter ! » Le regard rivé sur la chaussée, elle scandait, hébétée, le nom de son mari qui luttait désespérément pour reprendre le contrôle du véhicule.

À côté de Michaël, Laura, sa sœur jumelle, quatre ans, ne disait rien elle non plus ; mais ses yeux étaient écarquillés de terreur. Michaël étendit le bras et prit sa main. Leurs doigts se croisèrent et se serrèrent. Malgré leur âge, ils comprenaient très bien, trop bien, ce qui était en train de se passer.

Les pneus crissèrent sur l'asphalte, encore et encore, déchirant le silence de la nuit. La glissade sembla interminable, les entraînant inexorablement vers le fossé. L'effet d'inertie les collait à leurs sièges. Le père des jumeaux cria quelque chose à sa femme ; quelques mots incompréhensibles. Sa voix rauque masquait mal sa propre frayeur.

Michaël, alors, sentit son ventre se nouer.
Si papa a peur, c'est que c'est grave.

2.

Ils étaient partis juste avant l'aube, en catastrophe, et depuis lors ils n'avaient pas cessé de rouler ; vite, beaucoup trop vite. Michaël et Laura ne savaient pas pourquoi. On ne leur avait donné aucune explication. Tout ce qu'ils savaient, c'est que leur père n'avait jamais conduit aussi vite.

À quatre heures du matin, leur mère avait débarqué dans leur chambre, paniquée, livide, et les avait réveillés en sursaut. Quelques ordres brefs plus tard, ils s'étaient habillés et elle les avait aidés à lacer leurs chaussures. Ils avaient voulu emporter des jouets mais ils n'en avaient pas eu le temps ; il avait fallu descendre à toute vitesse l'immense escalier de la maison. Leur père était dans la cuisine, fourrant en grande hâte du pain de mie, des barquettes de jambon et des bouteilles d'eau dans un grand sac à dos. Quand ils étaient arrivés dans l'entrée, ils avaient vu leur mère glisser précipitamment des billets dans son portefeuille et fourrer celui-ci dans sa poche.

Les parents les avaient ensuite fait sortir et monter dans la voiture. Il faisait encore nuit noire. Claquement du coffre, cliquetis des ceintures de sécurité… Et puis ils étaient partis sur les chapeaux de roues.

Rapidement, l'horizon crénelé d'Orlando avait disparu dans leur dos sous les premières lueurs du lever de soleil. Pendant des heures, ils avaient roulé vers le nord, préférant les petites nationales poussiéreuses à l'*Interstate 75*. Puis ils avaient passé la frontière sous une chaleur étouffante, traversé la Géorgie en contournant Atlanta.

Ils n'avaient fait que quelques arrêts, dans des stations-service. Michaël, des années plus tard, se rappellerait l'odeur d'essence sur le goudron brûlant, Laura réclamant une barre chocolatée dans le *mini-market* aux néons blafards, et leur mère, les mains tremblantes, payant le vieil homme moustachu derrière la caisse.

Ils étaient sur le point d'entrer dans le Kentucky quand leur père, soudain, avait perdu le contrôle du véhicule.

Personne ne les avait percutés, aucun obstacle sur la route, aucune crevaison… Non, Peter était épuisé, voilà tout. Un moment d'inattention. Les pneus de la vieille Chevrolet avaient perdu depuis longtemps leur adhérence et la gomme était lisse comme celle d'une chambre à air. La voiture s'était mise à chasser de l'arrière et il n'avait pas réagi à temps.

La longue berline venait d'entamer un tête-à-queue et soudain, tout s'accéléra.

La confusion gagna l'esprit de Michaël. Les pleurs de Laura, le hurlement des pneus sur la chaussée, l'odeur de caoutchouc brûlé, les cris de leur mère, « Peter ! Peter ! », toujours, comme si le nom de l'homme qu'elle aimait, qu'elle aimait par-dessus tout, était un talisman qui suffirait à les sauver.

Après un tour complet, l'arrière de la Chevrolet percuta violemment un pilier en béton. Dans un vacarme assourdissant de tôle froissée et de verre brisé, la voiture décolla du sol et fit plusieurs tonneaux. Le monde se mit à tournoyer autour d'eux. Il sembla à Michaël que ces roulades n'allaient jamais finir. Puis brusquement, la carcasse en lambeaux s'immobilisa, fumante, au pied d'un vieil érable dénudé. Retournée sur le toit, la voiture était plongée dans le silence et l'ombre.

Quand Michaël retrouva ses esprits, le Klaxon, coincé par un morceau de tôle déchirée, émettait un atroce gémissement continu. La ceinture enserrait les côtes du garçon, l'étouffant, et il commença à vomir. Coincé tête en bas, il sentit le sang monter dans son crâne. Il s'essuya la bouche et appela sa mère au secours. Mais personne ne répondit. Bientôt, il réalisa qu'un liquide poisseux coulait de son front. Du sang. Il tourna les yeux vers sa sœur et vit qu'elle aussi avait le visage lacéré de bris de verre.

Une portière claqua – ou était-ce son imagination ?

L'esprit embué, Michaël retomba dans l'inconscience et sombra dans un cauchemar gris, où l'odeur du carburant se mêlait à celle du plastique fondu. Très loin, un train de marchandises passa, son grondement régulier rythmant le délire de l'enfant.

Puis il se réveilla une nouvelle fois.

Il tourna la tête. Sa sœur ne bougeait pas. Le bruit du Klaxon avait fini par s'éteindre. Quelqu'un parlait. C'était son père, comprit Michaël, son père qui chuchotait des instructions confuses et rauques, hachées, comme s'il avait du mal à trouver son souffle. « Fiona, disait-il, Fiona, il faut que tu… » mais le reste fut inaudible, et Fiona ne répondit pas.

Et puis d'un coup, le murmure du père de Michaël s'éteignit. Pour toujours.

3.

Quand le garçon reprit conscience pour la troisième fois, il lui fallut quelques secondes pour comprendre où il était. On le roulait sur un brancard entre deux murs jaunes, sales et écaillés, et au-dessus de lui, il vit se succéder de longs tubes de néon éblouissants.

Un hôpital.

D'autres patients, assis sur des chaises en plastique de couleurs vives, le regardaient passer, horrifiés. Un homme barbu, habillé d'une blouse blanche, donnait des ordres à des internes. Une femme entre deux âges murmurait : « Oh, le pauvre petit ! » Puis le brancard s'arrêta devant un ascenseur.

Quand les portes métalliques s'ouvrirent, Michaël vit qu'il y avait un autre lit à côté du sien. Il souleva péniblement la tête pour mieux voir. Laura était allongée là, attachée, et des tubes transparents sortaient de sous ses vêtements. Elle était réveillée. « Michaël », souffla-t-elle, avant de lui sourire pour montrer qu'elle n'avait pas peur. Elle étendit la main. Michaël la serra entre ses doigts, comme il l'avait fait dans la voiture.

Ensemble. Ils étaient ensemble. Et c'était déjà un grand soulagement.

De la suite ne subsistaient que des images confuses. Plus tard. Une chambre. D'autres docteurs. L'un d'eux portait des lunettes, il était mince, avec des cheveux blonds et des tempes grisonnantes, un regard affectueux. Il expliquait à quelqu'un qui se tenait à côté :

— Le choc a été très dur. Je ne sais pas s'il se rappellera. Je pense…

Il s'était penché vers Michaël, avait plongé ses yeux dans ceux de l'enfant.

— Je pense qu'il ne se souviendra de rien.

Puis, le noir.

PREMIÈRE PARTIE

PROMÉTHÉE

1.

DIX ANS PLUS TARD, 19 MAI, COUDRAY, FRANCE.

Michaël était assis sur le lit de sa chambre au deuxième étage de l'orphelinat. Il regardait le cadre photo posé sur sa table de nuit quand la porte s'ouvrit d'un coup brusque.

— T'as fait mes exercices, Einstein ?

Dans l'encadrement de la porte, un garçon aux cheveux ras, au visage carré et aux épaules larges, mâchouillait bruyamment un chewing-gum.

Michaël bredouilla sa réponse :

— Non.

Les bras croisés sur la poitrine, comme pour se donner de l'assurance, il tourna lentement la tête vers l'intrus. L'air un peu perdu avec ses cheveux bruns frisés, son visage rond et ses grosses lunettes, Michaël s'efforça de soutenir le regard perçant de son camarade de classe.

Alexandre Vidal, qui avait redoublé deux fois, était plus âgé que lui. Et, depuis plusieurs semaines, il obligeait Michaël à faire ses devoirs de mathématiques à sa place.

Au début, Michaël n'avait pas osé refuser. Alexandre était plus grand, plus costaud, c'était un bagarreur qui s'était imposé dès la rentrée comme le dominant de la classe. S'il ne brillait ni par ses notes, ni par son esprit,

Alexandre était toutefois le plus respecté du groupe – ou le plus craint – et personne n'osait lui tenir tête.

Surtout pas Michaël Saurault, qui, maladroit, distrait et plutôt rondouillard pour ses quatorze ans, n'avait pas l'énergie ni le courage de Laura, sa sœur jumelle. Michaël était un scientifique : cartésien, sérieux et travailleur, il passait plus de temps sur les ordinateurs de la salle informatique que dans la cour de récréation. Bref, il n'était pas du genre à affronter l'ennemi.

Or, en se levant, ce matin-là, il avait pris la ferme décision de ne plus se laisser faire. Le chantage d'Alexandre avait assez duré et Michaël refusait de rester éternellement la tête de turc de ses camarades. Comme le disait souvent Laura, il était grand temps qu'il s'affirme, qu'il se défende. Que les autres élèves ne partagent pas sa passion pour les ordinateurs, tant pis. Mais qu'ils se moquent de lui, qu'ils en fassent le souffre-douleur de service… ce n'était pas acceptable.

Pourtant, c'était ainsi. Les adolescents pouvaient se montrer extrêmement cruels. L'humiliation du plus faible faisait partie du rite social, de l'épreuve initiatique, Michaël le savait. S'il ne réagissait pas maintenant, il le regretterait sans doute le reste de sa vie.

— Je ne suis pas ton esclave, Alexandre. Ce rançonnage ignoble a assez duré. Il m'a semblé souhaitable, dans l'intérêt de tous, d'y mettre un terme dès à présent.

Depuis toujours, Michaël prenait garde à s'exprimer dans un langage châtié, voire précieux. Pour lui, la grammaire et la syntaxe étaient des sciences à respecter. C'était sa façon à lui de se démarquer… Hélas, sa sophistication ne faisait qu'ajouter aux railleries de ses camarades.

Alexandre n'en crut pas ses oreilles.

— Tu te fous de ma gueule, Einstein ?

Michaël, toujours assis sur le lit, frissonna en le voyant approcher. Toute la journée, il avait appréhendé ce moment. Il avait imaginé la scène mille fois dans sa tête, répété son texte comme un dialogue de théâtre. « Ce rançonnage ignoble a assez duré ! » Il s'était promis de ne pas sourciller devant Alexandre... Mais affronter la réalité était beaucoup plus difficile. Le coup de poing qu'il risquait de prendre en pleine figure devenait terriblement concret, et Michaël se demanda s'il ne serait pas plus sage de céder. Après tout, il serait moins pénible de recopier des exercices de mathématiques que de se faire briser la mâchoire.

Non ! Hors de question de fléchir ! Dégoûté par sa propre lâcheté, il persista, malgré la peur, utilisant un langage de plus en plus artificiel :

— Je suis confus, mais je ne peux me plier à ton exigence de faire tes devoirs pendant toute l'année scolaire. Il me paraît plus judicieux que tu fasses confiance à ton propre entendement. Il n'y a aucune raison que...

Alexandre frappa son poing droit contre la paume de sa main gauche, puis fit un nouveau pas vers Michaël.

— Aucune raison ? Tu veux que je te la donne, moi, la raison, monsieur le beau parleur ?

D'un bond, il se jeta sur Michaël. Le garçon, terrorisé, se défendit avec maladresse et, un instant plus tard, se retrouva étalé sur le ventre, au centre du matelas, une clef de bras lui bloquant le cou et le poids d'Alexandre sur le dos.

Michaël essaya de pivoter pour se libérer, mais son

adversaire était beaucoup plus puissant que lui. Impossible de bouger. Plus il se débattait, plus il avait mal.

— Qu'est-ce qui te prend, *loser* ? Tu veux jouer les rebelles, comme ta crétine de sœur ? Ici, c'est moi qui décide, OK ?

La pression contre sa gorge se faisait de plus en plus forte ; Michaël commençait à avoir du mal à respirer. Des larmes de douleur et de frustration lui montèrent aux paupières. Aucun moyen de lutter contre un type comme Alexandre, contre la force brutale…

Le garçon leva les yeux vers le petit cadre posé sur sa table de nuit. La photo de ses parents. C'était tout ce qu'il lui restait d'eux, ce vieux cliché en noir et blanc où son père et sa mère souriaient avec chaleur, tenant chacun un des jumeaux dans les bras. Brusquement, Michaël eut honte. Comme si son père, à travers le temps, le dévisageait, déçu. Mais que pouvait-il faire ? Il était trop lâche pour se défendre. Il serait toujours du côté des faibles, des soumis… On ne devient pas un homme d'un claquement de doigts.

— Alors tu vas me le faire, ce devoir, hein, Einstein ?

— Oui, marmonna Michaël, des sanglots dans la voix.

— Tu vas le faire, hein ?

— Oui !

Alexandre relâcha lentement sa clef de bras, donna une tape méprisante sur le crâne de sa victime. Puis il se releva et attrapa le cadre photo sur la table.

— Oh… C'est tes vieux ? Comme c'est émouvant !

— N'y touche pas ! s'exclama le garçon, la honte dans ses yeux cédant la place à la rage.

Il rajusta ses lunettes, tenta de récupérer la photo, mais Alexandre fut plus rapide et cacha le cadre derrière son dos.

Michaël bondit sur ses pieds.

— Rends-la-moi !

— Cours toujours, Einstein ! Disons... que je prends mes précautions. Si t'as pas fini mes exercices d'ici une heure, adieu, la photo de papa-maman...

Le garçon serra la mâchoire, furieux et impuissant. Inutile de se battre... Alexandre était plus fort. Se plaindre ? À qui ? La directrice, madame Auric, ne l'écouterait pas ; elle était toujours d'une sévérité particulière à son égard.

— Rends-la-moi ! répéta-t-il, accablé.

Alors la porte de la chambre s'ouvrit de nouveau. Les deux garçons tournèrent la tête vers l'entrée et Laura Saurault apparut sur le seuil.

Brune comme son frère, d'un charme lumineux, elle avait un look bien à elle avec sa chemise noire et violette, aux dentelles sophistiquées, ses bottes lacées sur son jean et ses bijoux en argent. Plus grande et plus mince que Michaël, elle renvoyait une image bien plus assurée, plus affirmée que lui.

— Qu'est-ce qui se passe ? demanda-t-elle.

— Rien, souffla Michaël entre ses dents. Tout va pour le mieux dans le meilleur des mondes...

Laura fronça les sourcils, sceptique. Son maquillage un peu forcé donnait à ses yeux bruns une intensité d'adulte. Elle fit un pas en avant, aperçut le cadre photo dans la main d'Alexandre...

— Repose ça où tu l'as pris, connard ! lâcha-t-elle.

Un sourire moqueur se dessina sur la bouche du garçon.

— Ouh ! La Goth se rebelle ! Arrête, j'ai trop peur !

Laura s'avança et essaya d'attraper le cadre. Alexandre fut le plus rapide et esquiva. D'un geste brutal, il repoussa la jeune fille qui perdit l'équilibre et tomba près du lit. Elle se cogna la tête contre le pied du bureau et poussa un cri de douleur.

Le sang de Michaël ne fit qu'un tour. Ivre de colère, il bondit sans réfléchir et la bagarre éclata. Les deux garçons s'empoignèrent, cherchant à se renverser comme deux judokas. Dans la lutte, Alexandre laissa tomber le cadre qui se brisa sur le sol ; Michaël lui fit un croche-pied ; son adversaire bascula en arrière et il le bloqua à terre, s'asseyant sur lui pour l'empêcher de bouger.

Soudain, comme si la peur l'avait enfin quitté, Michaël se mit à frapper. Frapper réellement, de ses deux poings serrés. Un premier coup au visage, un second… La frustration de semaines de colère se déchaînait enfin ; Alexandre, surpris et effrayé, se protégea le visage des deux mains, sans réussir à arrêter l'agression…

C'est le moment que choisit madame Auric, la directrice, pour faire irruption dans la chambre.

— Qu'est-ce que c'est que ce vacarme ? hurla-t-elle en s'approchant des deux garçons. Michaël !

Malgré sa minceur et son corps sec, elle attrapa avec brutalité le jumeau par les épaules et l'obligea à se relever. Alexandre était recroquevillé par terre, le nez en sang.

— Non mais vous avez vu ce que vous lui avez fait ? s'exclama la directrice en désignant le visage tuméfié d'Alexandre.

— Mais ! C'est lui qui…

— Taisez-vous ! Je ne tolérerai pas qu'on se batte dans mon orphelinat, reprit-elle, ses yeux bleus étincelant d'une colère glacée. Alexandre, à l'infirmerie ! Tout de suite ! Quant à vous, Michaël, vous viendrez dans mon bureau à dix-huit heures précises !

La directrice aida Alexandre à se relever et le conduisit vers la porte. En passant, le garçon, ensanglanté, adressa un regard furieux à Michaël. On y lisait la promesse d'une vengeance terrible. Puis ils disparurent dans le couloir.

Michaël se laissa tomber sur son lit. Tout son corps tremblait et il parvenait à peine à maîtriser les mouvements de ses mains. Devant lui, sa sœur libéra la photo du cadre brisé. Puis elle commença à ramasser les morceaux de verre.

— Laisse, dit Michaël, je vais balayer.

Elle se releva et caressa la joue de son frère.

— Tu ne t'es pas fait mal ?

— Non, non, ça va.

Laura ne put réprimer un sourire. Malgré tous ses efforts d'adolescente pour paraître mystérieuse et sophistiquée, ses taches de rousseur et ses dents légèrement écartées lui donnaient un petit air mutin.

— Mortel ! Tu lui as foutu une raclée d'enfer !

— Certes… Mais je crains fort de m'en mordre rapidement les doigts.

2.

— Après vos absences répétées aux cours de gymnastique, il ne manquait plus que la bagarre à votre palmarès... Je ne m'attendais pas à ça de votre part, Michaël, et je vous avoue que je suis très déçue.

La voix de la directrice était brusque, hachée, rapide. Son regard hypnotique, d'un bleu irréel sous ses courts cheveux blancs, son autorité naturelle, sa dureté, tout déstabilisait Michaël.

Pourtant, je suis dans mon bon droit, pensa-t-il. C'était Alexandre qui avait frappé le premier, c'était lui qui avait volé la photo de ses parents... Mais madame Auric ne l'écoutait jamais ; depuis des années, elle semblait prendre un malin plaisir à contrer les initiatives de Michaël, à l'humilier, à l'écraser.

Non. Il n'essaierait pas, pour la centième fois, de se justifier en vain. Il accepterait la punition... D'ailleurs, il ne pouvait s'empêcher d'éprouver une certaine fierté. Il était enfin parvenu à tenir tête à cette brute. Maintenant, tout le monde saurait que Michaël Saurault ne se laissait pas faire aussi facilement...

— Alexandre a le nez cassé, je ne sais pas si vous vous rendez compte ! Je ne vous cache pas que j'envisage votre renvoi de l'établissement.

L'enthousiasme de Michaël retomba aussitôt. Pas une seconde, il n'avait imaginé une sanction si sévère. Les questions fusèrent dans sa tête : s'il était renvoyé, où serait-il placé ? Dans un autre orphelinat ? À la DASS ? Une famille d'accueil ? Et Laura ? Serait-il séparé de sa jumelle ?

D'aussi loin qu'il se souvînt, Michaël avait toujours vécu

à l'orphelinat avec sa sœur. Ils n'avaient aucune famille, aucun parent, aucun ami dans le monde « réel ». Leur seule référence, c'était les quatre murs de ce vieux bâtiment, qu'ils ne quittaient presque jamais. Le seul adulte dans leur vie, c'était madame Auric, qui les avait vus grandir et ne leur avait jamais permis de nouer des liens avec l'extérieur. Fin décembre, Laura et Michaël faisaient partie des rares enfants qui ne partaient pas fêter Noël avec des cousins, des tantes, des parents éloignés. Ils restaient là, tous les deux, et partageaient le repas de réveillon avec monsieur Ragazzoli, le gardien de l'orphelinat. Quand les jumeaux demandaient s'ils pouvaient se joindre à l'un de leurs camarades pour les vacances d'été, la directrice refusait systématiquement et les envoyait dans le sinistre camp de vacances de Coudray, où les seules distractions étaient le moto-cross dans la forêt et les concours de Monopoly. C'était comme si elle voulait les empêcher de s'épanouir normalement. Michaël n'avait jamais compris l'origine de la rancœur de madame Auric : mais une chose était sûre, elle en voulait aux jumeaux et elle faisait tout pour leur rendre la vie pénible.

— Je vais réunir demain une commission disciplinaire avec les professeurs pour décider de votre sort. Quoi qu'il advienne, croyez bien que la punition sera à la hauteur de vos actes…

La directrice marqua une pause, comme pour s'assurer que Michaël avait bien compris, puis elle reprit :

— En attendant, vous n'êtes pas sans savoir, jeune homme, que tout l'orphelinat est de sortie ce soir pour aller voir *Prométhée enchaîné* au théâtre de Coudray.

Michaël serra la mâchoire. Depuis des mois, la professeur de français étudiait la pièce d'Eschyle avec les classes de troisième et, contre toute attente, le garçon s'était pris de passion pour cette tragédie grecque.

Il avait trouvé dans la pièce des échos singuliers à sa vie, à ses aspirations. Lui qui détestait les romans avait avalé la tragédie en un soir, et, depuis, l'avait régulièrement relue, analysée, annotée. Et il avait été singulièrement enchanté quand la directrice, quelques semaines plus tôt, avait annoncé qu'ils iraient voir la pièce d'Eschyle sur scène lors d'une sortie exceptionnelle.

— Pendant que vos camarades s'amuseront, vous resterez au réfectoire pour me rédiger une dissertation sur l'inanité de la violence.

— Mais…, protesta le garçon. Cela fait si longtemps que j'attends de…

— Eh bien vous y réfléchirez à deux fois avant de vous comporter comme un voyou, monsieur Saurault. Maintenant, retournez dans votre chambre et présentez-vous au réfectoire à dix-neuf heures. Demain, vous connaîtrez la décision de la commission disciplinaire. J'espère que vous mettrez ce temps à profit pour réfléchir sérieusement à vos actes.

3.

Inanité : n.f. – 1. État de ce qui est vide (cf. *néant, vacuité, vide*). *2. Caractère d'inutilité* (cf. *futilité, inutilité, vanité*). « L'inanité des conversations était effarante » *(Gide)*.

Michaël, installé sur l'immense table du réfectoire,

poussa un soupir et referma le dictionnaire. Il attrapa son crayon et griffonna : *L'inanité de la violence est*... Il grimaça, ôta ses grosses lunettes et mâcha nerveusement le bout d'une des branches, le regard perdu dans le vague, avant de reprendre : *L'inanité de la violence, quoique flagrante, l'est toutefois moins, pour un observateur averti, que celle de cette punition inepte, édictée par une mégère acariâtre et abusive dont le quotient intellectuel ne dépasse guère le niveau de la mer Morte en période de grande sécheresse*. Il esquissa un sourire et gomma la phrase, comme si le fantôme de la directrice avait pu la lire par-dessus son épaule.

Il resta quelques minutes devant sa page blanche, puis capitula et reposa son crayon. Se levant nonchalamment, il déambula, les mains dans les poches, dans la grande pièce déserte.

D'ordinaire, quand il entrait ici, c'était aux heures des repas et le réfectoire résonnait des cris de la centaine d'élèves, des bruits de couverts, des remontrances des surveillants... Mais ce soir, tout le monde était parti au théâtre. Hormis monsieur Ragazzoli, le gardien, il n'y avait pas âme qui vive à l'intérieur des vieux murs de l'orphelinat.

Au fond, il s'agissait presque d'un privilège. Certes, Michaël aurait mille fois préféré partir avec Laura voir *Prométhée enchaîné*, mais il trouvait une sorte de consolation à découvrir le réfectoire comme aucun de ses camarades ne l'avait jamais vu. C'était comme s'il était passé de l'autre côté du miroir, comme s'il avait soulevé le voile. C'était donc ainsi, le soir venu, que les adultes découvraient l'orphelinat. Le bâtiment était un monstre à deux visages.

Michaël s'arrêta devant une fenêtre et regarda au-dehors. Abandonné, l'édifice était encore plus inquiétant. Plongé dans le silence et l'obscurité de la nuit, il ressemblait à un vieux manoir gothique avec ses toits dentelés, ses mansardes, ses gargouilles et ses grilles fuselées… De l'autre côté de la cour, la fenêtre de la maison du gardien s'éclairait par intermittence d'une lumière bleutée. Monsieur Ragazzoli devait regarder la télévision. Les flashs projetaient des ombres inquiétantes sur les murs alentour.

Michaël frissonna puis se dirigea vers les cuisines, récitant à voix haute, comme pour se rassurer, l'un des vers de la pièce d'Eschyle :

Maintenant, insulte les Dieux ; dépouille-les de leurs honneurs et transporte-les aux humains éphémères.

Arrivé devant les cuisines, il s'arrêta. D'un geste prudent, il appuya sur la poignée. La porte était ouverte. Il se mordit les lèvres, jeta un coup d'œil derrière lui pour s'assurer que personne ne le voyait, puis se glissa à l'intérieur. L'entrée était interdite aux élèves. S'il se faisait prendre, cela ne ferait qu'aggraver son cas. Pourtant, il continua.

Dans la pénombre, il inspecta les lieux, les grands fours, les longs plans de travail en aluminium, les placards, la batterie d'ustensiles pendus le long des murs… Il fit quelque pas vers le centre et lorgna en direction des réfrigérateurs.

L'inanité de la violence n'est rien à côté de l'inanition qui menace tout garçon de quatorze ans séquestré dans une pièce déserte contre son gré, à l'heure où soupent les gentilshommes de bonne éducation, marmonna-t-il.

Il s'avança vers le premier réfrigérateur et colla sa tête

contre la porte vitrée. Soigneusement alignés, des ramequins emplis de clafoutis aux cerises apparurent sous ses yeux ébahis.

Il se frotta les mains en réfléchissant.

Toute l'astuce consiste à prélever un nombre pair de ramequins, multiple de six, afin de pouvoir les réagencer par la suite en toute discrétion. La question, toutefois, est la suivante : ai-je assez faim pour me taper six clafoutis à la cerise ?

Il fit une moue dubitative.

Qu'importe ! Au pire, j'en mange trois et je mets les autres à la poubelle. La difficulté consistera à faire disparaître les preuves accablantes de mon méfait : six ramequins vides, il va falloir les cacher habilement pour m'assurer que la police scientifique ne remontera pas jusqu'à moi.

Jetant un dernier coup d'œil autour de lui, il ouvrit le réfrigérateur, le cœur battant. Il plongea l'index dans le premier clafoutis et commença à le dévorer goulûment, sans même prendre de cuillère. La saveur du mets était accrue par l'excitation du danger.

Il en était au quatrième ramequin quand la porte de la cuisine s'ouvrit brusquement derrière lui. Michaël sursauta et fit volte-face en cachant le pot derrière son dos, rouge de honte. Puis il poussa un soupir de soulagement en reconnaissant la nouvelle venue.

Laura, sa sœur jumelle. Les poings sur les hanches, elle le dévisageait, stupéfaite.

— Qu'est-ce que tu fais là ? bégaya-t-il, vexé d'être pris en flagrant délit de gourmandise.

— Je me suis dit que tu devais déprimer, mais je vois que tu as trouvé un moyen de te consoler…

— Tu n'es pas allée au théâtre ?

— Si. Mais je suis sortie discrètement pendant le premier acte... C'est chiant à mourir, cette pièce.

— Ma chère sœur, tu es folle ! Si la directrice s'en rend compte... En outre, je ne suis pas d'accord. Excellent texte...

— Il fallait que je te montre quelque chose, le coupa Laura, fouillant dans la poche de sa longue veste noire. Ça ne peut pas attendre.

— Quoi ?

— Viens voir.

Michaël referma le réfrigérateur derrière lui, emportant les ramequins vides. Revenu devant la table du réfectoire, il les fourra à la hâte dans son sac à dos.

— T'as mangé tout ça tout seul ? s'exclama Laura, perplexe.

— Eh bien...

— T'es vraiment un goinfre...

— Les nourritures terrestres sont indispensables au penseur. Alors ? Qu'as-tu donc à me montrer de si urgent ?

Laura tenait à la main la photo de leurs parents qu'elle avait récupérée dans le cadre brisé.

— Regarde !

Elle retourna le cliché. Michaël écarquilla les yeux.

Depuis leur arrivée à l'orphelinat, la photo n'était jamais sortie de son cadre. Sur le papier brillant, au dos, se trouvaient deux lignes manuscrites dont il n'avait jamais soupçonné l'existence.

Le cœur battant, il lut : *Peter & Fiona Forbes*. Juste en dessous, écrit la tête en bas, comme si quelqu'un avait retourné la photo avant de continuer, on avait inscrit : *021916 – XK – UC (NB).*

— Peter et Fiona Forbes ? répéta Michaël, stupéfait.

— Oui.

— Tu penses que…

— Que nos parents ne s'appelaient pas Saurault, mais Forbes.

— C'est… C'est impossible…

— Donne-moi une autre explication, Michaël.

— C'est impossible ! répéta l'adolescent, avant de réaliser, brusquement, que c'était la vérité.

Quelque part, dans les méandres de sa mémoire, le mot avait évoqué quelque chose, réveillé un souvenir. *Forbes.*

Michaël Forbes.

Oui. Il avait porté ce nom.

Sans lâcher la photo, il se laissa tomber sur le tabouret et murmura :

— Incroyable.

— Et cette suite de chiffres et de lettres, à ton avis, c'est quoi ? demanda Laura.

— Je n'en ai pas la moindre idée, balbutia-t-il.

Sa sœur s'assit à côté de lui. Son expression d'habitude insouciante était tendue, tourmentée. Elle l'observa un moment avant de demander :

— Dis-moi, Michaël, tu t'en rappelles, toi, de nos parents ?

Le garçon haussa les épaules.

— Assez peu. Je vois leurs visages. Et tout ce que je peux te dire, c'est que ce sont eux sur la photo. Je suis formel.

Laura détourna les yeux. Elle fixa un point imaginaire, quelque part sur le mur, puis ajouta d'une voix tremblante :

— Et l'accident ?

Michaël frissonna. Laura et lui n'avaient jamais évoqué cet épisode de leur passé. Par peur, ou par pudeur, peut-être… Ils savaient qu'ils étaient devenus orphelins ce jour-là, l'évidence était ancrée dans leurs souvenirs, terrible, indiscutable. Ils avaient vécu à Orlando, en Floride, ils avaient eu un accident en quittant leur domicile… Toutefois, jamais ils n'avaient eu le courage d'en discuter, comme s'il fallait tout effacer.

— Vaguement, souffla-t-il.

— Comment c'est arrivé ?

— Je ne sais pas. Papa roulait vite… On s'était enfui de la maison. Je ne me rappelle plus pourquoi. Et puis…

— Il a perdu le contrôle de la voiture, continua Laura comme si les images lui revenaient en même temps que son frère.

Michaël acquiesça.

— Oui. Après, je ne me souviens plus. Je crois que je me suis évanoui…

Laura ferma les yeux.

— Non. Pas tout de suite. Tu… Tu m'as donné la main… et puis… il y a eu un bruit… Je ne sais plus quoi… Un bruit au loin…

Un frisson parcourut l'échine de Michaël. Oui. Un bruit au loin. Il avait oublié…

— Un train, souffla-t-il.

— Oui. C'est ça. Et puis papa… Papa a dit des choses à maman. Et ensuite, il a… Il est…

Michaël attrapa la main de sa sœur.

— Oui. Ça, je m'en souviens.

Ils restèrent silencieux, sachant qu'ils éprouvaient les mêmes émotions, qu'ils revoyaient les mêmes images, comme les pièces d'un puzzle en train de se reconstituer sous leurs yeux.

Soudain, Laura bondit sur ses pieds.

— Michaël.

— Quoi ?

— Dans le coffre.

— Eh bien ?

— Papa avait mis quelque chose dans le coffre de la voiture. Je... Je le vois presque... Il s'est penché pour le ranger... Un objet assez volumineux... Je n'arrive plus à me rappeler quoi exactement...

Michaël haussa les épaules.

— Je ne sais pas. Une valise pour le voyage... Ou de la nourriture...

Laura arpentait maintenant nerveusement la salle.

— Pas seulement. Il y avait autre chose. Ça vient de me revenir, Michaël... C'est si net... Une boîte... Quelque chose de précieux...

Le garçon fronça les sourcils. Oui. Laura avait raison. Il lui sembla voir le reflet de son père dans le rétroviseur ; son père en train de cacher quelque chose sous une couverture, puis de glisser le tout dans le coffre...

Un objet qui...

Un grondement sourd résonna derrière eux. Le sac à dos de Michaël tomba de la table du réfectoire, comme si une force invisible l'avait poussé...

Les deux adolescents sursautèrent.

4.

— Que voulez-vous ?

Le jeune agent du service de veille approcha du bureau, guère rassuré à l'idée d'apporter de mauvaises nouvelles à monsieur Mandeville. Le président n'était pas un homme commode.

La longue salle obscure, luxueuse et calfeutrée, aux murs gris tachetés de lumières orange tamisées, respirait la gravité. Dans un silence pesant, dos à l'immense baie vitrée qui surplombait les immeubles sombres de la cité nocturne, Mandeville travaillait sur un large bureau de bois. Cheveux bruns plaqués en arrière, sourcils épais, traits creusés, il avait un air intransigeant. Tous les employés de la Compagnie, de la plus jeune recrue jusqu'aux plus hauts gradés, le craignaient. À raison.

— Je suis venu vous informer qu'il y a eu une nouvelle fissure, monsieur le président.

Une ombre passa sur le visage de Mandeville. Il referma le grand livre qu'il parcourait et redressa la tête.

— Où ça ?

— Un petit village, dans le centre de la France.

Le président pivota sur son fauteuil et resta silencieux un moment, face à la baie vitrée.

— Vous pensez que ce sont les jumeaux ?

— Peut-être. Cela signifierait qu'ils sont vivants.

— Les choses vont vite. Trop vite.

— Nous pouvons aussi voir le côté positif de la chose : si c'est eux, nous allons enfin pouvoir les localiser.

— Il n'y a rien de positif dans ce qui nous menace, murmura Mandeville, la voix rauque. Le temps presse. Nous devons les intercepter avant le 21 juin. Après, il sera trop tard.

— Je m'en occupe, monsieur Mandeville.

— Faites vite. De mon côté, je vais voir ce que je peux obtenir des autorités françaises.

Le jeune agent fit volte-face, heureux de s'en tirer à si bon compte. Il sortit du long bureau, abandonnant derrière lui la silhouette obscure de l'homme qui, il en était certain, tenait entre ses mains l'avenir de l'humanité tout entière.

Ni plus, ni moins.

5.

— C'est toi qui l'as fait tomber ? demanda Michaël en ramassant son sac à dos.

À l'intérieur, les ramequins étaient brisés en mille morceaux.

— N'importe quoi ! protesta Laura. J'étais à un mètre de la table.

L'adolescent jeta un coup d'œil inquiet autour de lui. Personne.

— Étonnant. J'ai dû le poser au bord et…

— Non ! Il s'est passé un truc bizarre, Michaël ! Le bruit, là, comme le grincement d'une tôle qui se déforme… Tu n'as pas entendu ?

— Un grincement, railla son frère. Un fantôme, c'est ça ? Un spectre, peut-être ? Un abominable ectoplasme…

— Te fous pas de ma gueule ! J'ai vu un reflet, là. Une sorte de lueur, sur la table… Et le sac est tombé, au même moment !

— Laura, tu divagues. La fenêtre est ouverte, il y a eu un coup de vent, voilà tout. Tu ferais mieux de retourner au théâtre avant la fin de la pièce… Tu vas te faire prendre.

— Je ne suis pas folle, protesta sa sœur. Il s'est passé quelque chose, je t'assure…

La jeune fille s'approcha de la table et l'inspecta, regardant dessous, dessus. Puis elle passa la main sur la surface et eut un mouvement de surprise.

— C'est quoi, ce délire ?

— Quoi encore ? soupira son frère.

— Regarde…

Michaël leva les yeux au ciel, ajusta ses lunettes et inspecta la zone que lui désignait sa sœur.

— Je ne vois rien.

— Mais si ! Les nervures du bois, là, regarde !

— Eh bien ?

— Il y a une ligne qui traverse toute la table… comme une sorte de fissure… et les nervures du bois ne se rejoignent plus, elles sont décalées d'un centimètre de chaque côté de la fissure.

Michaël éclata de rire.

— Ma pauvre sœur, tu perds la raison ! C'est juste deux planches différentes collées l'une à côté de l'autre, c'est pour ça que les nervures ne correspondent pas…

— Non ! C'est le même panneau, la table est constituée d'un seul bloc… Simplement, les nervures sont décalées.

Michaël secoua la tête, incrédule.

— Regarde, insista sa sœur. Là.

« Là », gravé sur la table, se trouvait aussi un graffiti…

une petite phrase grossière illustrant les activités sexuelles supposées entre le professeur d'histoire et l'assistante d'anglais. Comme tous les graffitis sur toutes les tables en bois de tous les collèges du monde, la phrase était gravée au compas, puis repassée à l'encre.

Des graffitis et des dessins de ce genre, il y en avait sur toutes les tables, mais celui-là…

— Et alors ? demanda Michaël.

— Les mots, là, expliqua Laura. La phrase. Le bas des lettres est décalé par rapport au haut, comme si… une portion de la table venait de… de glisser, sur le côté, à l'horizontale…

Comme Michaël la contemplait d'un air ironique, Laura ajouta furieuse :

— Ce n'était pas comme ça, tout à l'heure.

— Retourne au théâtre, Laura. Si tu te fais prendre, ça va me retomber sur le dos.

Prise d'une brusque migraine, la jeune fille passa sa main sur son front. Connaissant Michaël, il était inutile d'insister.

— Et pour le texte, derrière la photo, on fait quoi ? reprit-elle après un court silence.

— Que veux-tu que l'on fasse ?

— En parler à madame Auric, suggéra Laura. Lui demander…

Soudain, la lumière s'alluma dans la cour. Michaël se hissa sur la pointe des pieds.

— C'est monsieur Ragazzoli ! Il vient par ici. Laura, va-t'en !

La jeune fille fila de l'autre côté de la pièce, se glissa sur le rebord de la grande fenêtre et attendit que le gardien soit passé pour sauter au-dehors. Elle disparut dans l'ombre de la cour au moment précis où l'homme faisait irruption dans le réfectoire.

— Alors, mon garçon ? Ça avance cette punition ?

Le gardien, qui avait au moins soixante-dix ans, s'exprimait avec un fort accent corse – peut-être un peu exagéré par la nostalgie – qui avait toujours enchanté Michaël. Certains élèves avaient peur de lui, parce qu'il avait un regard qui vous transperçait, un air de dire : *on ne me la fait pas, à moi*… Mais Michaël, lui, l'appréciait. C'était même le seul adulte pour qui il avait une véritable estime, sans avoir jamais osé le lui dire, bien sûr. D'ailleurs, c'était monsieur Ragazzoli qui avait poussé le directeur du centre de vacances de Coudray à organiser des sessions de motocross. Voyant souvent Michaël esseulé, et sachant qu'il adorait les sciences et la mécanique, il lui avait ensuite montré comment fonctionnait la vieille moto qu'il avait dans son garage et lui avait permis d'en monter et d'en démonter certains éléments. En sixième, Michaël avait même obtenu un dix-huit sur vingt en mécanique en dessinant un plan en coupe du moteur.

Mais, à part à Noël, les occasions d'avoir une vraie discussion avec lui étaient très rares. Depuis deux ans, la rumeur disait que le vieil homme allait prendre sa retraite. Michaël aurait voulu que ce moment n'arrive jamais.

Il désigna ses feuilles de brouillon.

— Eh bien, pour être honnête : non. Ça n'avance pas du tout…

Monsieur Ragazzoli grimaça en découvrant le sujet du devoir.

— Malheureusement, ce n'est pas moi qui vais pouvoir t'aider, mon pauvre Michaël. Les dissertations, ça n'a jamais été mon fort. J'ai toujours préféré les rédactions.

— Et pourquoi ?

— Parce qu'on peut y raconter ce qu'on veut, tiens ! L'imaginaire ! Les rêves… Ça, c'est mon truc. Il faut être à l'écoute de ses rêves, tu sais.

Michaël haussa les épaules.

— Personnellement, je préfère la science. Les rêves, c'est une affaire de filles.

Monsieur Ragazzoli éclata d'un rire grave.

— Si tu le dis…

— En l'occurrence, je n'ai guère le choix. Madame Auric m'a demandé une dissertation en bonne et due forme.

— Avec l'aisance que tu as à t'exprimer, tu devrais pouvoir y arriver sans problème… Tu es un petit génie, mon Michaël. Si seulement j'avais eu les facilités que tu as, je ne serais pas gardien aujourd'hui.

— J'aurais préféré un devoir de mathématiques. Mais la directrice s'ingénie à me gâcher l'existence.

— Allons bon ! Es-tu certain qu'elle ne fait pas ça pour ton bien, au contraire ?

— Pour mon bien ? Vous plaisantez ! Elle m'a toujours détesté !

Le gardien fit une moue faussement désolée, puis il passa affectueusement sa main dans les cheveux du garçon.

— Allez, remets-toi au travail, petit martyr. Tiens, je t'ai apporté un soda.

Il posa la boisson sur la table où Michaël avait repris place, puis lui jeta un regard amusé.

— Je comptais te donner aussi un en-cas, mais avec tous les clafoutis que tu as dévorés, tu ne dois plus vraiment avoir faim…

Les joues de Michaël s'empourprèrent. Comment avait-il su ?

— Eh bien, nc fais pas cette tête. Mon métier consiste à surveiller l'orphelinat, murmura le gardien après un clin d'œil.

Le garçon hocha la tête, honteux.

— Et tu diras à ta sœur de passer par la porte, la prochaine fois… C'est moins dangereux. Allez, bon courage, mon garçon.

Le vieux Corse fit demi-tour avec un petit air satisfait et s'éloigna sous le regard perplexe de Michaël. Arrivé à la porte, il se retourna et ajouta, de sa voix grave et profonde :

— Tu sais, elle a raison, madame Auric : la violence est le refuge des imbéciles. Et je ne crois pas que tu sois un imbécile, Michaël. Loin de là. Tu as quelque chose de spécial. Ne le gâche pas.

6.

20 MAI.

Le lendemain matin, Michaël se réveilla en sursaut.

La sueur perlait à son front. Il regarda le radio-réveil posé sur la table de nuit où, la veille encore, trônait la photo de ses parents. 7 h 25. L'horrible cauchemar qu'il venait de faire l'avait réveillé cinq minutes avant le déclenchement de l'alarme.

L'impression désagréable du rêve s'attardait ; les images, terribles, restaient gravées dans sa tête. La scène se déroulait dans l'orphelinat, ou du moins un bâtiment qui lui ressemblait, isolé au milieu d'une étendue déserte, comme écrasé par le poids de l'univers. Laura et Michaël étaient ensemble, enfermés dans une immense pièce sombre et vide, séparée en deux par une vieille grille rouillée, telle la herse d'un antique château. De l'autre côté, un personnage – Prométhée, probablement – hurlait de douleur, bras et jambes cloués sur une haute stèle, le corps lacéré de plaies ensanglantées. L'instant d'après, Laura faisait tomber une coupe en cristal. La chute de l'objet, comme ralentie par les effluves du rêve, paraissait durer de longues secondes et se répéter mille fois. Les éclats de cristal s'éparpillaient, scintillants, tout autour d'eux, et Laura se coupait le pied. Le sol de la pièce s'emplissait alors de sang, comme un flot continu venant de nulle part et dont le niveau ne cessait de monter. Puis… cette menace, cette ombre grandissante au-dessus d'eux. Des corbeaux. Trois corbeaux qui venaient arracher le toit de l'orphelinat et emporter les jumeaux… Le rêve s'était interrompu alors que la silhouette de la tour Eiffel se dessinait à l'horizon, si grande qu'elle remplissait le ciel.

Le plus étonnant, c'était que le cauchemar, malgré son étrangeté, lui avait paru très réel, très précis. Presque palpable. Et les rêves, cela s'oubliait au réveil, non ? Celui-là, non. Chaque seconde s'imposait à lui avec netteté, claire comme du cristal.

Michaël se redressa sur son lit et soupira, reprenant ses esprits. La journée d'hier avait été riche en émotions, il était perturbé et son imagination lui jouait des tours, voilà tout. À bien y réfléchir, chaque détail du rêve faisait écho à des événements de la veille. La pièce vide, c'était le réfectoire où il était resté enfermé pour faire sa punition. Prométhée torturé, c'était la frustration de n'avoir pu voir la pièce de théâtre. Laura qui faisait tomber une coupe, c'était les ramequins qui s'étaient brisés quand le sac à dos avait basculé. La menace grandissante, enfin, était tout à fait explicite : c'était celle de son possible renvoi par la commission disciplinaire. Et les trois corbeaux noirs, c'était la directrice, le proviseur et le surveillant général, qui décideraient de son destin…

Il s'efforça de penser à autre chose et partit s'habiller.

Quand il entra en salle de classe, Laura, assise au dernier rang, lui fit signe de la rejoindre. D'habitude, les jumeaux ne se mettaient jamais côte à côte ; ils avaient chacun leurs amis, leur vie… Ou plutôt, Laura, *elle*, avait des amis, corrigea mentalement Michaël.

Il fit non de la tête. Mais le regard insistant de sa sœur l'intrigua, et après une courte hésitation, il se dirigea vers sa table.

Les autres élèves étaient déjà installés et leurs regards suivirent Michaël alors qu'il passait dans les rangs. Tout le monde était au courant de ce qui s'était passé la veille et les collégiens hésitaient entre la compassion et la gratitude. Certes, Michaël risquait de se faire renvoyer, mais il avait flanqué une raclée à Alexandre Vidal, la terreur de l'orphelinat. On ne le considérerait plus jamais comme avant. Faisant mine de ne rien remarquer, il s'assit à côté de sa sœur.

— Qu'est-ce qu'il y a ? murmura-t-il alors que la professeur de mathématiques entrait dans la salle.

— J'ai fait un rêve *vraiment* bizarre, chuchota Laura, troublée.

Décidément, pensa Michaël, le stress commençait à les atteindre sérieusement tous les deux.

— C'est pour ça que tu m'as fait signe ?

— Oui ! C'était… si réaliste… Il faut que je te raconte.

Le garçon fronça les sourcils.

— Vas-y.

— J'étais avec toi. Nous étions enfermés dans une salle de l'orphelinat. Sauf que ce n'était pas vraiment l'orphelinat, mais une maison au milieu de nulle part, tu vois…

Michaël sentit les battements de son cœur s'accélérer.

— Il y avait une ambiance hyper malsaine. On n'était pas tout seuls, dans la pièce ; il y avait un autre garçon de notre âge, un brun au teint hâlé, avec de grands yeux verts, et puis un type qui ressemblait à Prométhée, aussi. Et des corbeaux noirs qui tournaient, tournaient autour de la maison, de plus en plus près, et…

Michaël resta figé, n'en croyant pas ses oreilles. Laura racontait son propre rêve… ou presque. En dehors du garçon brun aux yeux verts – que lui n'avait pas vu –, tous les éléments correspondaient…

— Qu'est-ce qu'il y a ? demanda Laura, remarquant le visage interdit de son frère.

La voix de la professeur s'éleva de l'autre côté de la salle.

— Dites, les jumeaux ! Ça ne vous intéresse pas, ce que je raconte ? Vous croyez vraiment que c'est le moment de vous faire remarquer, Michaël ?

— Désolé, madame…

— Et depuis quand vous asseyez-vous à côté de

votre frère, mademoiselle Saurault ? L'idée me paraît très mauvaise. Venez au premier rang, Laura, ça vous changera un peu.

La jeune fille fit une moue désabusée et se leva nonchalamment. Ramassant ses affaires, elle partit s'installer à l'avant de la classe, traînant les pieds dans ses jolies bottes noires.

Michaël, toujours sous le choc, resta immobile, les yeux perdus dans le vague. La similitude de leurs rêves dépassait l'entendement. Cartésien comme il l'était, il ne croyait pas à toutes les balivernes qu'on racontait sur les phénomènes étranges de la gémellité : télépathie, rêves prémonitoires… Tout ça, c'était de vieilles croyances stupides. Il devait y avoir une explication rationnelle. Après tout, ils étaient frère et sœur. Laura avait probablement éprouvé la même chose que lui la veille, ce qui lui avait inspiré un cauchemar similaire… Oui… L'incident restait troublant, mais pourquoi pas ?

Il passa le reste du cours à se convaincre que son explication était crédible et décida de ne rien raconter à sa sœur. Inutile de l'angoisser davantage. D'autant que Laura, elle, était du genre à voir de la magie partout et aurait tôt fait de partir dans des suppositions abracadabrantes.

7.

À la fin de la journée, Laura sortit dans la cour carrée de l'orphelinat et chercha son frère du regard, sans succès.

L'été approchait enfin et, depuis quelques jours, les soirées s'étaient adoucies. La plupart des élèves en profitaient pour faire leurs devoirs dehors, sur les bancs de la cour ou au pied des arbres, discutant en petits groupes jusqu'au dîner. Laura traversa l'esplanade et se hissa sur la pointe des pieds pour inspecter le bâtiment des garçons. La lumière de la chambre de Michaël, au deuxième étage, n'était pas allumée.

Au même moment, une main se posa sur son épaule.

— Tout va bien, ma belle ?

Clô, une jolie brune aux cheveux courts, était de loin la meilleure amie de Laura. Une *vraie* meilleure amie, une de ces relations privilégiées que les autres vous envient, que seule permet l'adolescence, et que l'on passe sa vie à regretter comme un trésor perdu.

Laura et Clô s'habillaient de la même façon, surfant sur la vague goth, s'amusant à personnaliser leurs tenues ; elles écoutaient la même musique, regardaient les mêmes séries sur le téléviseur du foyer, se racontaient tout, partageaient leurs secrets. Un jour, elles étaient restées allongées au milieu de la cour, en plein hiver, alors qu'il pleuvait des cordes, avec chacune un écouteur de leur iPod dans une oreille, pour découvrir ensemble le nouvel album de Muse, leur groupe favori, et elles avaient écopé d'un avertissement. Elles se rejoignaient souvent la nuit dans leurs chambres, alors que c'était strictement interdit, elles parlaient jusque tard dans la nuit, lumière éteinte, et refaisaient le monde.

Michaël était un peu jaloux de leur relation, mais Laura, qui n'avait ni mère ni sœur, savait combien la présence de Clô lui était précieuse.

— Je suis inquiète pour Michaël, expliqua Laura en

enfonçant les mains au fond des poches de sa veste en velours.

— Ils vont quand même pas virer Einstein ! Avec les notes qu'il a…

— Paraît qu'Alexandre a le nez cassé.

— Ce qui nous réjouit tous…

— Grave ! Mais la directrice est furax. Je sais pas ce qu'elle a contre Michaël et moi, mais ça fait des années qu'elle nous a dans le collimateur.

— T'inquiète, s'ils le virent, on fera une pétition… Une révolte…

— Cette salope d'Auric n'est pas du genre à se laisser attendrir. Tu sais qu'elle ne m'a jamais rendu mon journal ?

Quelques semaines plus tôt, en effet, la directrice avait confisqué à Laura le carnet de moleskine sur lequel la jeune fille, depuis des années, consignait ses pensées, ses joies et ses peines. « Vous devriez passer moins de temps à écrire ces sornettes et davantage à réviser vos cours, mademoiselle Saurault. Je vous le rendrai à la fin du trimestre si vous obtenez plus de 12 de moyenne générale. » Laura avait très mal vécu la punition, qu'elle considérait comme un vol – un viol, presque. Il y avait dans ce carnet des choses si personnelles que seule Clô les connaissait, et encore… Michaël, lui, trouvait ridicule d'avoir un journal intime et faisait mine de ne pas vouloir savoir ce qu'il contenait. Quoi qu'il en fût, depuis que la directrice avait confisqué ce carnet, Laura nourrissait une haine viscérale à son égard. Ses notes, d'ailleurs, ne s'étaient pas améliorées pour autant. Au contraire.

— Je me demande vraiment où est passé mon frère, maugréa Laura. Faut que je le trouve. Il doit stresser à mort.

— Il est peut-être au foyer…

— Michaël, aller volontairement dans un lieu social pour communiquer avec d'autres êtres humains ? Tu rigoles ! En salle informatique, peut-être…

— Viens, on va le chercher, proposa Clô en passant la main sous le bras de son amie.

Les deux jeunes filles se mirent en route vers le bâtiment principal.

— N'empêche, Michaël m'a vraiment scotchée, murmura Clô. Une bagarre !

— Ouais, c'est pas son genre. Mais Alexandre l'a poussé à bout. Ce taré avait piqué la photo de nos parents…

— D'accord, mais quand même… J'ai eu du mal à y croire. Au fond, ton frère est plus courageux que je ne le pensais.

— Michaël est plein de surprises, tu sais…

Elles arrivèrent enfin devant la salle informatique. La pièce était sombre et déserte.

— Putain… Il est où ?

8.

L'heure du dîner approchait et, pourtant, Michaël n'avait pas la moindre envie de descendre au réfectoire. S'il ne se dépêchait pas, il allait arriver en retard et – comme l'avait si bien expliqué la professeur de mathématiques – ce n'était pas le moment de se faire remarquer. Pourtant, il ne parvenait pas à bouger. Les événements de la veille l'avaient plongé dans un profond état d'angoisse. Il ne voulait pas voir les autres élèves, pas même sa sœur, et surtout pas Alexandre Vidal ou la directrice.

Après les cours, il était allé se réfugier sur les marches de l'escalier de secours qui courait le long du mur sud de l'orphelinat. C'était dans ce coin isolé que les élèves, à une époque, se cachaient pour fumer des cigarettes, jusqu'à ce que madame Auric les surprenne, les forçant à changer de repaire. Cela faisait au moins une heure que Michaël était assis là, dos au mur, à rêvasser. La décision de la commission disciplinaire allait tomber, et l'idée d'être arraché à sa sœur le terrifiait. La commission en avait-elle le droit ? Séparer deux orphelins ? Non, cela paraissait impensable.

Il n'aurait pas supporté d'être loin de Laura, même quelques jours. Malgré leurs chamailleries, ils étaient tout l'un pour l'autre. Il y avait entre eux une connexion indicible, un lien profond qui dépassait celui de la gémellité. Devenir orphelins si jeunes, avoir affronté la mort ensemble… Ils se comprenaient sans se parler, éprouvaient les joies et les peines de l'autre. Michaël se souvenait encore du moment où il avait saisi la main de sa sœur, pendant l'accident. Tout était là, dans ces minutes fondatrices : la promesse d'un éternel soutien.

Et ce rêve étrange, qu'ils avaient partagé la nuit précédente ? Comment leurs subconscients respectifs avaient-ils pu jouer exactement la même partition ? À cause de ce lien si particulier qui les unissait ? Ou bien une force extérieure leur avait-elle inspiré le même songe ? Non ! Évidemment que non… D'ailleurs, il y avait des différences entre leurs deux cauchemars. À commencer par ce garçon brun, *au teint hâlé, avec de grands yeux verts*, que Laura avait décrit et que Michaël n'avait pas vu. Le garçon sourit.

Sans doute un comédien ou un chanteur sur lequel sa sœur devait fantasmer et qui s'était immiscé dans son rêve…

La sonnerie annonçant l'heure du dîner retentit. Michaël se leva, mais au lieu de descendre les marches pour se rendre au réfectoire, il se mit à monter, étage après étage, toujours plus haut, pour mettre le plus de distance possible entre lui et les autres. Au troisième, dans un coin, un grand brun et une jolie blonde de terminale s'embrassaient fougueusement. Ils jetèrent un coup d'œil étonné au garçon avant de reprendre leur activité.

Michaël continua jusqu'au quatrième. Une fois arrivé, il avisa la petite porte en bois devant lui. Il n'avait aucune idée de ce qu'il pouvait y avoir derrière. La porte, toujours fermée, avait fait l'objet de bien des suppositions parmi les élèves. Que pouvait-elle donc cacher ?

Il s'approcha et actionna la poignée. Verrouillée, bien sûr. Par le trou de la serrure ? Rien, le noir absolu. Il poussa un soupir et commençait à redescendre l'escalier, quand un grondement sourd s'éleva derrière lui.

Le sang de Michaël se glaça. Il s'immobilisa sur les premières marches, tétanisé, certain d'avoir reconnu ce bruit. Le même que la veille, avant que son sac ne tombe de la table du réfectoire. Le son grave d'une plaque de tôle qui se gondole. La première fois, il avait cru à un coup de vent, mais à présent… Non, ce grincement n'était pas ordinaire. Il se passait quelque chose d'étrange dans l'orphelinat.

Michaël se reprit aussitôt. Pas « quelque chose d'étrange », quelque chose d'*inexpliqué*. Et l'explication, il la trouverait.

Il fit lentement demi-tour, rassemblant son courage.

Mais alors qu'il arrivait sur le palier, il dut se rendre à l'évidence : la porte, comme par miracle, s'était entrouverte.

9.

Les élèves attendaient, en rangs par deux devant le réfectoire, respectant scrupuleusement l'interdiction absolue de dépasser la ligne de peinture blanche sur le sol de la cour avant l'appel de leur nom.

Ne voyant son frère nulle part, Laura commença à s'inquiéter sérieusement.

— J'espère qu'il n'a pas fait une connerie, murmura-t-elle à Clô.

— Mais non, enfin…

— Cette histoire me fait vraiment flipper. Il faut que j'aille le chercher.

— Tu plaisantes ? Pas maintenant. Le surveillant a commencé l'appel.

— Justement ! Il va voir que Michaël n'est pas là…

— OK, OK, attends, chuchota Clô. J'ai une idée. On va dire que tu es malade et qu'il faut que je t'accompagne à l'infirmerie. Je te couvrirai le temps que tu le cherches…

— Ça ne te dérange pas ?

— Je te soutiens dans ta folie. Prête ?

Clô se dirigea vers le surveillant et parlementa. L'homme jeta un coup d'œil sceptique à Laura, qui se tenait le ventre avec une expression douloureuse. Il fit une moue agacée, puis accepta la requête.

Les deux jeunes filles traversèrent la cour en se dirigeant vers l'infirmerie. Au dernier moment, au lieu d'entrer dans le bâtiment, elles bifurquèrent et se cachèrent derrière le perron.

— Je t'attends ici, murmura Clô. T'as cinq minutes !

Laura acquiesça et fila à l'intérieur. Sur le palier, une grande blonde de terminale se remettait du rouge à lèvres.

— C'est Einstein que tu cherches ? demanda-t-elle en vérifiant son œuvre dans un petit miroir de poche.

Elle désigna l'escalier.

— Il est monté par là...

10.

Michaël, perplexe, jeta un coup d'œil prudent de l'autre côté de la porte. Trop sombre pour y voir. Le cœur battant, il donna un léger coup de pied dans le battant afin qu'il s'ouvre plus largement. Les gonds émirent un grincement aigu.

Il s'avança et découvrit alors ce qui se cachait depuis si longtemps en haut des marches : un immense grenier poussiéreux, plongé dans l'ombre des combles. Hésitant, il regarda sa montre, puis haussa les épaules et se glissa à l'intérieur.

La vieille charpente, qui avait au moins deux siècles, était un chef-d'œuvre de menuiserie. Dressée dans la pénombre, elle évoquait la structure d'un ancien drakkar, retourné à l'envers, ou le squelette de quelque animal préhistorique.

Le garçon progressa avec prudence vers le centre. Les longues lattes du plancher se courbaient en craquant sous ses pas. Les derniers rayons du soleil filtraient par de rares ouvertures perdues dans la toiture. Des grains de poussière dansaient dans les rais de lumière qui quadrillaient l'espace, comme autant de fils dorés tendus vers le sol.

Tout en avançant doucement, Michaël caressa du bout des doigts la surface des meubles défoncés, des vieux cartons et des bibelots amoncelés.

Il y avait quelque chose de féerique dans ce désordre abandonné. C'était comme un temple oublié, renfermant mille secrets, mille souvenirs, où chaque objet racontait une histoire. Au fond, Michaël avait l'impression de se trouver dans l'âme même de l'orphelinat, dans sa conscience véritable, impénétrable. C'était comme si le reste du bâtiment n'était qu'une robe d'apparat et que ce grenier dérobé fût le cœur authentique et originel de l'ancien édifice. *Le noyau central de l'ordinateur, le processeur*, s'amusa à penser Michaël.

Quelques mètres plus loin, il s'arrêta devant un buste posé sur une ancienne commode. Sous un drap, on devinait la forme d'un visage. Michaël, d'un geste mal assuré, ôta délicatement l'étoffe et découvrit la sculpture d'un homme au regard sévère. Le crâne dégarni, il portait une longue barbe frisée dont les mèches drues ressemblaient aux vagues d'une mer agitée.

Michaël approcha la main du buste et essuya la poussière sur le socle. Un texte gravé apparut sous ses doigts. Des lettres grecques. Le jumeau haussa les sourcils en prononçant *Aiskhúlos*, le véritable nom d'Eschyle, l'auteur de la pièce *Prométhée enchaîné*.

Il n'en croyait pas ses yeux. Une coïncidence de plus ! Une coïncidence *de trop*, aurait dit Laura, alors que l'explication était sans doute très banale. Ce buste appartenait peut-être à la professeur de français. Ou bien celle-ci avait eu l'idée de leur faire étudier Eschyle en découvrant, un jour, cette sculpture dans le grenier. Oui. Rien d'extraordinaire…

Le garçon allait recouvrir le buste de marbre quand le plancher grinça à quelques mètres derrière lui.

Michaël fit un bond et se retourna, le cœur battant.

11.

La directrice de l'orphelinat referma la porte à clef et s'installa à son bureau, le visage tendu.

Cette fois-ci, les jumeaux Saurault ne lui laissaient plus le choix. Il était temps de prendre des mesures. Elle allait devoir prévenir son contact aux États-Unis que les choses tournaient mal et que les enfants étaient sur le point de découvrir, au moins partiellement, la vérité. Et c'était une mauvaise nouvelle. Une très mauvaise nouvelle.

Madame Auric ouvrit le tiroir sur sa gauche et en sortit le carnet de moleskine qu'elle avait confisqué à Laura quelques semaines plus tôt. Elle n'avait pas encore eu le temps de le lire entièrement, mais elle en avait assez vu. Ce que Laura soupçonnait, les inquiétudes qu'elle couchait sur le papier ne laissaient aucun doute. Toutes ces années, la directrice avait tenté, par sa sévérité, par sa dureté, d'empêcher les jumeaux de mûrir trop vite, d'affronter trop rapidement l'inévitable. Elle avait tenté de ralentir le destin… sans succès. La mission qu'elle s'était fixée risquait d'échouer.

Madame Auric alluma son ordinateur et lança le logiciel de communication. La liste de ses contacts s'afficha aussitôt. Tout en haut, le nom du docteur Evans apparut en clair. Il était connecté. D'un double-clic, elle ouvrit la fenêtre de dialogue.

> *Nous avons un problème avec les jumeaux. Devons agir au plus vite.*

12.

La silhouette de Laura se découpa dans la pénombre de l'immense grenier. Michaël poussa un soupir de soulagement.

— Laura, ne me fais pas peur comme ça… Il ne faudrait pas que cela devienne une habitude…

— Putain, Michaël ! Mais qu'est-ce que tu fous ici ?

— Figure-toi, très chère sœur, que je n'ai pas la moindre envie de voir mes congénères.

— Ouais, ben c'est pas le moment de faire le difficile. Si la directrice remarque ton absence…

À cet instant, Laura heurta un petit guéridon en acajou caché dans l'ombre d'une poutre. Une coupe en cristal bascula en arrière et tomba avant que Laura ne puisse la rattraper. Le calice se brisa en mille morceaux dans un vacarme aigu.

La jeune fille poussa un cri de douleur. Un éclat de cristal aiguisé venait de transpercer le cuir de sa botte et de se planter dans son pied.

Les yeux écarquillés, elle releva lentement la tête vers son frère.

— Michaël… J'ai… J'ai vécu exactement la même chose dans… dans mon rêve…

Le garçon était livide, les yeux rivés sur la blessure.

— Impossible…, marmonna-t-il.

— Quoi ?

— C'est… c'est impossible, répéta-t-il, figé.

— Michaël… Mais qu'est-ce qu'il y a ? murmura Laura, la voix tremblante.

Michaël ne répondit pas. Il refusait d'admettre que lui aussi avait vécu cette scène dans son cauchemar. *Incroyable*. Rêvait-il à nouveau ?

— Viens, dit-il finalement. Je t'emmène à l'infirmerie.

Il soutint sa sœur pour l'aider à marcher. La jeune fille boitait, mais ils se hâtèrent quand même vers la porte, le cœur battant.

— Attends ! protesta Laura. Ça saigne trop… Il faut que je bande la plaie…

Avec une grimace de douleur, elle enleva sa botte, détacha son joli foulard violet, et le noua tant bien que mal autour de la coupure. Puis elle renfila sa botte avec précaution, sans la lacer.

— Ça ira pour le moment, annonça-t-elle bravement.

Ils sortirent du grenier, refermèrent la porte derrière eux et descendirent lentement les marches. Au deuxième étage, Michaël s'arrêta brusquement.

— Qu'est-ce qu'il y a ? demanda Laura.

— Re… regarde… bégaya-t-il, le doigt tendu vers la cour en contrebas.

Laura se pencha par-dessus la rambarde. Trois hommes vêtus de longs manteaux noirs traversaient la cour à grands pas.

— C'est qui ces types ? demanda la jeune fille, inquiète.

Michaël ne répondit pas tout de suite. Jamais sa sœur

n'avait vu sur son visage un tel air de panique. Enfin, il sortit de sa torpeur et se tourna vers elle.

— Les… Les corbeaux. Ce sont les corbeaux !

— Qu'est-ce que tu racontes ?

— Ce sont les trois corbeaux qui étaient dans le rêve, expliqua Michaël.

— Dans mon rêve ?

— Dans *notre* rêve, corrigea le garçon.

— Hein ?

— J'ai fait le même que toi, Laura. Exactement le même. Et ce sont… Ce sont les trois corbeaux. Ils viennent nous enlever.

— Tu… Tu déconnes ?

Michaël ne répondit pas et poussa doucement sa sœur devant lui. Abasourdie, elle se laissa faire et descendit péniblement les marches jusqu'à la cour.

Dissimulés derrière le mur, ils observèrent la scène en silence. Les hommes en noir venaient d'arriver devant le réfectoire.

Tout se passa très vite.

L'un des intrus sortit un revolver de son manteau et plaqua brutalement le surveillant contre la porte. Les élèves poussèrent des cris de panique et se jetèrent dans des abris de fortune.

De là où ils étaient, les jumeaux n'entendaient pas clairement les paroles criées par l'homme en noir, mais une chose était sûre : l'échange était violent. Très violent.

Soudain, le Corbeau asséna un coup de poing dans le ventre du surveillant. Le malheureux se plia en deux en toussant. Son adversaire le projeta à nouveau contre le mur et posa le canon de son revolver contre sa tempe. Le surveillant finit par lever une main tremblante et pointa en direction du deuxième étage.

Michaël frissonna. *Sa chambre*. C'était sa chambre que le surveillant désignait.

— C'est… C'est quoi ce délire ? bredouilla sa sœur.

— C'est bien nous qu'ils cherchent. Il faut partir, Laura… Il faut partir d'ici !

13.

Le visage du docteur Evans apparut dans la fenêtre vidéo en haut de l'écran de l'ordinateur. Madame Auric se rassit. Elle avait entendu ce qui se passait dans la cour, et des gouttes de sueur perlaient sur son front. Elle serra les mains, tentant de calmer les tremblements qui la gagnaient.

— Que vous arrive-t-il, Marion ?

Malgré son fort accent américain, le docteur Evans parlait un français irréprochable.

— Les enfants sont en danger ! répliqua la directrice. Je… Je crois qu'il est déjà trop tard ! Je ne sais pas quoi faire…

— Que voulez-vous dire ?

Madame Auric s'emporta.

— Ils sont là ! cria-t-elle, prise de panique. Ils sont entrés dans l'orphelinat ! Trois hommes. Ils sont venus les chercher ! Et… Ils sont armés… Je ne sais pas comment les protéger. J'ai échoué… Je…

Un bruit sourd l'interrompit. Quelqu'un essayait de forcer la porte.

— Mon dieu… s'exclama-t-elle en lançant un regard épouvanté à son interlocuteur sur l'écran.

— Qu'y a-t-il ?

— Ils sont ici…

Elle resta silencieuse quelques secondes, les yeux fixant le vide, puis elle frappa du poing sur son bureau.

— Le journal de Laura ! s'exclama-t-elle. Il ne faut pas qu'ils le trouvent !

Elle se leva d'un bond et attrapa le carnet de moleskine posé à côté du clavier.

— Marion ! hurla le docteur Evans, à l'autre bout du monde.

Mais, de là où il était, le pauvre homme ne pouvait rien faire pour l'aider.

14.

Les jumeaux avaient attendu que les trois hommes disparaissent à l'intérieur du bâtiment principal, puis s'étaient élancés, aussi vite que possible, vers la grande porte de l'orphelinat.

La blessure de Laura l'empêchait de courir. Serrés l'un contre l'autre, ils longèrent le mur ouest, dissimulés dans l'ombre.

De l'autre côté de la cour, un attroupement s'était formé autour du surveillant qui, accroupi, tentait de reprendre son souffle. Laura scruta la foule.

— On va où ? demanda-t-elle en agrippant le bras de son frère.

— Je ne sais pas. On verra. Dépêche-toi !

Soutenant toujours sa sœur, Michaël accéléra le pas. Le porche n'était plus qu'à quelques mètres et les deux portes, fermées d'ordinaire à cette heure, étaient entrouvertes. Les trois hommes avaient dû les forcer.

— On y est presque !

Les jumeaux, le dos courbé, se faufilèrent le long de la paroi. Arrivés devant la maison du gardien, ils ralentirent le pas.

Laura risqua un coup d'œil à l'intérieur. Pétrifiée, elle poussa un cri d'effroi.

De l'autre côté de la porte-fenêtre, Michaël découvrit à son tour le terrible spectacle. Au milieu de l'entrée, monsieur Ragazzoli était étendu, immobile, la tête contre le carrelage, une grande tache rouge au niveau du cœur. La bouche ouverte, les yeux écarquillés, son visage était figé dans une expression d'épouvante.

Michaël crut qu'il allait perdre connaissance. Ses jambes se mirent à trembler et il dut s'agripper à la porte pour ne pas s'écrouler. La vérité crue, l'horreur de cette image étaient si inacceptables qu'il peinait à les appréhender. Pourtant, c'était réel. Les Corbeaux avaient assassiné monsieur Ragazzoli !

Rien, non, rien ne pouvait justifier cet acte. Sa gorge se noua, les larmes montèrent à ses paupières et il fut pris d'une immense envie de hurler. Hurler sa colère, sa peine…

Laura l'attrapa par le coude.

— Viens ! dit-elle. On ne peut pas rester là.

15.

La directrice hésitait. Contre sa porte, les coups se faisaient de plus en plus violents et, bientôt, la serrure allait céder. Il fallait réfléchir. Définir les priorités. Il n'y avait pas de seconde issue dans son bureau. Sortir par la fenêtre ? Trop dangereux. Brûler le journal intime de Laura ? Trop tard…

Du coin de l'œil, elle voyait le visage terrifié du docteur Evans sur l'écran.

— Marion ! Appelez la police ! hurlait l'homme devant sa Webcam.

— Ce n'est pas la meilleure idée. Et de toute façon, je n'en ai pas le temps !

Une seule chose comptait. Cacher ce journal intime. Il y avait trop d'informations susceptibles de trahir les enfants, et elle avait promis de les protéger. Depuis si longtemps… Elle n'avait pas le droit d'échouer, pas maintenant. Si elle parvenait à dissimuler le carnet, si les jumeaux réussissaient à s'échapper, ils auraient peut-être une chance de s'en sortir, et tout n'aurait pas été vain.

Un nouveau coup ébranla la porte, plus fort encore.

Madame Auric jeta un coup d'œil autour d'elle. Plus qu'une solution…

Elle attrapa son fauteuil, le fit glisser vers un coin de la pièce et monta dessus. Se hissant sur la pointe des pieds, elle poussa de toutes ses forces sur la trappe découpée dans le plafond. Le panneau de bois résista quelques secondes puis, enfin, il céda. La directrice le fit glisser à l'intérieur et redescendit de son fauteuil pour prendre le carnet sur son bureau.

Mais avant qu'elle ait pu remonter, la porte vola en éclats. Les trois hommes en noir, l'arme au poing, firent irruption dans la pièce. D'un geste désespéré, madame Auric cacha le journal derrière son dos.

— Où sont les enfants ? demanda le premier intrus en s'avançant vers elle.

Les épaules larges, les cheveux courts, la mâchoire carrée, il ressemblait à un videur de boîte de nuit.

Plaquée contre le mur, la directrice fit mine de ne pas comprendre.

— Quels enfants ?

— Ne jouez pas à ça avec nous. Où sont-ils ?

— Je… Je ne vois pas de qui vous parlez.

Sur l'écran, le docteur Evans, tétanisé d'horreur, observait la scène.

L'homme en noir secoua la tête. Il franchit les derniers mètres qui le séparaient de la sexagénaire, l'attrapa par les épaules et lui colla le canon de son revolver sur le front.

— Montrez-moi ce que vous cachez dans votre dos.

Le corps de madame Auric se tendit. Ses lèvres se mirent à trembler.

— Je vais compter jusqu'à trois, lâcha le Corbeau d'un air ironique. C'est comme ça que vous faites, avec les enfants, n'est-ce pas ?

La directrice ferma les yeux. Inutile de lutter. C'était fini. Aucune issue.

Elle avait échoué. Et l'enfer, pour les jumeaux, ne faisait que commencer.

Serrant la mâchoire, elle attendit.

— Un, deux…

16.

Le coup de feu retentit dans la cour et se réverbéra entre les quatre ailes du bâtiment. Des cris d'épouvante s'élevèrent parmi les élèves assemblés devant le réfectoire.

Les jumeaux sursautèrent et se retournèrent, les yeux écarquillés. Ils restèrent de longues secondes, pétrifiés, le regard fixé sur la façade de l'orphelinat. La détonation provenait du bureau de madame Auric.

Laura serra le bras de Michaël. Leur vie venait de basculer dans l'horreur et ils ne comprenaient pas pourquoi. Que leur voulait-on ? Qui étaient ces mystérieux Corbeaux et pourquoi étaient-ils venus jusque dans ce petit orphelinat perdu, dans le centre de la France ?

Rien n'avait plus de sens.

Michaël attrapa sa sœur par l'épaule et la tira vers la sortie.

— On y va…

— Et Clô ? murmura la jeune fille.

— Tu as vu de quoi ces hommes sont capables ? On part, Laura… On part tout de suite…

La jeune fille repoussa son frère, les larmes aux yeux.

— Non ! Pas sans prévenir Clô ! Il faut lui dire… Elle va s'inquiéter, elle…

Elle s'interrompit. Un des trois Corbeaux venait d'apparaître en bas du bâtiment opposé. Lentement, il se tourna dans leur direction.

Michaël poussa sa sœur et se plaqua avec elle derrière le porche. Il resta immobile, sa main posée sur la bouche de Laura. Le sang battait dans ses veines et son estomac se nouait douloureusement.

— Il nous a vus ? murmura Laura quand son frère l'eut enfin relâchée.

— Je ne sais pas. Allez, on y va.

La jeune fille acquiesça, séchant ses larmes. Son frère avait raison : ils ne pouvaient pas rester. Ils ne pouvaient plus prendre le moindre risque. Mais l'évidence était si terrible qu'elle avait du mal à l'accepter. Quelque chose lui disait qu'elle n'allait pas revoir Clô de sitôt. Et cette séparation lui paraissait insupportable.

Sur le trottoir, Michaël l'entraîna vers la gauche, mais Laura, qui avait repris son calme, l'arrêta.

— Qu'est-ce que tu fais ? Il faut aller vers le centre ville, protesta son frère.

— Non, justement... C'est le premier endroit où ils viendront nous chercher.

— Mais alors, où ?

— Je n'en sais rien... Dans le sens opposé. On verra bien...

Michaël estima que sa sœur avait raison. Ils se mirent en route. La nuit commençait à tomber. Entre chien et loup, les teintes rougeâtres du ciel coloraient le vieux mur en pierres qui longeait le parc de l'orphelinat. Tandis que les jumeaux remontaient la ruelle, leurs deux ombres s'allongeaient sur la surface irrégulière de la longue paroi.

Bientôt, ils passèrent devant une longue berline grise, vide. La seule voiture garée de ce côté de la ville. Sans doute celle des Corbeaux. Michaël lut la plaque d'immatriculation et fronça les sourcils. Ce n'était pas une plaque française. Il mémorisa tout de même le numéro et se remit en route.

À chaque pas, Laura luttait contre la douleur qui irradiait de sa blessure. Elle n'était pas douillette, et c'était certainement la plus sportive des deux… Mais l'audace et la détermination de son frère l'étonnaient. D'ordinaire, c'était elle qui prenait les initiatives, c'était elle la meneuse, la forte tête. Or, depuis l'arrivée des Corbeaux, Michaël s'était montré bien plus courageux qu'elle ne l'aurait imaginé. Alors, par respect pour lui, et par fierté aussi, elle s'efforça de ne pas se plaindre.

Comme ils étaient arrivés au bout de la ruelle, Michaël s'arrêta et étudia les options possibles. À gauche, le quartier résidentiel, puis la forêt. À droite, la zone artisanale et le centre commercial. Il poussa un soupir. Comment s'éloigner, le plus vite possible ? Faire du stop ? Ce n'était pas prudent et les conducteurs, voyant deux adolescents seuls, risquaient de se poser des questions. Le train ? Il faudrait retourner vers le centre ville et Laura avait raison, c'était dangereux. En outre, à cette heure-là, il n'y avait certainement plus le moindre train. Il leur faudrait attendre le matin.

Brusquement, sa sœur l'attira dans l'ombre. Les yeux écarquillés, elle désigna la porte de l'orphelinat, au loin.

Deux Corbeaux. Ils venaient de sortir par le porche.

Impossible de traverser sans être repérés. Ils n'avaient plus qu'une seule solution : filer derrière eux, vers le supermarché. Avec un peu de chance, ils trouveraient un téléphone pour appeler la police.

Ils se mirent en chemin le plus discrètement possible, puis, une fois hors de portée, ils accélérèrent le pas.

Quand, quelques minutes plus tard, ils arrivèrent au croisement avec la nationale, le soleil avait complètement disparu et le ciel s'était fortement assombri.

Ils obliquèrent à gauche vers la zone artisanale de Coudray et longèrent la double voie en marchant dans l'herbe, sur le bas-côté. Au loin, les lampadaires du parking du centre commercial créaient des halos de lumière blanche, comme autant de petites lunes brillant dans la nuit.

— Michaël ! souffla Laura. Une voiture…

— Cachons-nous…

Ils se précipitèrent vers le fossé et se blottirent en hâte derrière un buisson. Quelques secondes plus tard, deux phares apparurent à l'intersection de la nationale.

Laura serra la main de son frère.

— Ne bouge pas…

La voiture s'immobilisa, puis tourna dans leur direction. Elle avança lentement vers eux. Les pneus craquaient, projetant des gravillons éparpillés sur la route.

Quand le véhicule fut à leur hauteur, Laura retint son souffle, reconnaissant la berline grise garée dans la ruelle. Mais à l'intérieur, une seule silhouette. Les deux autres Corbeaux étaient sans doute restés à l'orphelinat… Le conducteur inspectait les bords de la chaussée. Il fouillait les environs du regard, elle en était certaine.

Quand les feux arrière de la voiture disparurent enfin, les jumeaux se relevèrent.

— Il nous cherchait.

— Mais qu'est-ce qu'ils nous veulent, bon sang ? murmura Michaël.

Laura secoua la tête.

— Je ne sais pas… Ça devient n'importe quoi, cette histoire. Je ne comprends plus rien depuis hier. Les inscriptions au dos de la photo… Le… Le *truc*, dans le réfectoire… et puis ce rêve que nous avons fait tous les deux.

Elle resta silencieuse un moment, puis ajouta :

— Tu crois que tout ça est lié ?

— Non. L'histoire du réfectoire, c'était dans ta tête, Laura. Il ne s'est rien passé. Quant au rêve, il s'agit d'une coïncidence…

— Une coïncidence ? Tu plaisantes ?

— Non. Théorie des grands nombres. C'est le célèbre couple fréquence-probabilité. En comparaison du nombre de fois où nous avons fait des rêves différents, le fait que nous fassions une fois de temps en temps le même rêve n'a absolument rien d'étonnant…

Michaël ajusta ses lunettes et reprit :

— En considérant que nous faisons en moyenne deux rêves par nuit, à quatorze ans nous avons donc fait un peu plus de dix mille rêves chacun. Un rêve sur dix mille en commun, statistiquement, c'est tout à fait ordinaire…

— Merci, Einstein, mais là, je suis désolée, la coïncidence est trop grande.

— Non. Par définition, une coïncidence se doit d'être étonnante, sinon, on ne la remarquerait pas, ce ne serait pas une coïncidence. La seule chose tangible, la seule chose qui ait réellement changé pour nous lors des dernières vingt-quatre heures, c'est l'inscription au dos de la photo. Ça, c'est du concret, Laura. Imaginer un rapport entre cette étonnante découverte et la venue des Corbeaux est la seule supposition raisonnable, je te l'accorde. Mais comment ces types ont-ils pu être au courant ? À moins que…

— Quoi ?

— À moins que madame Auric ne les ait prévenus…

Laura haussa les épaules.

— Ça ne m'étonnerait pas de cette ordure ! Bon, et maintenant… Qu'est-ce qu'on fait ? On ne va pas rester toute la nuit au bord de la nationale !

— Nous ne pouvons pas retourner à l'orphelinat, c'est trop dangereux. Mais il faut que tu soignes ton pied. Allons voir du côté du centre commercial. Avec un peu de chance, la pharmacie sera de garde.

La jeune fille acquiesça et ils se remirent en route, sans ajouter un mot. Mille questions se bousculaient dans leur tête, trop confuses pour être verbalisées…

Quand ils arrivèrent à hauteur du centre commercial, Michaël monta sur une butte de terre, un peu en retrait, pour prendre de la hauteur et inspecter les lieux. Personne à l'horizon. Il redescendit et fit signe à sa sœur de le rejoindre. Après avoir longé le parking, ils se dirigèrent vers la pharmacie, sur le flanc droit du bâtiment principal. Sans grand espoir : l'enseigne verte était éteinte. En effet, quand ils ne furent plus qu'à quelques mètres, ils durent se rendre à l'évidence : la pharmacie était fermée.

— Il faut trouver un moyen de prévenir quelqu'un, lâcha Michaël, découragé. On n'a pas de téléphone, ni de carte pour appeler d'une cabine…

— On n'a qu'à retourner sur la route et arrêter la première voiture qui passe.

— Avec le Corbeau qui rôde ? Non. C'est trop risqué.

— OK. Alors faisons le tour, répliqua Laura en se dirigeant vers l'arrière du bâtiment. Il doit bien y avoir un téléphone quelque part.

Ils furent rapidement déçus. Il n'y avait pas de téléphone, pas à l'extérieur en tout cas. Des rideaux de fer bloquaient les entrées des magasins ; des autocollants annonçaient que les portes vitrées étaient protégées par des alarmes. Faisant le tour du complexe, ils finirent par tomber sur une petite porte métallique, qui leur parut plus ancienne.

Laura grimaça en regardant le cadenas qui maintenait le battant fermé. Après une brève hésitation, elle partit en boitillant ramasser une grosse pierre, vint se poster devant la serrure, puis, sous le regard médusé de son frère, elle souleva la pierre et l'abattit de toutes ses forces sur le cadenas. Il y eut un claquement sourd, mais le cadenas résista.

— Tu es complètement folle ! s'exclama Michaël, qui n'en croyait pas ses yeux.

La jeune fille haussa les épaules.

— Au point où on en est…

Elle se remit en position et répéta son geste, plus fort. Cette fois, elle réussit : l'arceau de métal se brisa en deux. Laura adressa un sourire satisfait à son frère et tira le lourd panneau.

— Et voilà le travail.

Michaël secoua la tête.

La porte menait à l'arrière du supermarché, d'abord dans un couloir malodorant, puis dans une sorte de zone administrative, inachevée, encore en construction. Sur le chantier avaient été abandonnés des sacs de plâtre, des pots de peinture, des bâches et des outils. Sur la droite, une porte vitrée – flambant neuve, mais dont la serrure n'avait pas encore été installée – portait un panneau annonçant « Gestion des stocks ». Michaël passa le bras dans l'ouverture, tâtonna pour trouver un interrupteur et la lumière inonda le lieu, empli d'étagères, de placards, de cartons et de grands réfrigérateurs.

— Eh bien, au moins, on ne va pas mourir de faim, glissa Laura en souriant.

Plus loin, derrière une cloison de verre, se trouvait un bureau, plus ancien. Sans hésiter, Michaël ouvrit la porte et s'installa devant un ordinateur quelque peu vétuste, mais qui semblait encore en état de marche. Laura le suivit.

— On appelle les flics ? demanda-t-elle en désignant le téléphone.

— Attends.

Il se tourna vers l'écran et démarra le vieux PC.

— T'es grave ! Tu vois un ordinateur, tu peux pas t'empêcher…

— Principe de précaution. Avant d'appeler la police, je veux voir si une dépêche n'est pas sortie sur… sur les événements de l'orphelinat.

La page principale du système d'exploitation s'afficha sous leurs yeux.

— Il date des années quatre-vingt, ce truc… grommela Laura.

— Il y a une connexion, c'est le principal.

Michaël lança un ancien logiciel d'exploration Internet et entra l'adresse d'un site d'actualités.

— Et en plus, il rame, se plaignit sa sœur, qui bouillait d'impatience.

La première page apparut enfin et Michaël parcourut les derniers articles publiés.

— Regarde ! s'exclama-t-il en désignant un titre sur l'écran. L'article vient tout juste d'être mis en ligne…

« Fusillade dans un orphelinat à Coudray ».

Michaël cliqua sur le lien. La suite de l'article se déroula lentement sur le petit écran.

Confusion dans la petite ville de Coudray : selon plusieurs témoins, des coups de feu auraient éclaté à l'intérieur des murs de l'orphelinat, aux alentours de 19 h 30. Une fusillade qui aurait fait au moins deux victimes parmi le personnel de l'établissement : la directrice et le gardien, un homme de soixante-quatorze ans. Le premier rapport de police n'a pas encore été établi mais, toujours selon des témoins sur place, deux adolescents, résidents de l'orphelinat, se seraient enfuis et seraient activement recherchés par les forces de l'ordre… Menacés de renvoi depuis la veille, les deux orphelins auraient pu chercher à se venger de la directrice de l'établissement.

Michaël se prit la tête entre les mains.

— N'importe quoi, murmura Laura, la voix rauque. Ils ne parlent même pas des hommes qui sont entrés dans l'orphelinat… Ils ont frappé le surveillant devant tout le monde, ils…

Elle s'interrompit, la gorge serrée.

— En tout cas, j'ai bien fait de vérifier, dit Michaël, qui luttait pour garder son calme. Il… Il ne se serait pas judicieux de… N'appelons pas la police, pas tout de suite, en tout cas…

— Mais alors… Qu'est-ce qu'on fait ?

— Je ne sais pas. Il faut demander de l'aide… Prévenir quelqu'un…

— Mais qui veux-tu qu'on appelle ?

Laura se laissa tomber sur une chaise. Les choses étaient encore pires qu'ils ne l'avaient imaginé, et la situation mettait en évidence la terrible réalité : ils n'avaient personne.

Personne à qui se confier. Sans famille, sans le moindre contact à l'extérieur de l'orphelinat, ils étaient seuls, livrés à eux-mêmes. La jeune fille ferma les yeux, désespérée. Jamais cette solitude ne lui avait semblé aussi pesante.

— Il y a un truc étrange, murmura Michaël, brisant le silence qui s'était installé.

— Quoi encore ?

— C'est pas une simple dépêche. C'est un article détaillé.

Laura frissonna. Elle ne comprenait pas ce que son frère insinuait, elle savait seulement qu'elle était épuisée, sous le choc, qu'elle commençait à avoir froid et qu'autour d'elle, les ombres se faisaient plus profondes.

— Explique, Michaël. Je suis trop fatiguée pour jouer aux devinettes.

— La fusillade a eu lieu il y a… une heure, une heure et demie au maximum. La police a eu le temps d'arriver, d'accord… Mais… Les journalistes ? L'article est déjà écrit ? Je m'attendais à une simple dépêche de l'AFP.

— Oui… C'est un peu rapide.

— Comme par hasard, il y a déjà tout un article, et on nous désigne d'emblée comme coupables.

Laura ne commenta pas. Elle comprenait où Michaël voulait en venir, mais les implications étaient si terribles…

Ce fut son frère qui exprima ce qu'ils craignaient tous deux.

— Ce sont peut-être les Corbeaux, ou leurs complices, qui ont écrit cet article. Pour que nous soyons repérés, pourchassés, partout où nous irons…

Un long silence s'installa. Laura s'aperçut qu'elle tremblait. Ils restèrent un moment sans bouger, dans le noir, chacun tentant de dissimuler à l'autre sa propre angoisse.

— Écoute, il est tard. Je pense que nous devrions essayer de dormir, suggéra finalement le garçon.

— Ici ?

— On n'a pas trop le choix. Demain, on y verra plus clair. On consultera les dernières dépêches. Si ça se trouve, je me trompe, et le prochain rapport de police sera beaucoup plus rassurant. Il y a des tas de témoins, à l'orphelinat, qui ont vu les Corbeaux. Tout va rentrer dans l'ordre.

Laura hocha lentement la tête. Ils ne devaient pas s'abandonner au découragement.

— Je vais essayer de trouver quelque chose pour soigner ma blessure.

— OK. Moi je vais voir où on peut dormir.

Avant de se lever, il attrapa la main de Laura et lui adressa un sourire réconfortant.

— Ne t'inquiète pas, petite sœur, tant qu'on est ensemble, on ne risque rien.

Elle acquiesça en essayant de masquer sa peur.

17.

21 MAI.

Dans le silence du *Sub Basement 13*, il ouvrit lentement les yeux.

Lui. L'être. Il songea qu'il n'avait plus grand-chose d'humain. Puis il poussa un soupir.

Plus que 31 jours, pensa-t-il. *Plus que 31 jours*.

18.

— C'est pas vrai !

Laura fut réveillée en sursaut par l'exclamation de son frère, à l'autre bout du bureau où ils avaient passé la nuit. Les premiers rayons du soleil se glissaient dans les Velux de l'entrepôt. Michaël, les yeux rivés à l'écran, était comme pétrifié devant l'ordinateur.

La jeune fille se redressa en grimaçant. Allongée sur un lit de fortune fait de sacs et de bâches, elle avait mal dormi et son dos était terriblement douloureux.

— Qu'est-ce qu'il y a ? demanda-t-elle en se frottant les yeux.

— Ils ne mentionnent toujours pas les Corbeaux… Ils confirment que nous sommes les principaux suspects des meurtres de madame Auric et de monsieur Ragazzoli…

— Mais… Et les autres élèves ? Ils ont dû témoigner…

— Sûrement. Je ne comprends pas…

Les Corbeaux… D'une manière ou d'une autre, les Corbeaux étaient en train de leur tendre un piège. De lancer la traque.

— En tout cas, le fait qu'ils aient tué madame Auric la disculpe, elle, reprit Michaël. Ce n'est certainement pas elle qui les a appelés.

— Je ne sais pas, répliqua Laura, sceptique. Je me méfie de tout le monde, maintenant…

Elle se leva et jeta un coup d'œil par la fenêtre.

— Quelle heure il est ?

— 6 h 10.

— On ne peut pas rester là. Le personnel du supermarché ne va pas tarder à arriver…

— Je sais. Mais où veux-tu aller ? Au commissariat ? demanda Michaël, et de nouveau, leurs regards inquiets se croisèrent. Nous pourrions leur expliquer... Notre innocence, l'intervention des Corbeaux... Nos soupçons sur l'article...

— Non !

La violence de la réponse de sa sœur le surprit.

— Désolée, Michaël, reprit Laura. Mais... il ne faut pas contacter la police. Je le... Je le sens. J'en suis certaine. Ils ne nous croiront pas. Ils ne *voudront* pas nous croire.

Le garçon fronça les sourcils.

— Tu le *sens* ? répéta-t-il, agacé.

— Oui.

— Ah. Et tu sens quoi d'autre ? Tu n'aurais pas une illumination soudaine pour nous sortir de cette situation ?

— Ne te moque pas...

Laura était toujours devant la fenêtre. Brusquement, elle fit un pas en arrière et se plaqua contre le mur.

— Ils sont là ! s'écria-t-elle, terrifiée.

— Qui ? Les gens du supermarché ?

— Non. Les Corbeaux ! Sur le parking !

19.

— Comment ont-ils pu vous échapper ? lâcha Mandeville, furieux.

Le téléphone à l'oreille, il faisait les cent pas dans son bureau, au sommet du gratte-ciel de verre fumé, comme un fauve prêt à bondir de sa cage. En contrebas, la ville grouillait déjà depuis longtemps, ballets de voitures, files de piétons...

— Quelqu'un a dû les prévenir de notre arrivée, répondit son interlocuteur, embarrassé. Peut-être la directrice.

— La directrice ?

— Oui. Madame Auric. C'est une *ancienne*. Elle est apparue dans nos fichiers.

Le président s'arrêta devant la baie vitrée et frappa du poing sur la surface transparente.

— Vous avez effacé vos traces ?

— Bien sûr, monsieur le président.

Mandeville inspira pour retrouver son calme.

— J'ai prévenu les autorités françaises. Elles ne devraient pas vous causer d'ennuis.

— Merci, monsieur le président. En effet, le commissariat local s'est rapidement montré conciliant. Le plus dur sera de faire taire les autres élèves… La police a ouvert une cellule d'aide psychologique, sous le contrôle d'un de nos spécialistes. Ce sont des orphelins, donc pas de problèmes avec les familles.

— Je l'espère, dit Mandeville. Et les jumeaux ? Vous les avez identifiés ? Ce sont bien les Forbes ?

— Je le crains. J'ai récupéré le journal intime de la gamine et tout concorde. Mais ils semblent ignorer leur véritable identité. À leur arrivée à l'orphelinat, ils ont été enregistrés sous le nom de Saurault et, *a priori*, ils ne sont pas au courant de grand-chose.

— Vous devez les retrouver. À tout prix.

— Nous sommes déjà sur leur piste. C'est une question de minutes, monsieur le président. Je vous tiens informé.

20.

Michaël risqua à son tour un coup d'œil par la fenêtre. Au milieu du parking, trois Corbeaux remontaient vers le supermarché, l'arme au poing.

— Comment ont-ils retrouvé notre trace ! ?

— Je ne sais pas ! s'écria Laura. Il faut sortir d'ici…

— Ou bien nous cacher en attendant qu'ils repartent.

— Non… C'est trop risqué !

— Mais comment veux-tu leur échapper ? Ils sont en voiture, et nous à pied !

Laura réfléchissait, fébrile. Après un moment de silence, elle se tourna brusquement vers son frère.

— Le magasin de motos !

— Quoi ?

— Celui où on rendait les moto-cross après les exercices, au camp de vacances… C'est juste derrière ! On va en prendre une et partir par la forêt. En voiture, ils ne pourront jamais nous suivre…

Michaël la regarda, hagard.

— Tu plaisantes, j'espère ? Ils vont nous rattraper !

— Pas à travers les arbres !

— Et puis… *Prendre* une moto ? Le magasin sera fermé ! Comment…

— On se débrouillera ! cria Laura, avec un geste vague qui ne rassura guère Michaël. Allez, go !

Le cœur du garçon battait à tout rompre. Tout allait trop vite, il n'avait pas le temps de penser…

— Attends ! cria-t-il.

Il désigna l'entrepôt.

— Il nous faut des provisions. Nous ignorons combien de temps ils vont nous poursuivre…

— OK, mais vite !

Michaël prit sa tête dans ses mains, luttant contre la panique.

— Il faut aussi… des outils. Pour entrer dans le magasin, faire démarrer les motos… Et…

Il s'interrompit, tentant désespérément d'anticiper, mais l'urgence lui brouillait les idées.

Laura fila vers le chantier. Elle ramassa un sac de sport qui devait appartenir à un des ouvriers, y entassa tout ce qu'elle pouvait – quelques outils, du ruban adhésif – puis, ouvrant les réfrigérateurs, récupéra des petites bouteilles d'eau et une série de sandwichs industriels à l'aspect peu engageant.

— Ils arrivent ! s'écria Michaël en voyant approcher les trois silhouettes par la fenêtre.

Ils refermèrent le sac, se précipitèrent vers la porte, sortirent du supermarché et se faufilèrent à quatre pattes entre les hautes herbes du terrain vague derrière le bâtiment.

Le magasin de deux-roues se trouvait de l'autre côté du parking. Il allait falloir traverser le terre-plein sans se faire voir.

Cachés derrière un pilier en béton, ils attendirent que les Corbeaux fussent arrivés à hauteur de l'entrepôt et se mirent à courir de toutes leurs forces vers le côté opposé.

Des bruits sourds résonnèrent dans l'entrepôt. Les Corbeaux avaient dû découvrir les traces de leur passage et retournaient tout à l'intérieur.

Le pied de Laura – qu'elle avait lavé à l'eau minérale et bandé de son mieux – la faisait toujours souffrir. Mais malgré la douleur, elle courait plus vite que son frère qui, moins habitué aux efforts physiques, perdait du terrain.

— Grouille ! cria-t-elle.

Michaël, déjà épuisé, grimaça.

Quand ils arrivèrent devant le magasin, ils découvrirent la devanture fermée par un rideau de fer. Aucun moyen, du moins rapide, de pénétrer à l'intérieur. De l'autre côté de la vitrine, les rangées de motos neuves semblaient les narguer de leurs gros phares ronds.

— Eh merde ! lâcha Laura en tapant du poing sur la grille.

Michaël parcourut les derniers mètres, à bout de souffle.

— Tout ça pour rien… On aurait dû se cacher !

— Attends. J'ai pas dit mon dernier mot, grommela Laura.

Elle se remit en route et contourna le magasin par la droite.

— Où vas-tu ? cria Michaël.

Une exclamation, derrière eux…

Les Corbeaux. L'un d'eux avait le bras tendu dans leur direction et les autres couraient sur le parking.

Ils étaient repérés.

Michaël se précipita pour rejoindre sa sœur.

— Les voilà ! hurla-t-il.

— Regarde ! répliqua-t-elle.

Dans une petite cour, à l'arrière du magasin, trois vieilles motos étaient alignées, attachées par une grosse chaîne. Laura plongea la main dans le sac et en sortit une énorme pince.

— Je ne vais jamais réussir à les faire démarrer ! s'exclama Michaël. Si elles sont là, c'est sûrement qu'elles sont en panne !

— Je croyais que t'étais le roi de la mécanique ? Ils arrivent ! Alors tais-toi et essaye ! Je m'occupe de la chaîne !

La pince à la main, Laura s'attaqua à un anneau avec l'énergie du désespoir. Au loin, Michaël entendait les pas de course des Corbeaux. Galvanisé par la panique, le garçon fouilla frénétiquement le sac, en sortit un tournevis et s'agenouilla près de la moto qui semblait la moins abîmée. C'était une 125 cm^3, tout-terrain, dont la plupart des parties métalliques étaient rouillées et le carénage très endommagé. Par chance, cela signifiait aussi que le Neiman était ancien.

Bénissant en silence la mémoire de monsieur Ragazzoli, qui l'avait initié à la réparation des motos l'été précédent, Michaël inspecta la pièce au centre du guidon et repéra deux petites vis sur le dessous. Il se concentra sur elles, les doigts tremblants. Les Corbeaux étaient tout près maintenant, juste de l'autre côté du magasin.

Au même moment, Laura, au prix d'un effort surhumain, parvint à couper un maillon de la chaîne. Elle libéra les motos.

— Grouille-toi ! Ils arrivent !

Michaël, d'un geste mal assuré, réussit à séparer le Neiman en deux puis fit glisser la pointe de son tournevis dans l'encoche de la moitié inférieure. Il savait ce qu'il était censé faire, mais entre la théorie et la pratique, il y avait un monde. Le tournevis glissa, le garçon s'écorcha la paume, il recommença avec fébrilité.

— Michaël ! cria Laura.

Le garçon se concentra. Une résistance. Il essaya à nouveau. En forçant légèrement, enfin, il parvint à mettre le contact. Les voyants de la moto s'allumèrent sur le petit tableau de bord.

Les Corbeaux apparurent au coin du bâtiment.

Laura sauta sur la selle et appuya sur le démarreur. La batterie n'avait plus beaucoup d'énergie et le moteur eut du mal à se lancer. Elle s'y reprit à plusieurs fois et, finalement, un bruit sourd résonna dans le pot d'échappement.

— Monte !

Alors que les Corbeaux fondaient sur eux, Michaël attrapa le sac de sport et se hissa derrière sa sœur.

La jeune fille débraya, appuya du pied gauche sur le sélecteur de vitesses et alluma les gaz. La moto, légère et nerveuse, partit d'un coup juste avant que l'homme ne les attrape.

Criant de surprise et de terreur, Michaël faillit tomber à la renverse et s'agrippa aux hanches de Laura.

— Fonce !

La roue avant de la moto se souleva. Le garçon serra la mâchoire, tétanisé, avant de jeter un rapide coup d'œil en arrière. Le premier des Corbeaux n'avait pas abandonné sa poursuite et courait encore derrière eux.

Il est armé. Il pourrait très bien nous tirer dessus, pensa Michaël. *Ça veut dire qu'il nous veut vivants… Mais pourquoi ?*

Laura manœuvrait maladroitement la moto au milieu du terrain vague. Les roues crantées arrachaient des morceaux de terre au sol et le pot d'échappement lançait des hurlements aigus. Les buissons défilaient autour d'eux et leur fouettaient les jambes.

Peu à peu, ils prirent de la vitesse. Michaël, le cœur battant, se blottit contre sa sœur et préféra fermer les yeux. À chaque aspérité du chemin, les suspensions arrivaient en bout de course et son bassin recevait un coup. À ce jeu-là, il n'était pas sûr de pouvoir tenir longtemps, mais l'essentiel était d'échapper à leurs poursuivants…

Quand ils arrivèrent dans la forêt de Chanville, les silhouettes des Corbeaux avaient depuis longtemps disparu derrière eux.

21.

Il fut le dernier à monter dans le train. La tête rentrée dans les épaules, le col de son manteau noir relevé, sa casquette sombre solidement enfoncée sur le crâne, il se glissa discrètement dans le wagon de queue.

Il avait regardé passer tous les autres passagers. Il n'en cherchait qu'un seul : le garçon.

Il connaissait parfaitement son visage. Quatorze ou quinze ans, de courts cheveux bruns frisés, le visage rond, de grosses lunettes… Il l'aurait reconnu entre mille. Pour l'instant, il n'était nulle part en vue.

Mais il viendrait, c'était certain. À un moment ou un autre, il serait là, dans ce train. Il suffisait d'attendre.

Il ne pouvait pas le manquer.

22.

Laura et Michaël n'étaient pas sortis de la forêt quand la moto eut ses premiers ratés. Elle cahota encore une vingtaine de mètres avant de s'éteindre complètement.

La jeune fille la laissa continuer en roue libre aussi longtemps que possible. Quand la 125 s'immobilisa, Laura posa les pieds au sol et fit signe à son frère de descendre.

— Plus d'essence, soupira-t-elle en calant la moto sur sa béquille.

Michaël s'étira en grimaçant.

— Tant mieux. Je n'en peux plus de cette machine infernale… Et j'ai le dos en compote.

Il prit une bouteille d'eau dans le sac de sport et se laissa tomber au pied d'un arbre. Après avoir bu une longue gorgée, il s'essuya la bouche d'un revers de manche.

— Bon. Qu'est-ce qu'on fait, maintenant ?

— On continue à pied, proposa Laura.

— Vers où ?

— Eh bien, vers Chanville.

— La police nous recherche…

— Justement, il faut quitter la région. Et pas par Coudray.

— Mais comment veux-tu faire…

— On va se glisser dans un train à la gare de Chanville.

— Bien sûr ! Se glisser dans un train, comme des voleurs, ironisa Michaël, abattu de fatigue. Et pour aller où, s'il te plaît ?

— À Paris.

— Mais bien entendu ! Et pourquoi ?

Laura haussa les épaules sans répondre. Mais Michaël la dévisageait avec insistance.

— Pourquoi Paris ? répéta-t-il.

La jeune fille le regarda droit dans les yeux.

— Est-ce qu'il y avait la tour Eiffel, dans ton rêve, Michaël ?

Le garçon en eut le souffle coupé.

— Alors ? Oui ou non ?

— P… Pourquoi ?

— Réponds-moi. As-tu vu la tour Eiffel ? À la fin de ton cauchemar ?

Michaël avala sa salive, puis hocha la tête, désemparé. Laura eut un sourire satisfait.

— J'en étais sûre ! murmura-t-elle. Michaël, si nous en avons rêvé tous les deux, c'est que nous *devons* aller là-bas.

— N'importe quoi, répliqua son frère, agacé.

— Tu ne crois pas que les rêves nous indiquent le chemin à suivre ?

— Non ! rétorqua le garçon.

Puis la phrase étrange de monsieur Ragazzoli lui revint en mémoire. Que lui avait-il dit, dans le réfectoire ? Moins de quarante-huit heures avant sa mort ? *Il faut être à l'écoute de ses rêves, tu sais.*

Le garçon frissonna.

— Michaël, cela fait deux jours que nous vivons des choses étranges. Pourquoi ne pas nous fier à ce rêve ? Nous n'avons nulle part où aller, alors, la tour Eiffel ou ailleurs… Tu as mieux à proposer ?

— Je… Je ne sais pas, balbutia-t-il.

— Alors on va à Paris, conclut Laura d'un ton catégorique, et elle se mit en route sans laisser à son frère le temps de répondre.

Michaël la regarda s'éloigner, puis, péniblement, il se leva et la suivit en grommelant.

23.

Les jumeaux arrivèrent en vue de la gare de Chanville un peu avant dix heures. Comme l'avait craint Michaël, une voiture de police était garée devant le bâtiment et deux agents discutaient au seuil de la porte.

— Ça ne va pas être commode, maugréa-t-il.

— On va rejoindre le quai par l'extérieur, sans passer par la gare, proposa Laura.

— Encore une idée lumineuse ! se moqua Michaël. Et on va attendre combien de temps, comme ça, à découvert ? Avec deux policiers à moins de vingt mètres ? On ne sait même pas à quelle heure est le prochain train pour Paris !

— C'est fou ce que tu es positif, mon cher frère, dit Laura en imitant le ton précieux de Michaël. On va se planquer, et regarder ce qui est affiché sur les trains. La destination est toujours indiquée sur les portières des wagons…

Ils contournèrent la gare par le sud. À cette heure, la ville était presque déserte. Un passage étroit entre deux maisons semblait redescendre vers le réseau ferré. Ils l'empruntèrent sans faire de bruit. Au bout de l'allée, un vieux grillage rouillé bloquait l'accès aux voies. Laura jeta un coup d'œil alentour, puis elle grimpa sur l'un des piquets pour enjamber le grillage.

Une fois de l'autre côté, elle aida son frère, qui eut bien plus de mal à grimper.

— Ça va, ton pied ? murmura Michaël.

— C'est supportable, répondit Laura en s'accroupissant au bord de la voie.

Ils inspectèrent les environs. Personne. Le bout du quai ne se trouvait qu'à une dizaine de mètres. Suivant discrètement les rails, ils s'arrêtèrent derrière un panneau un peu plus loin.

— On ne va quand même pas monter sans billet ! protesta Michaël.

Il fit une moue catastrophée en découvrant ce qu'annonçait le panneau devant eux : « Danger de mort ».

— Avec les flics devant la gare, on n'a pas le choix, chuchota Laura.

— Et s'il y a un contrôleur dans le train ?

— On verra bien.

— Tout cela est fort déraisonnable !

L'expression de Michaël était si incongrue que, malgré la situation, Laura ne put s'empêcher de rire... un rire aussitôt interrompu par le vrombissement de l'arrivée d'un train.

— Planquons-nous !

Ils partirent s'abriter derrière un petit cabanon métallique et regardèrent passer le convoi : un petit TER, en direction de Poitiers.

— On prend celui-là ? proposa Michaël, pressé d'en finir.

— Non ! Il nous en faut un qui va à Paris...

— Si ça se trouve, il n'en viendra pas avant des heures.

— Il y a des trains pour Paris très régulièrement, déclara Laura d'un ton sans appel. On reste planqués là et on attend.

Michaël s'assit contre le cabanon. Puis, prenant le sac de sport sur ses genoux, il en sortit deux des sandwichs volés dans l'entrepôt.

— Brunch ? proposa-t-il.

Laura sourit.

— Bonne idée.

Elle s'installa près de son frère et ils grignotèrent en silence à l'abri des regards.

Une inquiétude sourde se lisait sur leurs visages. Leur fuite avait été si mouvementée qu'ils n'avaient pas vraiment eu le temps de prendre conscience de tout ce qui s'était passé. Cette pause leur donnait le temps de réfléchir. L'atmosphère s'en ressentit.

Michaël revoyait monsieur Ragazzoli, étendu par terre, la poitrine ensanglantée. Il y avait aussi ces événements mystérieux auxquels il ne pouvait trouver d'explication : leur rêve prémonitoire, le bruit étrange qui avait précédé la chute de son sac dans le réfectoire, l'ouverture miraculeuse de la petite porte du grenier, le buste d'Eschyle… Et cette inscription au dos de la photo de leurs parents…

Laura, quant à elle, pensait plutôt à Clô, le cœur serré. Où était-elle à présent ? Lui était-il arrivé quelque chose ? Pourquoi ne témoignait-elle pas en sa faveur ? Et quand allait-elle la retrouver ?

Le silence était de plus en plus pesant. Au bout de quelques minutes, Michaël se décida enfin à parler.

— Tu as gardé la photo ?

— Oui, bien sûr, répondit Laura en désignant la poche de sa veste.

— Il faut que nous comprenions ce que signifie la suite de chiffres et de lettres écrite derrière.

— Nous ferons ça à Paris. On trouvera bien un ordinateur dans un cybercafé… Je suis sûre que tu en viendras à bout.

— Bonne idée. Mais attends, reprit Michaël après un instant. Combien avons-nous d'argent ?

Laura fouilla ses poches, en sortit un billet de dix euros, froissé et abîmé, une pièce de cinquante cents et une pièce de dix cents.

— Royal, non ?

Michaël eut beau tourner et retourner ses poches, il n'avait rien.

— Nous trouverons une solution, dit lentement Laura. Et puis... Il faudra aussi faire des recherches sur le nom de « Forbes », et sur nos parents. Il doit bien y avoir des traces d'eux quelque part.

— Certainement, répliqua Michaël d'un ton qui se voulait rassurant.

L'idée d'en apprendre davantage était à la fois excitante et terrifiante. Ils allaient enfin découvrir la vérité sur leurs origines... mais celles-ci leur réservaient vraisemblablement quelques surprises. Et pas forcément des bonnes. Sinon, pourquoi leur aurait-on changé leur identité en les abandonnant dans un orphelinat, à des milliers de kilomètres de leur ville de résidence ? Sans oser l'avouer, Laura et Michaël espéraient que ces recherches leur révéleraient l'existence d'un oncle, d'une tante, d'un cousin... Une famille. Un petit bout de famille. Quelque chose qu'ils n'avaient jamais eu.

Un second train se profila à l'horizon. Michaël rangea les affaires dans le sac et ils se mirent en position. Quand le premier wagon passa devant eux, ils virent clairement la pancarte affichée sur les portières.

« Paris ».

Ils se précipitèrent vers le quai.

24.

Assis à l'arrière du train, il ne put rater les deux silhouettes qui venaient de surgir du bord de la voie.

C'était lui.

Il avait reconnu le garçon. Le fameux Michaël.

Enfonçant la casquette sur son crâne, il se cala au fond de la banquette et observa la scène en silence.

Les deux adolescents s'étaient fondus discrètement dans le flot des voyageurs qui montaient ou descendaient du train. À l'autre bout du quai, le chef de gare discutait avec deux policiers, qui, visiblement, n'avaient rien remarqué.

Les fugitifs montèrent dans le dernier wagon. Dans *son* wagon.

Les nerfs tendus, il releva le col de son manteau pour mieux dissimuler son visage. Les deux voyageurs clandestins passèrent à côté de lui. Du coin de l'œil, il eut tout le loisir de détailler les traits du garçon. Cheveux frisés, lunettes, visage rond... Aucun doute, c'était bien lui. Et l'autre ? Sa sœur, probablement. Ils se ressemblaient.

Il resta immobile et les laissa passer.

Les deux adolescents s'installèrent côte à côte, quelques rangées devant lui.

Le train s'ébranla.

25.

Les jumeaux avaient pris place dans le sens contraire de la marche, sur deux fauteuils non réservés. Jusqu'au démarrage du train, ils étaient restés blottis dans leur siège, la tête rentrée dans les épaules, terrifiés à l'idée que les policiers puissent les apercevoir depuis le quai ou, pire, qu'ils montent à bord juste avant le départ.

Finalement, tout s'était bien passé.

Ils n'avaient plus qu'une chose à espérer : qu'aucun contrôleur ne viendrait vérifier leur billet.

Par chance, il n'y avait pas grand monde dans le train, et encore moins dans ce dernier wagon. Les minutes s'écoulèrent dans un parfait silence. Laura et Michaël ne voulaient pas attirer l'attention et ils n'étaient pas d'humeur à échanger des banalités.

Ils restèrent ainsi pendant une bonne heure, immobiles et graves, les yeux rivés sur le paysage qui défilait au-dehors.

Michaël laissa son esprit dériver. C'était la première fois qu'ils partaient si loin de l'orphelinat. Mieux encore : c'était la première fois qu'ils allaient à Paris. Paris ! Certes, il aurait préféré que le voyage se passe dans d'autres circonstances, mais c'était tout de même une expérience extraordinaire.

Une chose était certaine : rien ne serait plus jamais comme avant. Ils venaient de franchir une étape, de basculer dans une nouvelle vie.

Mais laquelle ?

Brusquement, Michaël fronça les sourcils, la tête levée vers le plafond.

— Qu'est-ce qu'il y a ? demanda Laura en remarquant son air inquiet.

Le garçon se recula et se pencha vers sa sœur.

— Tu as vu le type, là-bas ? murmura-t-il en masquant ses lèvres des deux mains. Avec son manteau noir et sa casquette…

— Où ça ?

— Quelques rangs plus loin. Regarde, on voit son reflet là, au-dessus de nous, dans les vitres des porte-bagages.

La jeune fille leva la tête.

— Ah oui, je le vois. Eh bien ?

— Il nous surveille. Il nous surveille, j'en suis sûr. Tu ne trouves pas qu'il ressemble à un Corbeau ?

Laura passa la tête dans l'allée, puis la retira aussitôt.

— Merde ! Tu as raison. Il nous observe !

— Qu'est-ce qu'on fait ?

— On bouge.

Michaël acquiesça. Pas une minute à perdre. Se levant le premier, il se glissa entre les fauteuils. Laura le suivit et ils se hâtèrent vers la voiture suivante. En ouvrant la porte qui donnait sur le couloir intermédiaire, il jeta un coup d'œil en arrière. Son visage blêmit : le type à la casquette s'était levé et avançait droit vers eux.

Le jumeau attrapa sa sœur par le bras.

— Il arrive !

Ils accélérèrent le pas, traversèrent le sas et pénétrèrent dans le wagon suivant. En entendant le mécanisme d'une porte qui, déjà, s'ouvrait derrière eux, ils se mirent à courir sans retenue, en plein milieu du train, s'agrippant aux dossiers des fauteuils pour ne pas perdre l'équilibre. Les passagers leur jetaient des regards étonnés. Les secousses de la rame ralentissaient leur course. Ils arrivèrent au bout de l'allée et passèrent le sas suivant.

Michaël, le souffle court, ouvrit les deux portes successives. Ils pénétrèrent dans un wagon où se trouvaient plusieurs locaux techniques, sans aucun passager.

— Plus vite ! s'écria Laura, poussant son frère devant elle.

Malgré sa fatigue, le garçon redoubla d'efforts. Mais jusqu'où pouvaient-ils aller ? Le train n'était pas infini. Le Corbeau allait finir par les rattraper… Chercher protection auprès d'un contrôleur ? Les Corbeaux, à l'orphelinat, avaient tué deux personnes de sang-froid. Ce n'était pas un agent de la SNCF qui allait les arrêter.

Alors qu'ils arrivaient au milieu du wagon, soudain, Michaël s'arrêta de courir et, les bras en croix, bloqua sa sœur derrière lui.

Tout sembla se passer au ralenti. Devant eux, telle une apparition, la silhouette d'un deuxième homme se découpa au milieu des flashs de lumière blanche que projetaient en saccade les fenêtres du train. Grand, épaules larges, visage carré, long manteau noir : un autre Corbeau…

Un ennemi devant, un ennemi derrière…

Ils étaient pris au piège. Laura serra les épaules de son frère. Celui-ci lui prit la main, dans l'espoir vain de la rassurer. Mais il aurait fallu un miracle pour les sauver à présent.

L'homme fit un pas en avant, enfonça la main dans la poche intérieure de son manteau et sortit un revolver.

Le sang de Michaël se glaça. Sans réfléchir, il se précipita dans le local sur sa droite, tira Laura derrière lui, et referma la porte.

C'était un petit cagibi où les passagers pouvaient attacher leurs vélos. Le lieu était entièrement vide. Pas de fenêtre, aucune issue. Leur seule chance était de bloquer l'entrée et d'espérer que quelqu'un arriverait et ferait fuir les deux Corbeaux.

Saisissant la poignée à deux mains, Michaël appuya de toutes ses forces contre la porte. Laura se précipita pour l'aider : trop tard. Un coup violent au milieu des deux battants fit lâcher prise au garçon qui se retrouva propulsé en arrière et s'écroula.

Le Corbeau apparut dans l'ouverture, son arme à la main.

Les jumeaux, terrorisés, se blottirent ensemble dans le fond du local, le dos contre la paroi.

L'homme fit un pas vers eux. C'était fini.

— Vous ne pensiez quand même pas nous échapper longtemps ? dit-il d'une voix grave et rauque.

Il se baissait pour saisir Michaël par le col quand une ombre passa dans son dos. Un bruit sourd…

Le Corbeau s'effondra, assommé.

Alors un éclair blanc étincela dans le réduit, suivi d'un grondement étrange que Michaël reconnut aussitôt. Celui d'une tôle qui se gondole, comme dans le réfectoire… comme quand la porte du grenier s'était ouverte…

L'inconnu à la casquette apparut, debout, droit dans la lumière jaunâtre. Dans la main, il tenait la bouteille de verre avec laquelle il venait d'assommer le Corbeau.

Les jumeaux le dévisagèrent, abasourdis, puis Laura laissa échapper une exclamation de surprise. Michaël hésita… puis comprit.

Des yeux verts. Un teint hâlé. Une quinzaine d'années tout au plus. Le garçon qui se tenait devant eux était celui que sa sœur avait vu en rêve.

DEUXIÈME PARTIE

LA FILLE
AUX CHEVEUX ROUGES

26.

Cela faisait près d'une minute que le jeune garçon était entré en hypoxie. Immobile à l'intérieur du caisson de verre, la peau blanche, les yeux clos, le corps raide, il paraissait déjà mort.

Les signaux d'alerte du scope résonnèrent, traversant la baie vitrée. Le docteur Roger se précipita hors de la salle de contrôle et pénétra dans le bloc opératoire en hurlant des ordres à ses assistants, lesquels s'activèrent aussitôt.

— Ouvrez le caisson ! Apportez le chariot d'urgence !

Plus le cerveau du jeune garçon resterait longtemps privé d'oxygène, plus les séquelles seraient importantes. Et au-delà de dix minutes, les chances de survie étaient faibles.

Le médecin, la cinquantaine, crâne rasé, visage grave, se plaça au-dessus de l'adolescent et commença un massage cardiaque.

— Intubez-le !

Le premier infirmier fit pénétrer un tuyau en plastique dans la trachée du jeune patient et mit en route le respirateur artificiel.

— Perfusion ! ordonna le docteur Roger tout en continuant ses gestes de secours.

Le second infirmier planta l'aiguille dans une veine du bras et injecta la dose d'adrénaline.

Les yeux rivés sur le scope, le front dégoulinant de sueur, le médecin accentua les compressions qu'il exerçait sur le thorax du jeune garçon. En vain. Le cœur était en fibrillation ventriculaire et ne voulait pas repartir.

— Défibrillateur !

Attrapant les électrodes qu'on lui tendait, il les plaça sur le torse du patient. Il compta avant d'appuyer sur le bouton. Premier choc. Le corps se souleva de quelques centimètres. Sans résultat. Le docteur Roger poussa un grognement rageur, reprit le compte à rebours et essaya une nouvelle fois. Le corps du jeune garçon s'arc-bouta à nouveau. Toujours aucune réaction du cœur. Signal plat. Désespéré, le docteur reposa l'appareil sur le chariot et reprit le massage cardiaque.

Les secondes passèrent, tandis que les infirmiers, un à un, s'écartaient d'un air embarrassé. Mais le médecin s'entêta. Il continua plusieurs minutes encore, le visage trempé de sueur, jusqu'à ce que les forces lui manquent.

Puis, enfin, il se résigna.

Les bras ballants, le docteur Roger observa un long moment le corps de ce jeune homme de quatorze ans qui venait de mourir sous ses yeux.

— Heure du décès ? demanda une voix derrière lui.

— 12 h 37, répondit une autre.

Le médecin se retourna et quitta la pièce d'un pas lourd, sous le regard désolé de ses assistants.

— C'est le deuxième que je perds cette semaine, grogna-t-il en sortant. Le deuxième ! Il faut que nous fassions plus attention. Apportez dans mon bureau tous les relevés de l'opération. Je veux savoir à quel moment il a décroché et pourquoi. Faites vite. Demain, nous essaierons à nouveau, sur un autre.

27.

— Qui… qui es-tu ? demanda Laura en dévisageant le garçon aux grands yeux verts qui se tenait devant eux.

— Je m'appelle Tariq.

— Et qu'est-ce que tu fais là ?

Le garçon ajusta sa casquette, jeta un coup d'œil dans le couloir pour vérifier que personne ne venait, puis répondit :

— N'ayez pas peur, je suis de votre côté.

— Comment ça, *de notre côté* ?

— Commençons par nous débarrasser de ce mec. Nous rentrerons dans les détails plus tard.

— Nous *débarrasser* de lui ? s'exclama Michaël. Tu ne vas pas… Tu ne comptes quand même pas le passer par la fenêtre ?

— Vous croyez quoi ? Que son flingue, c'était pour faire joli ?

— Ce n'est pas une raison pour nous mettre un meurtre sur les bras, protesta Michaël. Non… Le plus sage serait de lui confisquer son arme, de le ligoter, et de l'enfermer ici. Le personnel de nettoyage finira bien par le trouver…

Le garçon haussa les épaules.

— Comme tu veux.

Ils s'exécutèrent. Sous le regard attentif de Laura, toujours abasourdie, Tariq vida le chargeur et jeta le revolver du Corbeau par la fenêtre avant de fouiller ses poches.

Aucun portefeuille, aucun papier, rien. Pas même un téléphone portable. L'homme avait pris toutes les précautions pour ne pas être identifié.

— Un fantôme, murmura Tariq.

Reprenant ses esprits, Laura fouilla son sac et en sortit le rouleau de ruban adhésif. Elle bâillonna le Corbeau, toujours évanoui, puis elle lui ligota les pieds et les mains et l'attacha à une poignée métallique dans l'une des parois afin qu'il ne puisse pas s'enfuir.

— Si quelqu'un le trouve avant que nous soyons descendus, on risque de gros ennuis, murmura Tariq, inquiet.

— On n'est plus très loin de Paris, répliqua Laura.

— OK. Alors, allons en tête de rame. Dès qu'on arrive gare Montparnasse, on s'arrache de là.

Pas mécontents de s'éloigner du corps inanimé, les jumeaux acquiescèrent. Les trois adolescents sortirent du petit local, le refermèrent soigneusement derrière eux avant de se diriger vers l'avant du train d'un pas rapide. Puis ils prirent place dans le dernier sas, sur les strapontins, pour discuter tranquillement.

— Tariq… répéta Laura d'un air absent tout en dévisageant le jeune homme.

— C'est moi, répondit ce dernier avec un sourire étincelant.

Oui, un sourire, comme s'ils ne venaient pas d'échapper à la mort, comme si Tariq lui-même ne venait pas d'assommer un dangereux assassin… Laura ne parvenait pas à détacher son regard.

En rêve. Elle avait vu ce garçon en rêve, deux jours plus tôt…

— Qu'est-ce que… Pourquoi… Qu'est-ce que tu fais ici ? répéta-t-elle, sans savoir par quel bout prendre ce mystère.

— Et si vous commenciez par me dire vos noms ? Je vous ai donné le mien… Ça me paraît la moindre des politesses, non ? répliqua Tariq.

Les jumeaux échangèrent un regard prudent.

— Explique-nous plutôt les raisons de ton intervention, répondit Michaël.

— On peut dire que vous êtes reconnaissants ! Après tout, je viens seulement de vous sauver la vie…

La jeune fille poussa un soupir.

— OK. Je m'appelle Laura, et voici Michaël. Ça te va ?

— Enchanté, chers amis, dit Tariq, avec toujours ce même sourire, charmant et railleur à la fois.

Michaël. Parfait. C'était la confirmation qu'il cherchait. Le garçon s'appelait bien Michaël…

— Et maintenant, tu nous expliques ? demanda Laura d'un air défiant.

Tariq hésita. Son sourire s'effaça et il fixa longuement les jumeaux.

— Il vous arrive de faire des rêves bizarres ? Des rêves… qui se réalisent ? Qui vous dictent vos actions ?

Laura et Michaël se regardèrent, figés de stupeur. Tariq retrouva le sourire, comme s'il avait deviné le sens de leur silence.

— Je vois que vous comprenez parfaitement de quoi je veux parler. Eh bien, je suis… comme vous.

— Comme nous ?

— Oui. Et si je suis là aujourd'hui, c'est parce que la nuit dernière, dans un rêve, je t'ai vu, toi, Michaël, dans ce train… Ce train-ci, en particulier… Et mon rêve m'a dit que je devais venir t'aider.

Michaël éclata d'un rire sec.

— N'importe quoi !

Laura, elle, ne riait pas.

— Tu as vu Michaël en rêve ? demanda-t-elle, sourcils froncés.

— Oui.

— Et moi, non ?

— Euh… Non, désolé. Il n'y avait que ton frère.

— Ah… C'est bizarre.

Elle n'osa rien ajouter. Que pouvait-elle dire ? Qu'elle, elle avait vu le visage de Tariq, ses grands yeux verts, qu'elle avait entendu sa voix ? Qu'elle avait l'impression de le connaître, et que c'était… troublant ?

Impossible.

— Je refuse absolument d'ajouter foi à ces bêtises, protesta Michaël, le ton plus théâtral que jamais. Aurais-tu l'obligeance de nous dire quelles sont tes véritables intentions ?

Tariq se tourna vers Laura, sidéré.

— Il parle toujours comme ça, ton frangin ?

— Yep. Enfin non, pas toujours. Quand il est stressé. Ou quand il veut frimer…

Michaël jeta un regard noir à sa sœur, avant de répéter :

— Que fais-tu dans ce train, Tariq ?

— Je viens de vous le dire. J'ai suivi les instructions de mon rêve.

— Allons, sois sérieux !

— Je le suis. Je t'ai vu, toi, Michaël, avec tes petites lunettes, tes cheveux, ta tête toute ronde, et j'ai compris qu'il fallait que je t'aide à atteindre la tour Eiffel. C'est bien là que vous allez, non ?

Cette fois, Michaël ne put masquer son trouble.

La tour Eiffel.

Personne ne savait, à part Laura et lui, qu'ils en avaient rêvé. Que c'était là, en effet, qu'ils avaient décidé de se rendre. Ils n'en avaient parlé qu'entre eux ; ils n'avaient prévenu personne.

Alors, comment ce garçon pouvait-il savoir ?

— Tu viens d'où ? demanda Laura après un court silence.

Tariq sourit avec un brin de condescendance.

— Tout dépend du véritable sens de ta question. Si tu veux savoir où j'habite et où j'ai pris le train, la réponse est : Nantes. Mais si tu t'interroges sur mon origine… Je suis marocain. Je suis arrivé en France avec mon père, quand j'avais six ans.

— Je n'en demandais pas tant, dit Laura, un peu vexée. Mais ravie de l'apprendre.

— Bien, intervint Michaël, quoi qu'il en soit… Tariq, nous tenons à te témoigner notre reconnaissance pour nous avoir aidés à nous débarrasser de ce psychopathe…

— De rien. Les gens comme nous doivent s'entraider.

Les gens comme nous, répéta mentalement Michaël.

Il n'était pas certain de savoir ce que cela signifiait. Mais il était sûr d'une chose : l'expression ne lui plaisait pas. Pas du tout.

— Et tu vas où, à Paris, Tariq ? demanda Laura.

— Eh bien, d'abord, je dois vous accompagner jusqu'à la tour Eiffel.

— Nous n'allons pas à la tour Eiffel ! protesta Michaël, exaspéré soudain par l'irréalité de la conversation. Sors-toi cette idée de la tête !

— Vraiment ?

— Oui ! Vraiment !

— Parfait. Et où allez-vous, alors ?

Le jumeau ne trouva pas de réponse immédiate.

— Eh bien, euh, balbutia-t-il. Pour le moment, nous tenons surtout à nous éloigner de ces… de ces fâcheux qui nous poursuivent.

— Ces « fâcheux », répéta Tariq, amusé, avant d'ajouter brusquement : venez avec moi.

— Mais puisque je te dis que nous n'allons pas…

— … à la tour Eiffel ! le coupa le jeune homme. J'ai compris ! Je vous propose de m'accompagner chez ma tante. Elle est en voyage, et je vais passer quelques jours seul dans son appartement, à Paris.

— Pourquoi ?

Tariq hésita, puis répondit mystérieusement :

— Eh bien, si vous m'accompagnez, je vous expliquerai. Nous arrivons à Montparnasse… Vous êtes prêts ?

La rame s'arrêta bruyamment le long du quai. À peine les portes ouvertes, les trois adolescents sortirent précipitamment du train. Puis ils filèrent vers le cœur grouillant de l'immense gare et se perdirent dans la foule.

28.

Le docteur Roger enleva sa blouse blanche et l'accrocha au portemanteau à l'entrée de son bureau, au dernier étage de la clinique de l'Arc-en-ciel.

C'était la pièce la plus lumineuse de tout le bâtiment. Perchée sur le toit, elle disposait d'une grande verrière qui donnait sur une terrasse arborée d'où l'on pouvait admirer la capitale et ses principaux monuments.

Située à la périphérie de Paris, la clinique était une ancienne usine de produits chimiques, réhabilitée dix ans plus tôt avec des moyens colossaux. Mêlant modernité et architecture industrielle, c'était une bâtisse insolite qui dénotait avec les immeubles vétustes du quartier. Toute de briques rouges, elle était portée par une ossature métallique à gros rivets qui évoquait les poutres de la tour Eiffel. L'une des anciennes cheminées avait été préservée et surplombait la terrasse du docteur Roger, tel le clocher d'une improbable église.

Le médecin jeta négligemment ses clefs sur la table, essuya la sueur sur son front d'un revers de manche et partit s'installer à son bureau, face à la baie. Il contempla un instant le panorama, étouffé par un plafond orageux, prit une pipe dans une antique boîte en bois sculpté, la bourra de tabac et l'alluma. L'arôme vanillé du Virginia emplit rapidement la pièce.

Il démarra son ordinateur et ouvrit le logiciel de courrier électronique. Les messages qu'il avait reçus pendant son absence s'affichèrent un à un. Il inspecta rapidement la liste et repéra un e-mail de monsieur Mandeville.

« Appelez-moi de toute urgence ».

Le docteur Roger poussa un soupir. Depuis une semaine, le président de la Compagnie l'appelait tous les jours. La pression qu'il exerçait sur la clinique était de plus en plus forte, ses exigences de plus en plus impérieuses... et le ton qu'il employait de plus en plus désagréable.

Le médecin détestait qu'on lui rappelle que, bien qu'il fût directeur de la clinique, il n'était pas réellement aux commandes. En réalité, il n'avait pas la moindre indépendance. Mandeville concentrait tous les pouvoirs, et ne manquait pas de le lui rappeler.

Il décrocha son téléphone et composa le numéro du président. La secrétaire, comme toujours, le mit en attente quelques minutes – une autre façon de lui signifier sa place –, puis Mandeville répondit enfin.

— Bonjour, président.

— Docteur, nous avons un problème.

Évidemment ! Il ne m'appelle que quand il y a un problème. Et des problèmes, en ce moment, il y en a tous les jours. Bientôt, la panique va se diffuser, comme un poison insidieux. Ici, d'abord, et puis dehors, dans la rue, chez les gens...

— Je vous écoute.

— Notre département sécurité a repéré un site Internet qui pourrait nous causer de sérieux désagréments.

— De quel site s'agit-il ? demanda le docteur Roger en s'apprêtant à taper l'adresse sur son ordinateur.

— Il s'appelle « neverland-project.com ».

Le médecin entra le nom sur son explorateur Internet. La page s'ouvrit rapidement. Fond noir, mise en page sobre mais claire, beaucoup de texte et de liens, quelques photos, cela ressemblait à un site de hackers.

— Il s'agit officiellement d'un forum d'information sur les phénomènes paranormaux, expliqua Mandeville. En réalité, nous pensons que c'est un point de rendez-vous pour les Shifters.

— Qui l'a créé ?

— Justement : nous ne sommes pas sûrs. Un jeune hacker qui se fait appeler DK-Lion. Nous ne connaissons pas sa véritable identité, il semble maîtriser parfaitement la sécurité informatique et se protège très bien, mais à lire sa prose, tout laisse à penser qu'il est lui-même un Shifter, ou au moins un ancien Shifter.

Et alors ? grommela mentalement le docteur. *Ce n'est pas mon problème ! On dirait qu'il me reproche quelque chose… Je ne suis pas responsable des actes de tous les Shifters du monde entier !*

— Et en quoi puis-je vous être utile ? Ce site concerne davantage votre département sécurité que moi, non ?

— DK-Lion se sert de nerverland-project.com pour lancer une polémique au sujet de la clinique de l'Arc-en-ciel.

Tout en écoutant Mandeville, le docteur Roger jeta un rapide coup d'œil aux pages du site. En effet, plusieurs *topics* du forum étaient consacrés à la clinique. Les débats semblaient passionnés.

Ce ne sont ni nos premiers détracteurs, ni les derniers ! À croire que Mandeville ne se rend pas compte à quel point nous sommes la cible des journalistes…

— Allons, ce n'est pas si grave, tempéra le médecin. Franchement, notre image de marque devrait être le cadet de nos soucis. Nous avons des problèmes bien plus urgents à résoudre, et si nous échouons… tout ceci n'aura plus aucune importance.

— C'est très ennuyeux, au contraire. Vous ne semblez pas comprendre.

Si, je comprends très bien : dès que les choses lui échappent, ça me retombe sur les épaules.

— Nous devons empêcher à tout prix les Shifters de s'assembler, reprit Mandeville. Et ce genre de sites risque de favoriser leurs rencontres.

— Certes. Mais cela peut aussi devenir pour nous un moyen de les repérer, de les identifier et de les localiser. Au fond, ce DK-Lion fait le travail à notre place. C'est un agent recruteur malgré lui, ironisa le docteur Roger.

Le président marqua une pause. Sans doute n'avait-il pas vu les choses sous cet angle.

— Peut-être. Nous devons tout de même rester vigilants. J'ai demandé au département sécurité de mettre en place un système de veille continue sur le forum. De votre côté, voyez si vous pouvez vous servir de ce site pour faire venir de nouveaux jeunes à la clinique. Et tentez d'établir le profil psychologique de ce mystérieux DK-Lion. Cela pourrait nous aider à l'identifier.

29.

Paris, pendant longtemps, n'était resté pour les jumeaux qu'une image irréelle, une terre promise et maudite à la fois. Paris… Oui, leurs camarades de classe en parlaient d'un air blasé, sans savoir combien ils alimentaient l'envie qu'avaient Michaël et Laura de fouler un jour ses rues pavées et ses sous-sols légendaires. Et aujourd'hui, malgré les circonstances, l'émerveillement était à la hauteur de leurs espérances.

C'était la première fois que Laura et Michaël prenaient le métro et ils éprouvèrent l'un comme l'autre un sentiment mêlé d'enthousiasme et de crainte. Le bruit des rames, le labyrinthe des couloirs, la cohue des usagers : ils étaient écrasés par ce monstre souterrain, mais fiers, aussi, de l'affronter enfin.

La peur de croiser des policiers ne les quittait pourtant pas. Un avis de recherche avait sans doute été lancé à l'échelle nationale. *Nous devrions modifier un peu notre apparence*, songea Michaël. Ils n'avaient pas changé de vêtements depuis leur fuite.

Il était presque quatorze heures quand les trois adolescents sortirent de la station. Les jumeaux, silencieux, suivirent Tariq en dévorant le décor du regard. L'appartement de sa tante était situé sur les hauteurs de Ménilmontant. À l'approche de l'été, les rues du XXe arrondissement de Paris commençaient à s'animer, les terrasses des bistrots se remplissaient dès le petit matin et les trottoirs grouillaient de monde jusque tard dans la nuit. Déjà bourgeois bohème, encore populaire, le quartier vibrait d'une mixité survivante, dernier bastion d'un Paris disparu, épargné par les promoteurs, où l'on parlait fort, à tout âge, où l'on se croisait, où l'on se reconnaissait et où l'on échangeait, par des regards entendus, une sorte de fierté d'avoir connu les ultimes soubresauts de la vieille capitale.

— Voilà, c'est ici.

Ils entrèrent dans un immeuble vétuste, de sept étages, et prirent l'ascenseur jusqu'au sommet. Michaël s'efforça de masquer son appréhension dans la minuscule cabine bruyante, couverte de graffitis bigarrés.

C'était un petit trois-pièces modeste, décoré comme une demeure orientale : tapis aux sols et aux murs, lampes en fer forgé, meubles en bois finement ouvragés… Une douce odeur boisée se dégageait de petits pots-pourris disposés çà et là parmi les bibelots épars.

— Asseyez-vous, proposa Tariq en désignant une banquette posée à même le sol, au milieu du salon. Je vous sers quelque chose à boire ?

— Avec plaisir, répondit Michaël.

Laura, toujours un peu gênée, se contenta de hocher poliment la tête.

— Je vais voir s'il y a de quoi faire un thé à la menthe.

Il disparut aussitôt dans la cuisine.

Les jumeaux, installés côte à côte sur le divan, restèrent muets un moment, envoûtés par l'ambiance du petit appartement. La décoration était si dépaysante qu'on avait l'impression de se trouver sur un autre continent.

Michaël fut le premier à briser le silence.

— Il faut prendre une décision, chuchota-il. La police nous recherche… Peut-être devrions-nous aller dans un commissariat pour nous expliquer.

— T'es malade ?

— Je supporte mal d'être un fugitif, Laura. La situation m'angoisse. J'ai des aigreurs d'estomac.

— C'est parce que t'as faim, murmura-t-elle. T'es un vrai goinfre.

— Fuir n'est pas une solution à long terme. Laura, nous devons nous défendre, livrer notre version des faits…

La jeune fille hésita, puis souffla :

— Attendons déjà de voir ce que va dire Tariq. Après, on décidera.

Michaël se renfrogna.

— Sache toutefois que je désapprouve, dit-il de sa voix affectée, tout en rajustant ses lunettes.

Leur hôte refit irruption dans le salon, portant un plateau en cuivre où étaient disposés trois petits verres gravés emplis de thé fumant. Sur une assiette, il avait disposé des pâtisseries orientales sur lesquelles Michaël lorgna avec gourmandise.

Tariq prit place et les invita à se servir.

— Alors, où en étions-nous ?

— Eh bien… Au tout début. Au fond, nous ne savons pas grand-chose sur toi.

Devant la méfiance des jumeaux, l'adolescent aux yeux verts eut un sourire amusé.

— C'est vrai. Alors… Je m'appelle Tariq El Khayyal, j'ai quinze ans et j'habite à Nantes avec mon père.

— Ce qui nous intéresse, c'est de savoir pourquoi tu es venu à Paris, répliqua Laura.

— Comme je vous le disais : à cause du rêve. Je voulais rencontrer Michaël. Et puis… J'ai obtenu un rendez-vous à la clinique de l'Arc-en-ciel.

— La… quoi ?

— Une clinique spécialisée pour les gens qui ont… des aptitudes spéciales.

— Comment ça, des « aptitudes spéciales » ?

— Eh bien, comme nous… Les gens qui font des rêves prémonitoires, par exemple.

Michaël secoua la tête.

— Tu crois vraiment à ces balivernes ?

Tariq ne parut pas choqué par la remarque, comme s'il était habitué à ce genre de réactions.

— J'étais bien dans le même train que vous, oui ou non ? Michaël, j'ai rêvé de ton nom, de ton visage, et du numéro du train où tu serais. Ça ne peut pas être un hasard…

— Pure coïncidence. Loi des grands nombres.

Laura leva les yeux au ciel et Tariq haussa les sourcils.

— OK, si ça peut te rassurer, Michaël. Moi, ce que je sais… c'est que depuis plusieurs semaines, il m'arrive de plus en plus de trucs bizarres. J'aimerais les comprendre, ou même les maîtriser. Et la clinique de l'Arc-en-ciel travaille sur ces phénomènes un peu… particuliers. Leurs médecins affirment qu'il y a de nombreux jeunes dans notre cas et que nous ne devons pas avoir peur.

— Et comment as-tu connu l'existence de cette clinique ? demanda Laura.

— J'ai passé un test chez un spécialiste à Nantes. C'est lui qui me l'a recommandée. Il y a un protocole… une série de tests, entièrement gratuits.

— À ta place, suggéra Michaël, je me méfierais. Ça ressemble à une secte, cette affaire…

— Mais non ! L'établissement est très sérieux ! J'ai lu des articles… Des témoignages d'adolescents sur des forums médicaux…

Tariq se servit un nouveau verre de thé à la menthe, puis se tourna vers les jumeaux :

— Et puis, à la fin, reprit-il avec un léger agacement, ce serait plutôt à vous de vous justifier, chers amis, non ? L'assassin qui vous poursuivait, d'où vient-il ? Et vos rêves ? Ne prenez pas des airs innocents… Si Michaël était au centre de ma « prémonition », ce n'est sûrement pas par hasard…

Les jumeaux échangèrent un regard embarrassé, puis Laura détourna les yeux, contenant son énervement. Elle se sentait exclue, et le ton assuré, légèrement supérieur du jeune homme commençait à l'irriter.

— Et ces flashs, reprit Tariq. Vous en avez vu, vous aussi ? Un éclair blanc et un bruit bizarre. Comme celui qui s'est produit dans le train quand j'ai assommé l'homme qui vous pourchassait.

Encore une fois, les jumeaux gardèrent le silence. Il n'y avait pas vraiment eu d'éclair blanc dans le réfectoire, juste un grondement. Mais Laura avait cru voir une lueur étrange…

Tariq haussa les épaules.

— Je vous ai tout confié… Et vous n'allez rien me dire ?

Après une ultime hésitation, Michaël déclara :

— Nous ignorons pourquoi cet homme voulait nous tuer.

— Nous aussi, on a fait un rêve bizarre, ajouta sa sœur. Un rêve qui nous a permis de comprendre que des types, les Corbeaux, venaient nous chercher.

— Les « Corbeaux » ?

— Des assassins. Comme celui du wagon.

— Mais pourquoi ?

— On ne sait pas, répondit brutalement Laura.

Après une pause gênante, Tariq reprit :

— Et les flashs ? Vous en avez vu ?

— Peut-être. Quelque chose qui y ressemblait, en tout cas…

— J'en étais sûr ! s'exclama Tariq. Vous êtes comme moi, je le sentais ! Accompagnez-moi à la clinique. Ils auront peut-être une explication…

— Hors de question, répliqua Laura avec dédain. Ton histoire de « protocole », là, ça ne m'inspire pas du tout.

Michaël, gêné par l'impolitesse de sa sœur, intervint à son tour.

— C'est très gentil de ta part, Tariq, mais nous avons… d'autres priorités. D'abord, il faut que nous trouvions des informations sur nos parents.

— Vos parents ?

— Eh bien, vois-tu, nous sommes orphelins, expliqua le garçon. Or, l'autre jour, nous avons découvert qu'on nous avait changé notre nom de famille… Nous avons également trouvé un numéro bizarre, au dos d'une photo. Nous aimerions trouver ce qu'il signifie…

— Faites voir.

Laura, qui avait la photo dans sa poche, refusa d'abord de la donner, et ne céda que devant le coup d'œil insistant de Michaël. En soupirant, elle tendit le cliché à leur hôte. Il lut ce qui était inscrit au dos.

Peter & Fiona Forbes… puis la suite, à l'envers, comme si on avait retourné la photo tête en bas pour écrire : *021916 – XK – UC (NB)*.

Tariq réfléchit.

— OK… Je ne vois absolument pas ce que ça veut dire, avoua-t-il enfin. Pour le nom de vos parents… il y a un ordinateur ici, si vous voulez faire des recherches.

— Bonne idée, répliqua Michaël, ravi par la perspective de se rapprocher d'un clavier.

Laura haussa les sourcils.

— Ça m'étonnerait qu'on trouve quelque chose. Des Forbes, il doit y en avoir des centaines de milliers sur la planète.

— Ça ne coûte rien d'essayer.

Tariq se leva et partit chercher l'ordinateur portable dans la chambre de sa tante.

— Tu pourrais être plus aimable avec Tariq, quand même, murmura Michaël en se penchant vers sa sœur. Il est bien gentil de nous recevoir... Et sans lui, nous serions sans doute morts !

— Il m'énerve. Et puis, après tout, on ne le connaît pas vraiment, ce mec. Toi qui es si méfiant d'habitude, je te trouve un peu naïf, sur ce coup-là. Il nous cache peut-être quelque chose...

— Comment ça ?

— Eh bien... Il nous trouve dans le train, comme par hasard... Il nous invite chez lui... sans rien demander... Un peu facile, tu ne trouves pas ?

Tariq réapparut et vint s'installer près des jumeaux. Il démarra l'ordinateur portable sur ses genoux, se connecta à Internet et commença par taper les noms de Peter et Fiona Forbes. Michael, assis à ses côtés, mourait d'envie de se mettre aux commandes.

Comme l'avait prévu Laura, ils trouvèrent tellement de références différentes – plus d'un million de pages Web – qu'il leur fut absolument impossible de cibler leur recherche.

— Je vous l'avais dit, soupira l'adolescente.

Tariq recopia alors méticuleusement dans un moteur de recherche la suite de chiffres et de lettres inscrite au dos de la photo. Toujours rien. Il s'obstina pendant près d'une demi-heure, épluchant les sites, avant de se résigner et de refermer l'ordinateur sous le regard moqueur de Laura.

— Peut-être devriez-vous aller dans une mairie ou aux

archives, suggéra-t-il. Si vous voulez, je vous accompagnerai demain matin. Je n'ai pas rendez-vous à la clinique avant seize heures…

— Ne t'en fais pas, répliqua Laura en se levant, on se débrouillera très bien tout seuls. Bon. Merci pour le thé, on ne va pas t'embêter plus longtemps.

— Comment ça ? répliqua Tariq, perplexe. Mais vous allez rester ici, enfin…

— Non, non. Ne t'en fais pas pour nous, je te dis. Viens, Michaël.

— Mais c'est ridicule ! rétorqua Tariq en se tournant vers Michaël. Vous n'avez nulle part où aller !

Le garçon fit une moue gênée. Son regard hésita entre sa sœur et le jeune Marocain.

— C'est-à-dire qu'on ne voudrait pas te déranger…

— Mais vous ne me dérangerez pas du tout, au contraire ! dit Tariq avec vigueur. Michaël… Nous avons rêvé l'un de l'autre. Vous avez échappé à la mort…

— Grâce à toi, corrigea Michaël. Mais justement… Les… Les « Corbeaux » nous cherchent. Nous ne voudrions pas t'entraîner dans…

— Des assassins vous poursuivent, et vous faites des manières pour accepter mon invitation ?

Michaël hésitait toujours, et même Laura semblait touchée.

— Je serai heureux de votre compagnie, insista Tariq. Nous *devions* nous rencontrer, j'en suis persuadé. Et puis, vous ne connaissez pas Paris… Vous n'avez pas d'argent… Ici, vous ne risquez rien.

— Tu es sûr ? répéta Michaël.

— Ma tante ne rentre pas avant la semaine prochaine. Et ce soir, nous allons dîner chez mes cousins. Ils tiennent un restaurant au pied de la butte Montmartre. Ça vous dit ?

Michaël sauta presque de joie. Dîner dans un restaurant !

Laura secoua la tête, résignée. Au fond, ils n'avaient pas vraiment le choix.

30.

Le Petit Moulin était un restaurant modeste, à la cuisine honorable et bon marché, perché sur les hauteurs du quartier des Abbesses. Sa devanture en bois rouge était couverte d'ardoises où s'affichaient le menu du jour et la carte des vins. Engoncé au pied d'un vieil immeuble, entre un petit théâtre et une brocante fermée depuis longtemps, il ne pouvait servir qu'une quinzaine de couverts à l'intérieur, et cinq ou six en terrasse. La plupart des clients étaient des habitués.

Une petite femme replète, d'une quarantaine d'années, les cheveux bruns coupés court, prenait la commande sur le pas de la porte quand Tariq et les jumeaux arrivèrent.

— Claude ! s'exclama le jeune Marocain en apercevant sa cousine.

La serveuse se retourna, glissa son carnet dans sa poche et se précipita sur le trottoir pour embrasser chaleureusement le garçon.

— Alors, petit bonhomme ! Ça fait plaisir de te voir !

— Toi aussi ! Ma cousine préférée ! Ça fait mille ans qu'on ne s'est pas vus…

— Mais ! C'est que tu es plus grand que moi, maintenant, mon chou ! Quel malheur ! Tu m'as dépassée.

Claude serra longuement Tariq dans ses bras avant de jeter un coup d'œil aux jumeaux.

— Ce sont tes amis ?

— Oui.

— Eh bien ? Tu ne nous présentes pas ? Tu as oublié les bonnes manières ?

— Michaël, Laura, je vous présente Claude, ma meilleure cousine.

— Bonjour madame.

Claude les embrassa avec cordialité, puis elle disposa trois sièges autour d'une table pour qu'ils puissent s'installer dehors, dans la douceur du soir. Elle avait les joues rondes et les yeux brillants de gentillesse. Les gestes vifs, elle parlait rapidement et d'une voix enjouée ; une véritable boule de nerfs. Et Tariq lui ressemblait un peu.

Assise sur sa chaise, Laura se détendit et réalisa que sa méfiance s'envolait peu à peu. Elle n'avait jamais eu de famille, et à l'exception de son amitié avec Clô, elle n'avait jamais été entourée d'une affection spontanée et gratuite comme celle qui semblait unir Tariq à sa cousine. Si le jeune Marocain avait été élevé dans une telle atmosphère, cela expliquait sa franchise et sa générosité.

— Je vais dire à Joe que tu es arrivé. Je vous apporte des sodas ? proposa Claude en posant une main amicale sur l'épaule de Laura.

— Avec plaisir, répondit la jeune fille.

La serveuse s'éclipsa à l'intérieur du restaurant.

— Alors ? dit fièrement Tariq. On n'est pas bien ici ?

— Ta cousine a l'air très gentille, confirma Michaël. C'est vraiment très aimable à toi de nous avoir invités.

— Et vous allez voir, Joe, mon cousin, c'est un type génial. Il sait tout faire, il a eu mille vies, c'est incroyable… Il joue au dur, comme ça, mais en vérité, c'est une crème, un gros nounours.

L'instant d'après, un homme grand et bien en chair sortit du restaurant. Les cheveux courts et frisés, les traits ronds, les joues pleines, il avait l'air d'un ancien joueur de rugby.

— Salut, crapule, dit-il en embrassant le jeune Marocain, puis il observa les jumeaux, sourcils froncés.

— Salut, Joe. Je te présente…

— Vous seriez mieux à l'intérieur, déclara brusquement Joe.

— Mais… Il fait bon, ici, protesta Tariq, un peu vexé.

— Crois-moi, vous seriez mieux à l'intérieur.

Il jeta un coup d'œil inquiet autour de lui, se dirigea vers le restaurant et fit signe aux trois adolescents de le suivre. Il marchait lentement, gêné par son embonpoint.

Laura fit une moue méfiante. Quelque chose n'allait pas…

— Qu'est-ce qui se passe ? demanda-t-elle.

— Je ne sais pas, répliqua Tariq, gêné.

Il se leva et suivit son cousin à l'intérieur. Les jumeaux restaient assis, indécis.

— Dépêchez-vous, les gamins ! leur lança Joe d'une voix autoritaire.

Michaël et Laura se regardèrent. Ce n'était pas l'accueil auquel ils s'attendaient. Puis voyant que Claude, derrière son mari, leur faisait elle aussi signe de se presser, ils se décidèrent enfin. La cousine de Tariq leur inspirait confiance.

Une fois à l'intérieur, Joe s'éloigna, prit sa femme par la main, et l'entraîna au fond de la salle principale. Les époux discutèrent un long moment, le visage fermé, jetant parfois des regards dans la direction des jumeaux.

— Partons, dit brusquement Laura.

— Non, attends, répondit Tariq. Joe et Claude sont des gens… exceptionnels. Attends, répéta-t-il, avant de demander à Joe, qui se rapprochait enfin : C'est quoi, ce délire ?

— Venez, dit Joe.

Le mari de Claude les entraîna derrière le bar, puis ouvrit une porte rouge sur laquelle était collé un panneau « Privé ». Ils entrèrent tous les cinq à l'intérieur.

— Tes copains, là… grommela Joe.

— Eh bien ?

— Leur portrait passe en boucle à la télé depuis ce matin, lâcha Joe en croisant les bras sur son énorme ventre.

Michaël écarquilla les yeux, abasourdi. Bien sûr, ils savaient que la police les recherchait, mais ils n'avaient pas imaginé que l'affaire était devenue publique ! Leurs portraits à la télévision…

— Ce n'est pas normal, murmura-t-il.

Ils étaient mineurs. Leur culpabilité n'avait pas été prouvée. La police avait-elle le droit de diffuser leur photo ? Sans doute pas… C'était étrange, comme l'article sur Internet les accusant du meurtre de madame Auric, si tôt après l'attaque des Corbeaux. Oui, tout cela était bizarre. Comme si leurs ennemis avaient un moyen de faire pression sur les médias.

Michaël sentit sa gorge se nouer. Il prit la main de sa

sœur et la serra, devinant, comme s'il avait pu la ressentir au simple contact de ses doigts, l'angoisse qui avait envahi Laura.

— À la télévision ? Oh, merde ! lâcha Tariq en grimaçant.

— Ouais. Alors vous voyez, reprit Joe, c'est pas une très bonne idée de manger en terrasse quand toute la police du pays vous recherche, mes petits…

— On ne savait pas, murmura Michaël d'une voix embarrassée. On n'a rien fait de…

— On ne vous demande pas ce que vous avez fait ou pas fait, le coupa Joe. Ça ne nous regarde pas. Vous êtes des amis de Tariq, pour nous, c'est tout ce qui compte.

Claude s'approcha de Laura et posa une main sur son épaule.

— Vous en faites pas. Ici, vous ne risquez rien. On va vous faire dîner dans l'arrière-salle et on vous ramènera en voiture. Mais il va falloir trouver une solution pour les prochains jours. Vous ne pouvez pas vous exposer comme ça.

Joe croisa les bras et avisa les jumeaux un instant.

— Moi je dis : changement de fringues, changement de coiffure, nouveaux papiers d'identité.

— Tu peux nous arranger ça ? demanda Tariq.

— C'est dans le domaine du possible. Laissez-moi passer quelques coups de fil. Pendant ce temps-là, Claude va vous faire manger. Et essayez de pas vous faire remarquer.

Il donna une tape sur l'épaule de Tariq et sortit rapidement de la pièce.

31.

Les trois adolescents finirent rapidement de manger, leurs cerveaux tournant à toute vitesse. Quelqu'un avait dû forger de fausses preuves pour les impliquer dans les meurtres de l'orphelinat, pensait Michaël. Deux adolescents assassins… l'opinion publique allait se passionner pour l'affaire. Sans l'aide d'un bon avocat, ils n'auraient aucune chance de se disculper.

Quant à Laura, elle hésitait de nouveau entre la confiance et la suspicion. Elle ne se méfiait plus de Tariq, qu'il lui semblait mieux connaître à chaque heure qui passait. Non, c'était l'attitude de Claude et Joe qui la troublait. Était-il normal que ce couple de restaurateurs, qui ne les connaissait pas, prenne si vite leur défense ? Qu'il coure des risques pour les aider ?

« Il a eu mille vies », avait déclaré Tariq, à propos de Joe. Et dans une de ces vies, avait-il appris à aider des fugitifs ?

Les pensées de Laura furent interrompues par l'entrée de Claude. Celle-ci débarrassa la table, puis apporta des ciseaux, une tondeuse et un miroir.

— Bon, je vais essayer de vous couper les cheveux… Laura, je commence par toi ?

— Euh… On est vraiment obligés ? Je peux les attacher, non ?

Claude fit une grimace désolée.

— Ça serait plus sûr de tout changer…

La jeune fille poussa un soupir.

— Bon, OK…

Elle s'installa dans le fauteuil que lui désignait la serveuse et ferma les yeux, un peu inquiète. Claude se mit au travail. Avec méticulosité, elle coupa les cheveux bruns de Laura assez court, les effila, puis leur appliqua du gel et les ébouriffa pour lui donner un air décoiffé.

Découvrant son visage dans le petit miroir, Laura eut une moue dubitative. La coupe n'était pas mal, mais n'allait pas avec le look romantico-gothique qu'elle s'était toujours efforcée de cultiver. *Que dirait Clô ?* pensa-t-elle, avant de s'amuser de sa propre réaction.

Tariq, derrière elle, éclata de rire.

— Un vrai garçon manqué !

— Moi, je te trouve ravissante, répliqua Michaël.

— Allez, jeune homme, à ton tour ! lança Claude en souriant.

Le garçon s'assit à la place de sa sœur. Cette fois, Claude sortit la tondeuse.

— Une brosse, ça t'ira très bien, dit-elle en allumant le petit appareil.

Les boucles frisées tombèrent une à une sur le sol et bientôt, Michaël se retrouva avec une coiffure militaire, qui le vieillissait un peu, lui donnant l'air plus dur. Cela ferait sans doute l'affaire.

— Tu te débrouilles très bien, dit Laura à Claude, admirative. Tu as pris des cours de coiffure ?

— Non. J'ai beaucoup joué à la poupée, répliqua la serveuse en riant.

Elle finissait juste de balayer quand la porte s'ouvrit. Joe fit irruption dans la salle, le visage sombre.

— Les flics rôdent dans le quartier. Quelqu'un a dû vous voir tout à l'heure.

Il posa un grand sac en plastique sur la table.

— Tenez, je vous ai récupéré des nouvelles fringues. J'espère que c'est la bonne taille. Vous avez également deux téléphones portables avec des puces débloquées au fond du sac. Aucune crainte, c'est des numéros, euh… tranquilles. Et je vous ai mis un peu de liquide, aussi. Pour les fausses pièces d'identité, on verra plus tard. Mes potes n'ont pas eu le temps… Changez-vous vite, je reviens vous chercher dans cinq minutes.

Michaël ne put s'empêcher de penser que Joe avait de drôles de « potes », mais il n'allait pas s'en plaindre…

32.

Le tout nouveau ministre de l'Intérieur, Nicolas Mankiewicz, sortit de la voiture banalisée au milieu de la place des Abbesses et fit signe au commissaire. Le policier accrocha son talkie-walkie à sa ceinture, abandonna les trois agents avec lesquels il discutait et rejoignit prestement son ministre de tutelle.

— Vous les avez localisés ? demanda Mankiewicz, inquiet.

— Pas encore. Mais ils ont été repérés dans le quartier par plusieurs témoins. Nous ne devrions pas tarder à retrouver leur piste. J'ai fait boucler le secteur.

— Parfait.

— Simplement… Monsieur le ministre, vous pouvez m'expliquer ce qui justifie un tel déploiement de mes effectifs et votre présence ici ? Ce ne sont que deux gamins…

— Ils représentent bien plus que ça.

— Mais encore ?

— Le dossier est classé Secret Défense, commissaire.

— Sauf votre respect, je ne suis pas de la DST, moi. J'ai horreur de travailler en aveugle. Surtout quand il s'agit de mineurs.

— Et moi j'ai horreur qu'un commissaire discute mes ordres. Dites-vous simplement qu'il en va de la sécurité de l'État et que nous devons arrêter ces gamins dans les plus brefs délais.

Le commissaire se tut. Les directives du ministre ne lui plaisaient pas. Quelque chose ne tournait pas rond... Deux gosses mettaient en péril la sécurité de l'État ? Deux ados recherchés pour de « simples » meurtres, dans un orphelinat ? Tout ça ne tenait pas debout.

Le ministre lui adressa un regard lourd de sens avant de regagner sa voiture.

— Tenez-moi au courant dès qu'ils sont localisés, dit-il en se glissant sur la banquette arrière.

Mankiewicz claqua la portière et demanda à son chauffeur de se mettre en route. Puis il prit son téléphone portable personnel et composa le numéro à l'étranger qu'il connaissait maintenant par cœur.

La secrétaire de Mandeville le fit patienter une bonne minute avant de transférer son appel. Le ministre pesta. Il n'avait pas l'habitude qu'on le fasse attendre, mais dans ce contexte, il devait bien s'y résoudre.

— Vous les avez ? demanda sèchement le président de la Compagnie à l'autre bout du fil.

— Pas encore. Mais nous nous rapprochons.

— Ils ne peuvent pas encore nous échapper, Mankiewicz. Si vos hommes ne sont pas capables de les intercepter, je serai obligé d'envoyer de nouveau les miens.

— Vos hommes n'ont pas d'habilitation judiciaire. Je ne peux pas vous couvrir indéfiniment, Mandeville. Surtout à Paris.

— L'urgence de la situation l'emporte sur ce genre de problématique.

— La sécurité de l'État ne justifie pas que…

— Il n'y a pas que la sécurité de l'État qui soit en jeu, le coupa Mandeville. C'est bien plus grave que ça ! Alors la législation française, à ce stade, je m'en contrefous, monsieur le ministre.

— Plus grave que ça ? Ne croyez-vous pas que vous devriez m'en dire un peu plus ? Mes hommes commencent à poser des questions…

— Si vous n'êtes pas fichu de tenir vos subordonnés, ce sont les miens qui s'en chargeront. Et croyez-moi, ils ne sont pas payés pour faire dans la dentelle. Alors si vous voulez éviter un massacre au cœur de la capitale, trouvez-moi ces maudits gamins avant ce soir.

33.

Laura et Michaël venaient de se changer quand Joe entra brusquement dans l'arrière-salle, accompagné de Tariq.

— Les flics sont là ! maugréa-t-il.

Les jumeaux écarquillèrent les yeux, terrorisés.

— Comment allons-nous faire ? demanda Laura.

— Il faut qu'on vous sorte d'ici. Vous allez passer par les caves. Tariq, tu les conduis. Moi, je retiens ces fouineurs.

Un grand vacarme résonna de l'autre côté de la porte.

La police venait d'entrer en force dans le restaurant. Des cris éclatèrent. Parmi eux, la voix de Claude…

Joe se plaqua contre la porte pour la maintenir fermée et tendit le doigt vers le fond de l'arrière-salle.

— Filez par là-bas !

Tariq réagit le premier. Il ouvrit une petite porte dissimulée derrière un portemanteau et fit signe aux jumeaux de le suivre. Laura et Michaël se précipitèrent et descendirent à la hâte un escalier en béton. Une vieille ampoule brinquebalante diffusait une faible lumière dans le couloir qui s'enfonçait vers les sous-sols de calcaire de la ville.

Tariq referma la petite porte derrière eux, la coinça avec un manche à balai et descendit les marches à son tour.

En bas de l'escalier se trouvait une intersection entre deux passages étroits, bordés de portes de caves cadenassées.

— À gauche ! indiqua Tariq en poussant les jumeaux devant lui.

Ils coururent dans la pénombre, avant d'être interrompus par l'écho assourdissant d'une détonation. Un coup de feu avait éclaté dans le restaurant.

Tariq, livide, jeta un coup d'œil en arrière. La panique se lisait dans ses yeux.

— Joe, murmura-t-il.

Le silence qui avait suivi la déflagration fut de courte durée. Soudain, il y eut un grand bruit de bois fracturé. Les policiers étaient en train d'enfoncer la porte en haut des marches.

Michaël attrapa Tariq par le bras.

— Viens ! Il faut partir !

Mais le jeune homme restait figé sur place. Laura, effondrée, avait les larmes aux yeux.

— On va se faire prendre ! insista Michaël en le saisissant à l'épaule.

Tariq, toujours sous le choc, ne bougeait pas.

Un dernier coup violent résonna en haut des marches. La porte céda d'un coup. Puis, enfin, le bruit des pas dans les escaliers sortit le jeune Marocain de sa torpeur.

Les yeux vides, il se tourna vers Michaël et lui fit signe de se remettre en route. Ils s'élancèrent dans le couloir.

Laura, en tête, s'immobilisa soudain devant une bifurcation.

— À droite ou à gauche ? demanda-t-elle d'une voix rauque.

Tariq hésita.

— Euh… À droite. Non ! À gauche !

— Tariq, murmura Laura, très pâle. Tu es sûr ?

— Oui !

— C'est pas le moment de se tromper !

— Je te dis que c'est par là ! Fonce, bordel !

Laura se jeta aussitôt dans le couloir de gauche, éclairé seulement par des veilleuses qui restaient allumées au-dessus des portes principales.

Quelques mètres derrière eux, ils entendirent une voix grave qui hurlait : « Par ici ! Ils sont passés par ici ! »

Laura accéléra. Plus ils avançaient dans le dédale des caves, plus l'obscurité se faisait épaisse, et plus il devenait difficile de courir. Par deux fois, elle manqua perdre l'équilibre et se rattrapa de justesse. Bientôt, ils arrivèrent au bout du corridor.

Sans issue.

Laura se retourna. Sa peur et sa peine se muaient en rage impuissante.

— J'en étais sûre ! On est dans une impasse ! C'est malin !

Tariq passa devant Michaël et inspecta fébrilement les numéros peints sur les portes des caves, de chaque côté du couloir.

— 88. C'est celle-là.

Il tenta de pousser la porte, mais elle était fermée par un cadenas.

— Merde !

Il donna un coup de pied dans la serrure. Sans résultat. Reculant d'un pas pour prendre de l'élan, il essaya une nouvelle fois.

— Qu'est-ce que tu fous ? pressa Laura. Ils arrivent !

— Aide-moi au lieu de râler ! répliqua sèchement Tariq.

Les jumeaux s'attaquèrent à la porte à grands coups de pied. Brusquement, la serrure céda et la cave s'ouvrit.

C'était une petite pièce exiguë, de deux mètres sur deux à peine, remplie de meubles, de cartons et de bibelots.

— Super, souffla Laura. Et maintenant ?

Mais Tariq s'était déjà glissé à l'intérieur. De toutes ses forces, il poussa un placard en métal adossé au mur du fond. Une ouverture apparut au milieu de la paroi en béton.

— Entrez là-dedans ! ordonna-t-il, refermant la porte de la cave derrière eux.

Les pas des policiers approchaient dans le couloir.

Les jumeaux échangèrent des regards interdits, puis, l'un derrière l'autre, ils se faufilèrent à quatre pattes dans le tunnel. Leurs mains s'enfoncèrent dans le sol de terre humide.

Tariq passa le dernier et lutta pour ramener le placard devant l'ouverture afin de cacher celle-ci. Il y parvint au prix d'un effort surhumain.

Ils se retrouvèrent alors dans l'obscurité totale, accroupis, serrés les uns contre les autres. Leur respiration haletante résonnait entre les parois. Tariq sortit son téléphone portable, l'alluma, et une lueur blafarde apparut. Il dut se contorsionner pour passer devant les jumeaux.

— Ne faites pas de bruit et suivez-moi.

Ils se mirent en route, toujours à quatre pattes. Au bout d'un long moment, Laura demanda, le souffle court :

— Ce tunnel… c'est quoi ?

— Un passage secret creusé par les résistants pendant la Seconde Guerre mondiale, murmura Tariq. Joe me l'avait montré un jour. Quand il était jeune, il y emmenait ses petites copines pour leur faire peur…

— Charmant.

— Et ça mène où ? demanda Michaël.

— Vous allez voir. Taisez-vous maintenant.

Ils progressèrent en file indienne, dans le silence le plus complet, hantés par le souvenir du coup de feu. Qui avait tiré ? Qui avait été touché ? Au bout d'une demi-heure, le couloir commença à remonter lentement vers la surface. À présent, la pente était si raide que leurs pieds glissaient sur le sol et qu'ils devaient s'accrocher aux aspérités pour ne pas redescendre. Bientôt, ils aperçurent un rayon de lumière quelques mètres au-dessus d'eux.

— On y est presque.

Ils grimpèrent, les mains crispées sur la roche blanche. Enfin, ils arrivèrent devant une plaque de fonte qui fermait le bout du tunnel. Poussant de toutes ses forces, Tariq la souleva et la fit glisser sur le côté.

Le ciel étoilé de Paris apparut dans l'ouverture.

Tariq se hissa à l'extérieur, puis aida les jumeaux à sortir. Un grand jardin, couvert de pelouse, s'étendait autour d'eux.

— Où sommes-nous ? demanda Michaël à voix basse.

— À Montmartre, chez les bonnes sœurs.

Un haut mur blanc entourait les jardins et au-delà, se dressait la façade illuminée du Sacré-Cœur.

Les jumeaux restèrent bouche bée. Se découpant sur fond d'azur, la basilique ostentatoire, avec ses dômes, ressemblait à un édifice tout droit sorti des contes des *Mille et Une Nuits*.

Tariq remit la plaque de fonte en place et guida discrètement les jumeaux vers la sortie du parc.

— L'avantage, c'est qu'elles se couchent tôt, les bonnes sœurs…

À quelques mètres seulement, malgré tout, des fenêtres étaient allumées sur la façade du bâtiment principal. S'ils ne se pressaient pas, quelqu'un risquait de les voir.

Ils arrivèrent devant le grand porche en pierres. Tariq posa la main sur la poignée. Bien sûr, la porte était fermée.

— Comment allons-nous sortir ? demanda Michaël avec inquiétude.

— Je ne vois qu'une seule solution, répliqua Tariq, étudiant le haut du mur d'enceinte. Suivez-moi.

Revenant sur leurs pas, ils longèrent la paroi jusqu'à trouver un lampadaire adossé à la pierre.

Tariq escalada le mur en s'aidant du haut pylône de

métal. Une fois à califourchon sur le parapet, il fit signe aux jumeaux de le rejoindre. Laura n'eut aucune difficulté à grimper, puis Michaël se lança avec peine dans une maladroite ascension.

Son cœur battait à tout rompre. La fatigue, la terreur, le vertige, peut-être, lui faisaient tourner la tête. Des images de l'orphelinat lui traversèrent l'esprit, sans raison. Sa chambre. Sa classe. La directrice, tous ces élèves qu'il haïssait, et qu'il regrettait presque maintenant, tant il avait besoin de calme, de normalité. D'un coup, les larmes lui vinrent aux yeux. Il les refoula, par fierté, puis, dans un dernier effort, il se hissa jusqu'en haut.

— Allez, on y va, murmura Tariq. Faites gaffe, ça grouille de touristes. Je ne sais pas ce que ces crétins lui trouvent, au Sacré-Cœur… On dirait une grosse pâtisserie ratée.

Son ton était un peu artificiel, comme s'il se forçait à se montrer léger.

Les trois adolescents se laissèrent glisser avec prudence dans la rue en pente. Une fois en bas, Laura épousseta son pantalon.

— Merci, Tariq, dit-elle sans oser croiser son regard.

À cause d'eux, Joe, ou Claude, était peut-être blessé. Ou mort. Elle ne pouvait s'empêcher d'éprouver un sentiment de culpabilité.

— Et maintenant ? ajouta-t-elle après un court silence.

— On rentre à l'appart'. On avisera là-bas.

— Chez ta tante ? Si les flics ont identifié tes cousins, y retourner n'est peut-être pas très sûr…

— C'est pas la même famille. Aucune chance qu'ils fassent le lien.

34.

Plutôt que de se risquer dans les couloirs du métro, truffés de caméras, ils avaient opté pour le bus. Tariq, anxieux, resta muet pendant tout le trajet, les yeux rivés sur son téléphone portable. Il espérait recevoir un message de Joe mais n'osait pas appeler, de peur de le compromettre.

Ils venaient d'arriver dans le petit trois-pièces quand Michaël sentit une vibration dans sa poche. Le téléphone que Joe lui avait donné.

Il fronça les sourcils.

— Euh… J'ai reçu un message, annonça-t-il, désemparé, en regardant l'écran.

— Ben lis-le !

Ouvrant le SMS, il lut à haute voix.

Sommes à l'hôpital, mais tout va bien. N'utilisez que les deux portables qu'on vous a donnés. Ne nous appelez pas. Soyez prudents. Donnerons nouvelles dès que possible.

Michaël admira l'habileté de Joe – car le message provenait de lui, cela ne faisait aucun doute. Le SMS avait été envoyé depuis un ordinateur, pour éviter que l'appel ne soit tracé ; Joe n'avait pas écrit de prénom et il avait bien pris garde de ne pas envoyer le message sur le téléphone de son cousin. Joe était décidément un homme qui avait l'habitude de ce genre d'aventures…

Tariq s'approcha de Michaël pour relire lui-même le texto, avant de se détendre, soulagé.

— Bon. Le principal, c'est qu'ils aillent bien…

Michaël referma le téléphone portable.

— Tes cousins sont vraiment des gens exceptionnels. Je ne sais pas comment nous pourrons les remercier.

— Ils ont toujours été ainsi, expliqua Tariq, à rendre service, aider les gens… Par contre, je ne sais pas ce que vous avez fait aux flics pour qu'ils vous recherchent comme ça, ajouta-t-il après un moment de réflexion.

— Nous non plus, répliqua Laura, d'un ton plus sec qu'elle ne l'aurait voulu.

— On essaiera d'en savoir plus demain. En attendant, je crois qu'une bonne nuit de sommeil ne nous fera pas de mal. Je ne sais pas vous, mais moi, je suis mort. Je vous apporte des draps pour le canapé.

Michaël hocha la tête.

— Merci encore Tariq. Merci pour tout. Nous te sommes très reconnaissants pour tout ce que tu as fait.

Tariq sourit, puis répondit simplement :

— Nous sommes du même bord.

Une heure plus tard, les trois adolescents parvinrent enfin à s'endormir.

35.

La tour Eiffel, encore. Sa robe de fer scintille dans la nuit noire comme une pluie de poussière dorée. Une foule est assemblée là. Je ne distingue aucun visage, mais des milliers de silhouettes immobiles se découpent entre les quatre piliers de métal. Et ce silence pesant !

Tariq est là, quelque part dans la foule. Je ne le vois pas, mais je le sais. Je le sens. Il est avec les autres. Il fait partie des autres.

Laura, elle, est juste à côté de moi. Elle me donne la main. Ses cheveux sont courts, comme Claude les a taillés. Cela lui va bien. Nous restons ainsi, debout sur une butte, main dans la main, à regarder en silence ce spectacle incroyable.

Soudain, elle se tourne vers moi et me parle, mais ce n'est pas sa voix. C'est une voix plus douce, plus mûre que la sienne.

— L'heure n'est pas encore venue.

Je ne comprends pas ce qu'elle veut dire, mais je ne lui demande pas d'explication. Je me contente d'accepter cette affirmation comme un commandement : l'heure n'est pas encore venue.

Lentement, la tour Eiffel disparaît dans la nuit. Elle s'efface et les milliers de silhouettes avec elle.

Laura et moi nous mettons en route. Marcher. Nous devons marcher, trouver des réponses.

Mes pieds sont lourds. Comme si j'avais des poids énormes au bout des jambes et qu'un vent du diable me repousse vers l'arrière. Je lutte pour avancer. Laura, elle, ne semble pas éprouver la même difficulté. Elle glisse sans effort. Mais elle m'attend en souriant.

Petit à petit, un nouveau paysage se dessine autour de nous. Il se construit au fur et à mesure en s'élevant vers le ciel. C'est une petite rue parisienne, typique, trop belle pour être vraie, comme un décor de cinéma. Des néons colorés clignotent sur ses vieilles façades de pierre, au-dessous des enseignes et des stores bigarrés. L'eau d'une fontaine Wallace coule et éclabousse la chaussée. Nos pas claquent sur les pavés mouillés, qui scintillent et réfléchissent la lumière de réverbères archaïques. Au loin, on entend la complainte mélancolique d'un accordéon. L'air est empli d'une odeur sucrée de pralines grillées.

Je me tourne vers Laura, mais ce n'est plus elle qui me tient la main. C'est une fille avec de longs cheveux rouge vif et des yeux vert émeraude. Elle est belle et elle me regarde avec bienveillance.

D'abord, j'ai l'instinct de lui lâcher la main, de reculer, mais je me reprends. Au contraire, je serre sa paume contre la mienne. Nos doigts se croisent. Et puis je lui demande :

— Qui es-tu ?

Ses yeux plongent dans les miens. C'est comme si elle voyait à travers moi. Elle semble me connaître déjà.

— Je m'appelle Claire, dit-elle, et alors je reconnais la voix qu'avait Laura tout à l'heure.

Lentement, elle tend la main devant elle. Son index me désigne la façade d'un bâtiment, un peu plus loin. C'est un bar. Non. Un pub irlandais. « Molly Malone's » est peint sur les vitres. Les enseignes de bière éclairent sa devanture en bois sombre. Le son de l'accordéon s'est transformé en cornemuse.

— Dépêche-toi, Michaël. Les jours sont comptés. Il doit avoir lieu.

— Qu'est-ce qui doit avoir lieu ?

Son visage s'assombrit. Elle m'adresse un regard empreint d'une profonde nostalgie. Sa tristesse soudaine me touche sans que je puisse la comprendre.

Je répète ma question :

— Qu'est-ce qui doit avoir lieu ?

Ses lèvres bougent, mais je n'entends pas sa réponse.

Et puis plus rien.

36.

22 MAI.

Au *Sub Basement 13*, l'être rêvait les yeux ouverts. Ses rêves étaient heureux ; ils l'étaient souvent. Des images flottaient dans son inconscient, celles d'un ciel bleu immense qui mangeait l'espace, d'un large soleil, de montagnes, au loin.

Parfois, aussi, il rêvait du noir.

Le noir, le froid, et puis rien. Plus rien.

Plus que trente jours.

Il ferma les yeux comme pour retenir cette obscurité.

37.

Michaël fut réveillé par les chauds rayons du soleil. Il se redressa sur les coudes et inspecta la pièce. Dans la lueur du petit matin, l'appartement de la tante de Tariq paraissait plus étonnant encore. À côté de lui, Laura ouvrit les yeux à son tour.

— Bien dormi ?

La jeune fille se contenta de hocher la tête et frotta ses paupières gonflées. Laura était toujours longue à se réveiller et le matin, son humeur était loin d'être exquise.

Des bruits discrets s'élevèrent de la cuisine. Tariq préparait le petit déjeuner.

Michaël sortit du canapé-lit, s'habilla rapidement et rejoignit leur hôte dans la pièce voisine.

— Café ou chocolat ?

— Chocolat, s'il te plaît.

— Et Laura ?

— Elle prendra du café.

Michaël s'installa à la table pendant que Tariq apportait les boissons.

Au bout de quelques minutes, Laura les rejoignit en bâillant.

— B'jour, ânonna-t-elle en se laissant tomber lourdement sur une chaise.

Ils commencèrent à manger alors que le soleil dardait ses rayons dorés sur les hauteurs de Ménilmontant. Un silence embarrassé s'installa. Les trois adolescents échangeaient de brefs regards, puis faisaient mine de se concentrer sur le repas. Une étrange tension régnait dans l'atmosphère.

Tariq brisa enfin le silence.

— Vous avez rêvé d'elle, n'est-ce pas ?

— Pardon ?

— De la fille aux cheveux rouges.

Michaël en lâcha sa cuiller. Il se tourna vers sa sœur et lut la stupéfaction dans son regard.

Avaient-ils fait le même rêve ? Tous les trois ?

— Je ne comprends pas, balbutia Laura.

— Et la tour Eiffel ? relança Tariq avec une certaine satisfaction. Il y avait encore la tour Eiffel, hein ? Celle où vous « n'avez pas l'intention » d'aller…

Laura hocha lentement la tête.

Michaël garda le silence. Il n'arrivait pas à y croire, et pourtant… pourtant, cette fois, il ne pouvait nier l'évidence. Il ne s'agissait plus d'une simple coïncidence ; ignorer les faits devenait ridicule.

— C'est exactement le genre de phénomènes qu'ils étudient à la clinique de l'Arc-en-ciel, expliqua Tariq. Vous êtes sûrs de ne pas vouloir m'accompagner là-bas ?

— Certains, répondit Laura. Ce serait se jeter dans la gueule du loup. Tariq, il ne s'agit pas seulement des rêves. Il se passe… quelque chose de vraiment pas normal, et l'attaque de l'orphelinat y est forcément liée. Et si la clinique était en relation avec les flics ?

— C'est une clinique privée.

— Et alors ?

— Alors, aucun lien avec le gouvernement. Et vu que vous ne pouvez pas vous rendre à la police, les médecins sont les seuls qui peuvent vous aider.

Laura secoua la tête.

— Tu es bien naïf…

— Et toi un peu parano, ma petite.

Une ombre passa sur le visage de Laura. « Ma petite ! » De quel droit Tariq se permettait-il de lui parler avec autant de condescendance ?

Sorti de sa stupeur, Michaël intervint.

— Écoutez, il y a sûrement une explication logique. Il faut procéder de façon méthodique.

Laura ne put s'empêcher de sourire.

— Tu m'amuses, avec tes explications « logiques »…

— Que proposes-tu, Michaël ? demanda Tariq en se levant pour débarrasser la table.

— Nous devons prendre les choses dans l'ordre. Commençons par le début. D'abord, le nom de nos parents et le numéro écrit derrière la photo. Si tu me permets d'utiliser de nouveau l'ordinateur de ta tante, j'ai quelques idées…

— Fais comme chez toi.

Reprenant la photo, Michaël se leva et partit chercher l'ordinateur portable dans le salon. L'informatique le rassurait, lui offrait quelque chose de concret, de rationnel. C'était comme un refuge, une ancre qui le rattachait à la réalité.

Michaël se demandait si la suite de chiffres et de lettres

écrite au dos de la photo pouvait correspondre à un numéro de compte en banque. Il la recopia sur une feuille de papier : *021916 – XK – UC (NB)*, puis décida d'étudier la nomenclature des numéros de comptes dans différents établissements bancaires internationaux. Il lui fallut près d'une heure pour constater qu'il faisait fausse route.

Quelque chose lui échappait. Il reprit la photo. Pourquoi le numéro, qui semblait avoir été écrit en même temps que le nom des Forbes – même encre, même écriture – se présentait-il tête en bas ? Et ces deux lettres entre parenthèses ? Elles avaient forcément un sens…

Il poussa un soupir. Dans le salon, Laura et Tariq avaient allumé la télévision. Michaël essaya de ne pas se laisser déconcentrer et griffonna sur sa feuille.

Pourquoi avoir écrit à l'envers ? Est-ce un cryptage ? Une indication ? Nos parents qui nous ont adressé un indice à travers le temps ?

À *l'envers*… À tout hasard, il recopia la suite de chiffres et de lettres en inversant leur sens. Ce qui donnait : « (BN) CU – KX – 619120 ». BN, cela pouvait signifier Banque nationale, ou Bibliothèque nationale. La piste lui parut intéressante. Oui ! Et si c'était un code utilisé à la Bibliothèque nationale pour classer des livres ou des microfilms ? La référence d'un document, qu'ils devraient aller se procurer et qui leur livrerait des informations importantes ?

Michaël effectua aussitôt quelques recherches sur *Gallica*, le site Internet de la BN… sans trouver rien de probant.

Il grimaça, certain pourtant d'être sur la bonne piste. Lire dans l'autre sens ne suffisait peut-être pas, il fallait sans doute aller plus loin.

À l'envers.

Et si c'était la logique qui était inversée ? S'il fallait remplacer les chiffres par des lettres, et les lettres par des chiffres ? Cela ne coûtait rien d'essayer.

021916. En prenant les chiffres deux par deux, cela donnait la 2e, la 19e et la 16e lettre de l'alphabet. Michaël calcula mentalement et écrivit le résultat.

BSP

Un sourire se dessina sur son visage. La BSP était l'une des plus grandes banques britanniques installées sur le territoire français. Elle faisait d'ailleurs partie de celles dont il avait étudié la nomenclature tout à l'heure. D'instinct, il était persuadé d'être sur la bonne voie.

Il acheva rapidement son décryptage et l'écrivit sur sa feuille de papier : *BSP – 2411-2103 (1402)*

Les doigts tremblants d'excitation, il retourna sur le site Web de la BSP et, dans le moteur de recherche interne, tapa d'abord la série de huit chiffres séparés par un tiret : *2411-2103*. Le résultat de sa recherche s'afficha instantanément sous ses yeux.

Cette fois-ci, il avait trouvé. Tout concordait.

Il fit volte-face sur le petit fauteuil. Tariq et Laura, surpris, levèrent les yeux vers lui.

— Tu as trouvé quelque chose ?

— Oui ! répondit fièrement le garçon. Le code ! Il correspond au numéro d'un coffre-fort dans une banque !

Laura sauta sur ses pieds.

— Quelle banque ?

— La BSP. Regardez, *2411-2103*, c'est la référence d'un coffre-fort personnel.

La jeune fille vint se placer près de son frère et, le cœur battant, regarda les informations affichées sur l'écran de l'ordinateur.

— Et les quatre chiffres entre parenthèses ?

— Peut-être le code secret pour ouvrir le coffre.

— Dans quelle agence ?

— Euh… Je ne sais pas. Attends…

Tandis que Laura bouillait d'impatience, Michaël se remit face au clavier et commença sa recherche. Tariq les rejoignit rapidement.

Le résultat apparut après quelques opérations. Ils lurent ensemble. Selon le site, le coffre-fort était situé à l'agence centrale de la BSP en France, dans le VIIIe arrondissement de Paris. Mais l'information essentielle était inscrite en bas de l'écran : l'enregistrement avait été effectué dix ans plus tôt au nom de… Michaël et Laura Saurault.

— Comment est-ce possible ? s'exclama Laura.

Michaël se tourna vers elle.

— Quelqu'un a ouvert ce coffre à notre nom il y a dix ans.

— Ce qui correspond à l'année de l'accident de voiture, murmura Laura.

— Oui.

— Mais qui peut avoir fait ça, en France… alors que nous étions encore aux États-Unis ?

— Aucune idée. Officiellement, c'était nous… puisque le coffre est à notre nom. Mais nous avions quatre ans. Nos parents, peut-être.

— C'était avant ou après votre « crash » en voiture ? demanda Tariq.

Michaël secoua la tête.

— Je ne sais pas. L'enregistrement est daté du 24 juin, mais Laura et moi ignorons la date exacte de notre accident. Si l'ouverture du coffre est postérieure..., ça ne peut pas être nos parents, puisqu'ils étaient morts.

— Il faudrait vérifier.

— C'est bien ce que je compte faire. Avec le véritable nom de nos parents, il y a peut-être moyen...

— Eh bien, essaie ! insista sa sœur.

— Il faudrait que j'épluche les archives des journaux locaux de l'époque, pour voir si la mort de Peter et Fiona Forbes est relatée quelque part. J'en ai pour des heures.

Tariq hocha la tête.

— Le jeu en vaut la chandelle...

Michaël acquiesça. L'impatience de Laura grandissait.

— Moi, pendant ce temps-là, je vais aller voir ce mystérieux coffre...

— Non, protesta son frère. C'est trop dangereux...

— Michaël, je vais pas te regarder tapoter sur ton clavier pendant des heures sans rien faire... Il y a un coffre-fort à notre nom quelque part à Paris. Moi, j'y vais.

— Ce n'est pas prudent !

— Mon premier rendez-vous à la clinique est à seize heures, annonça Tariq. Je peux accompagner Laura jusqu'à la banque. T'inquiète pas, mec, je la protégerai, ta sœur, ajouta-t-il devant le regard inquiet de Michaël.

Laura fronça les sourcils.

— Je suis capable de me défendre toute seule.

— Ah non ! objecta Michaël d'une voix ferme. Tariq t'emmène là-bas, sinon, hors de question que je te laisse sortir.

Laura soupira.

— Génial…

Elle nota l'adresse de la banque sur un morceau de papier puis partit chercher son blouson. Tariq la suivit, un sourire amusé aux lèvres.

Michaël les interpella :

— Soyez prudents.

— Promis. Les clefs sont sur la petite table de l'entrée. Si jamais tu veux faire un tour…

— D'accord.

La mine grave, Michaël les regarda sortir de l'appartement.

38.

Tariq et Laura s'installèrent à l'arrière de l'autobus, à l'abri des regards et des oreilles indiscrètes.

— Il est doué, ton frère.

— Oui. Normal, c'est mon jumeau.

— Il me fait rire avec sa façon de parler… Très classe.

— Il a toujours été comme ça, dit Laura en haussant les épaules.

— C'est marrant.

Un silence suivit, un peu gêné. Laura laissa son regard se perdre dans le décor parisien qui défilait de l'autre côté des vitres. Un tel spectacle ! Comment pouvait-on s'en lasser ? La capitale était encore plus belle, plus vibrante, plus diverse qu'elle ne l'avait imaginé. Que de conversations elle avait eues avec Clô, au sujet de Paris… Plusieurs fois, elles avaient fantasmé, toutes les deux. Une vie en célibataires, en colocation dans la grande cité. La vie nocturne, l'art, les rencontres… tout ce que Paris pouvait offrir et qui leur manquait tant à Coudray.

Laura soupira. Chaque fois qu'elle pensait à Clô, elle avait un pincement au cœur. La reverrait-elle un jour ?

— Tu te souviens de tes parents ? demanda soudain Tariq, sans la regarder.

En guise de réponse, la jeune fille haussa les épaules. Une façon de lui signifier qu'elle n'avait pas envie d'en parler.

— Moi, ma mère est morte quand j'avais cinq ans, reprit Tariq. Et je m'en rappelle très bien. Nous habitions encore au Maroc, à l'époque.

— Ah.

— C'était une très belle femme. Très élégante. Claude lui ressemble un peu.

Se tournant vers Tariq, Laura lut une tristesse inattendue dans les grands yeux verts du jeune homme. Elle se sentit un peu coupable. Peut-être se montrait-elle trop sèche avec lui. Depuis le début, en sa compagnie, elle hésitait entre la timidité et l'exaspération. Pourtant, Tariq n'avait rien fait de mal, au contraire…

La vérité, Laura le sentait bien, n'était pas en son honneur : elle avait mal vécu le fait d'avoir rêvé de Tariq alors que lui, en retour, n'avait rêvé que de son frère. Il n'y était pour rien, le pauvre, mais c'était plus fort qu'elle, c'était un peu vexant. Et puis, il avait ce ton supérieur, cet air toujours sûr de lui qui l'agaçait. *Au fond, Tariq me ressemble*, pensa-t-elle.

Et c'était peut-être ça qui irritait la jeune fille. L'impression de voir ses propres défauts comme dans un miroir.

— Ta cousine Claude aussi est très généreuse, déclara-t-elle enfin, posant de nouveau son regard sur la vitre. Si elle lui ressemblait, ta mère devait être quelqu'un de grande valeur.

— Merci.

Ils n'échangèrent plus un mot jusqu'à ce que le bus arrive à destination, au cœur du VIIIe arrondissement.

Ils descendirent l'un derrière l'autre. Alors que Laura posait le pied sur le trottoir, une voix résonna, juste derrière elle.

Ils ont vu la fille aux cheveux rouges.

Elle fit volte-face, sidérée. Personne.

— Tu… Tu as entendu ? demanda-t-elle à Tariq.

— Quoi ?

— J'ai… J'ai cru que quelqu'un parlait de nous…

Le jeune homme se dressa sur la pointe des pieds et inspecta les alentours. Une dizaine de passagers sortaient tranquillement du bus. Personne ne semblait les surveiller. Pas de policier. Et personne qui ressemblât de près ou de loin aux Corbeaux.

Tariq attrapa Laura par le bras.

— Viens, dit-il. Ne traînons pas.

Ils se mirent en route d'un pas rapide vers le faubourg Saint-Honoré, puis traversèrent le boulevard en prenant garde aux nombreuses voitures qui s'y croisaient dans un désordre inquiétant. Soudain, Laura entendit la même voix. Claire et distincte, mais difficile à localiser.

Ils ont l'air de fuir quelque chose.

La jeune fille se retourna brusquement, les yeux écarquillés.

— Qu'est-ce qu'il y a encore ? demanda Tariq, agacé.

— Quelqu'un… quelqu'un nous observe, balbutia-t-elle, décontenancée.

— Mais qu'est-ce que tu racontes ?

Le regard de Laura se fixa soudain vers le trottoir opposé.

— Là ! Le garçon !

Tariq regarda dans la direction indiquée.

Un jeune garçon, de douze ou treize ans à peine, semblait en effet les épier. *Il était avec nous dans le bus !* réalisa brusquement Tariq. Les vêtements froissés, les cheveux ébouriffés, l'air crasseux, il ressemblait à un enfant des rues.

Réalisant qu'il avait été repéré, le garçon fit demi-tour et partit d'un pas hâtif.

— Hé ! Toi ! Attends !

D'un seul élan, Tariq et Laura se précipitèrent à sa poursuite. Ils se faufilèrent au milieu du trafic, récoltant au passage quelques coups de Klaxon intempestifs. De l'autre côté de la chaussée, le jeune garçon avait pris ses jambes à son cou.

Tariq, plus grand et plus athlétique, gagna rapidement du terrain, distançant Laura. La jeune fille, le souffle court, refusa pourtant d'abandonner. Rassemblant ses forces, elle tenta de suivre la cadence infernale. Bientôt, Tariq arriva sur les talons du jeune fugitif et lui sauta dessus.

Les deux garçons roulèrent au milieu du trottoir, accrochés l'un à l'autre comme deux lutteurs sur un tatami. Quand Laura arriva à leur hauteur, Tariq avait fait une clef de bras à son adversaire et le maintenait fermement contre le sol.

— Qu'est-ce que tu nous veux, toi ? Pourquoi tu nous espionnes, hein ? Qui t'envoie ?

Le jeune garçon, à moitié étranglé, ne parvenait même pas à prononcer un mot. Le visage empourpré, les yeux écarquillés, il commença à pleurer.

— Lâche-le ! ordonna Laura en saisissant le bras de Tariq.

Celui-ci hésita, puis desserra son emprise. Terrorisé, le corps tremblant, le jeune garçon s'adossa au mur d'un immeuble pour reprendre son souffle.

39.

Cela faisait une bonne demi-heure que Michaël parcourait sur Internet les archives des journaux d'Orlando ou de Floride, en vain. Aucun article ne relatait la mort de Peter et Fiona Forbes.

Il frappa la table du poing, frustré. Il devait bien y avoir trace de cet accident quelque part !

Puis, se prenant la tête dans les mains, il réfléchit.

Peut-être ne cherchait-il pas au bon endroit. Certes, il se souvenait du nom de la ville où Laura et lui avaient vécu petits : Orlando. Mais était-ce bien là qu'avait eu lieu l'accident ? Ils avaient roulé pendant des heures. Le drame était sûrement survenu à plusieurs centaines de kilomètres de chez eux.

Reprenant confiance, Michaël se replongea sur le Web et élargit sa recherche aux États voisins.

Et enfin, il trouva.

Les doigts tremblants, la bouche sèche, il lut la page qui se déroulait sous ses yeux, comprenant sans peine le texte écrit en anglais.

L'article d'un petit journal de Géorgie, vieux de dix ans, était daté du 18 juin. Il relatait, comme un simple fait divers, l'accident de voiture survenu dans la nuit du 17 au 18 juin, qui avait causé la mort de Peter et Fiona Forbes, un jeune couple d'Orlando, en Floride. Le texte, factuel et neutre, précisait que Peter Forbes était médecin et que Fiona, son épouse, était avocate. Selon le journaliste, Peter Forbes était mort sur le coup et son épouse avait succombé quelques heures après son arrivée à l'hôpital. Nulle part il n'était fait mention des jumeaux, leurs enfants.

« L'autopsie n'ayant révélé aucune présence d'alcool dans le sang de monsieur Forbes, on peut supposer que l'accident, comme souvent, a été causé par la fatigue ou l'imprudence du chauffeur à une heure si tardive », concluait l'article.

Michaël relut plusieurs fois la dernière phrase. Il y avait quelque chose d'irréel à découvrir ainsi, avec dix ans de décalage, ces lignes qui parlaient avec détachement de la mort de ses parents. Au fond, en dehors de la photo que Laura et lui avaient précieusement gardée, cette chronique était la seule chose qui lui était parvenue d'eux. L'idée était terrible et pathétique, et Michaël lutta pour retenir ses larmes.

Rien d'autre. Aucune photo. Au fond, c'était sans doute mieux ainsi. Michaël n'aurait probablement pas supporté de voir un cliché de la voiture éventrée.

Rassemblant son courage, il enregistra la page sur l'ordinateur et s'adossa à son siège.

Ne pas céder à la tristesse ni à la colère.

La gorge nouée, il tenta d'analyser la situation de

manière objective. Pour l'instant, mieux valait se focaliser sur les faits. L'article lui apprenait une chose : ses parents étaient morts le 17 juin, soit sept jours avant que l'ouverture du coffre-fort soit enregistrée à la BSP, au nom de Michaël et Laura Saurault.

Il pouvait en déduire deux choses : d'abord, ce n'était pas leurs parents qui avaient ouvert le coffre. Ensuite, leur nom avait été changé de « Forbes » à « Saurault » très rapidement… Dans les premiers jours qui avaient suivi l'accident.

Les renseignements étaient maigres, mais c'était un début.

Il se décida à pousser plus loin ses investigations. À présent qu'il connaissait la profession de ses parents, il pouvait mieux cibler ses recherches. Rouvrant l'explorateur Internet, il fouilla à nouveau les archives. Après avoir parcouru, en vain, des centaines de pages, il abandonna. Peter et Fiona Forbes n'avaient pas laissé beaucoup de traces sur le Web.

Découragé, il finit par éteindre l'ordinateur et se dirigea dans la cuisine. Il avait envie d'un Coca-Cola. Réconfortant, bien glacé…

Malheureusement, le réfrigérateur était presque vide. Aucun soda en vue. Dépité, le jeune homme alla prendre dans son blouson l'enveloppe contenant l'argent laissé par Joe. Deux cents euros. Pour lui, c'était une véritable fortune ! La générosité des cousins de Tariq était exceptionnelle. Un jour, il se le promit, il trouverait un moyen de les remercier.

Michaël prit un billet dans l'enveloppe, attrapa les clefs

de l'appartement et sortit de l'immeuble. Plutôt que de redescendre vers le boulevard, où il y avait beaucoup de monde, il décida de remonter la petite rue pour minimiser les risques de se faire reconnaître.

Il passa le long des immeubles, croisa quelques badauds, accéléra le pas devant les épiceries et les commerces. Un peu plus haut, à une intersection, se trouvait un bar. Il traversait pour le rejoindre quand, soudain, il s'immobilisa au milieu de la rue, figé de stupeur.

Le bar. Il le reconnaissait. Il reconnaissait parfaitement la devanture, en bois, si étrangement familière. Le nom peint sur les vitres. *Molly Malone's*.

C'était le pub irlandais dont il avait rêvé la nuit précédente.

40.

— Je vous jure que je ne vous ai pas suivis !

— Tu te fous de notre gueule, gamin ? Tu es descendu du bus au même arrêt que nous et tu n'as pas cessé de nous dévisager…

— Mais… C'est juste que je vous ai reconnus.

— Reconnus ?

— Oui.

— Comment ça, tu nous as reconnus ? insista Tariq en attrapant le jeune garçon par le col de son blouson.

— Je… Je ne sais pas. Je ne peux pas vous l'expliquer. C'est bizarre, mais je reconnais les gens… les gens qui sont comme moi. Comme vous. Les gens qui ont vu la fille aux cheveux rouges. Celle qui attend sous la tour Eiffel…

Laura et Tariq échangèrent un regard sidéré. Le jeune Marocain relâcha sa prise, abasourdi.

— Et vous ? demanda le jeune garçon d'une voix tremblante. Comment m'avez-vous repéré ?

— Je t'ai entendu. Je t'ai entendu parler de nous, répondit Laura d'un ton réprobateur.

— Parler ? Mais quand ?

— En descendant du bus.

— C'est impossible ! Ce n'est pas moi… Quelqu'un d'autre a dû… Je n'ai pas dit un mot !

— Tu as mentionné la fille aux cheveux rouges…

— Mais je vous jure que non, se défendit le jeune garçon, les larmes aux yeux. Je n'ai rien dit !

Tariq et Laura échangèrent un nouveau regard, puis le jeune Marocain déclara :

— Admettons. Maintenant, parle-nous de la fille aux cheveux rouges. Où l'as-tu vue ? Tu l'as rencontrée ?

— Non, souffla le garçon. Enfin… La nuit, seulement. Quand je dors. Le jour, je la cherche, mais je ne la trouve pas. Vous l'avez… Vous en avez rêvé, vous aussi, n'est-ce pas ?

Ni Tariq ni Laura ne répondirent.

— De toute façon, je le sais, grommela le garçon.

Laura posa la main sur l'épaule du gamin. Il paraissait tellement perdu. Tellement jeune…

— Comment t'appelles-tu ?

— Ben.

— Et tu habites où ?

— À Lille.

— À Lille ? Mais qu'est-ce que tu fais à Paris ?

Le garçon haussa les épaules d'un air blasé, comme si la réponse était évidente.

— Je cherche la fille aux cheveux rouges.

— T'es tout seul ?

— Oui.

— Et tu dors où ?

— Ici et là. Dans la rue parfois.

— À ton âge ? Bravo !

— Je m'en fiche. Tant que je ne l'aurai pas trouvée, je resterai ici. Mes parents ne peuvent pas comprendre. Ils ne la voient pas, eux.

Laura adressa un regard interrogateur à Tariq, l'air de dire « qu'est-ce qu'on fait ? ». Le jeune homme hésita un instant, puis regarda sa montre.

— Laura, j'ai rendez-vous à la clinique dans une heure. Pour la banque, ça va être un peu juste. Tu retournes à l'appartement de ma tante et je reviens ce soir ?

— Si tu veux.

— Tu vas savoir retourner là-bas toute seule ? ajouta-t-il avec un petit sourire.

— Ça va ! Je ne suis pas complètement débile !

Le sourire de Tariq s'élargit.

— Non, seulement provinciale…

— J'ai moins de chance de me perdre à Paris que toi dans la forêt de Coudray !

— Si tu le dis.

— Et lui, dit Laura en désignant Ben. Qu'est-ce que je fais de lui ?

Tariq hésita. Puis il se tourna vers le jeune garçon.

— Ça te dit de dormir au chaud ce soir, gamin ?

41.

Michaël resta un long moment devant le pub, incapable de se décider. Devait-il faire confiance à la fille aux cheveux rouges qui, dans son rêve, avait paru l'inciter à entrer ? Formuler la question lui permit de prendre conscience du ridicule de la situation. Un rêve était le produit d'une imagination, d'un subconscient. Il ne devait rien en attendre de rationnel. Toutefois… il fallait bien le reconnaître, ce rêve-là n'était pas comme les autres. Parce qu'il l'avait partagé avec Laura et Tariq, mais aussi parce que le contenu lui avait paru aussi intense que symbolique, porteur d'un véritable message. Les paroles de la fille aux cheveux rouges résonnaient encore dans sa tête.

Dépêche-toi, Michaël. Les jours sont comptés. Il doit avoir lieu.

Il resta encore quelques minutes au milieu de la rue, pétrifié, partagé entre la curiosité et la peur. Par bonheur, aucune voiture ne passa. Il réalisa soudain qu'il aurait pu se faire écraser… Il avança vers le pub.

Il y avait beaucoup de monde à l'intérieur, un flot incessant de clients qui entraient et sortaient, d'autres qui buvaient un verre en terrasse ou se retrouvaient dehors le temps d'une cigarette.

Il se décida à entrer.

Du haut de ses quatorze ans, il était certainement le plus jeune client de l'établissement et s'attira d'ailleurs quelques regards amusés. Discrètement, il partit s'asseoir à une table dans la pénombre et admira la décoration soignée des lieux.

Tout, ici, avait été fait pour respecter scrupuleusement

l'esprit des pubs irlandais. Tapis au sol, boiseries aux murs, lampes vertes suspendues au plafond, tables, chaises et bar en bois sombre, jeu de fléchettes et jeux vidéo au fond de la salle, et partout des enseignes de marques de bières irlandaises, des tableaux évoquant Dublin, des bibelots typiques…

Sur une ardoise, il lut un message inscrit à la craie blanche : « Service au bar ». Il se mordit les lèvres. Jamais de sa vie il n'était allé commander lui-même à boire et, forcément, il se sentait intimidé. Avait-il même le droit d'être là ?

Enfin, rassemblant son courage, il se dirigea vers le bar.

L'employé, un grand gaillard aux cheveux clairs, lui adressa un sourire accueillant.

— Qu'est-ce qui vous ferait plaisir, jeune homme ? dit-il avec un léger accent britannique.

— Un Coca, répondit Michaël timidement.

Le barman lui servit un grand verre rempli de glaçons et glissa une paille à l'intérieur. Michaël s'empressa de payer et retourna à sa place. Il vit alors sur la table un sous-bock qui, il en était certain, n'y était pas la première fois qu'il s'était assis.

Il fronça les sourcils et jeta un coup d'œil alentour. Pas de serveur en vue.

Michaël prit le sous-bock dans sa main et, d'instinct, le retourna. Il ne s'était pas trompé : un message était inscrit sur le verso.

« Michaël, contacte-moi au plus vite. » Et c'était signé : « DK-Lion ».

Le garçon, perplexe, regarda à nouveau autour de lui,

dévisageant les autres clients du pub. Qui donc pouvait lui avoir laissé ce message ? Il y avait là des groupes de jeunes qui discutaient, riaient fort, un ou deux couples de touristes… Personne qui attirât particulièrement son attention.

Les battements de son cœur s'accélérèrent, alors qu'il restait assis, stupéfait. Qui était cet énigmatique DK-Lion et que lui voulait-il ? Et surtout, s'il voulait communiquer… pourquoi n'était-il pas venu lui parler directement ?

Tentant de se calmer, il sirota son soda, scrutant l'assemblée, cherchant le moindre signe, un indice, un regard insistant, quelque chose qui pût trahir l'identité de l'auteur de ce mot étrange. Mais en vain.

Le Coca terminé, Michaël décida que le mieux, au bout du compte, était de retourner à l'appartement. Laura allait bientôt revenir et il pourrait essayer d'en apprendre plus, sur Internet, au sujet du dénommé « DK-Lion ». Il n'avait, après tout, pas d'autre piste pour entrer éventuellement en contact avec lui.

42.

Tariq s'éloigna, la démarche nonchalante.

Laura fulminait. Décidément, tout l'exaspérait chez le jeune Marocain – cet air supérieur, condescendant, ce mépris, jusque dans sa façon de marcher…

Non, se corrigea-t-elle. *Il ne s'agit peut-être pas de mépris*. C'était peut-être simplement l'aisance naturelle d'un garçon de quatorze ans, habitué aux contacts, aux voyages, celle d'un adolescent bien dans sa peau qui avait grandi entouré d'amis, de parents présents et affectueux. Alors qu'elle, au fond, n'était jamais sortie de son orphelinat... Laura se demanda si elle n'était finalement pas jalouse du garçon, et commença à s'en vouloir.

Tariq était presque arrivé au métro. Il approchait des escaliers de la station Ternes, du pas ferme et décidé de celui qui a souvent arpenté les rues parisiennes.

Soudain, Laura courut vers lui.

— Tariq !

Le garçon s'immobilisa et se retourna, étonné.

— Qu'est-ce qu'il y a ?

— N'y va pas, répondit Laura d'un air embarrassé.

— Hein ?

— À la clinique de l'Arc-en-ciel. N'y va pas. C'est dangereux.

— Mais qu'est-ce que tu racontes ?

— Je ne sais pas... je le sens.

— Tu le *sens* ?

Tariq s'approcha d'elle puis, après avoir jeté un coup d'œil prudent aux passants autour d'eux, il murmura :

— Tu l'as... rêvé ?

Ben, intimidé, était resté sur le trottoir, à une dizaine de mètres en arrière. Il les regardait et Laura se demanda s'il pouvait les entendre.

— Non, admit-elle. Non, je n'en ai pas rêvé... Mais Tariq, je sens que j'ai raison. Tu as bien vu, les types qui nous poursuivent ne reculent devant rien. Cette clinique, l'intérêt qu'ils ont pour les gens « comme nous », avoue que c'est bizarre. Tant qu'on n'en saura pas plus, on doit se méfier de tout le monde...

— Au contraire ! C'est peut-être le meilleur moyen d'en apprendre davantage et de comprendre ce qui se passe. C'est une *clinique*, un truc officiel, pas un vieux hangar désert. Franchement, t'es un peu trop parano sur ce coup, ma petite, répéta Tariq, pour la seconde fois de la journée.

Cette fois, c'en était trop. Laura, vexée, fit un pas en arrière.

— Très bien, dit-elle avec froideur. Très bien. Ne m'écoute pas. Tu as raison, tu as toujours raison, tu es plus intelligent que tout le monde… Mais s'il t'arrive quoi que ce soit, on ne viendra pas te chercher, ajouta-t-elle avec une brutalité qui la surprit elle-même.

Le visage de Tariq se crispa, trahissant sa déception et son étonnement.

— Eh bien au moins, les choses sont claires, répondit-il d'un ton glacial. Sympa…

Faisant volte-face, il descendit l'escalier du métro sans ajouter un mot. Laura se mordit les lèvres en le voyant disparaître. Puis elle fit demi-tour et rejoignit Ben à pas lents.

— Tout… tout va bien ? demanda maladroitement le garçon alors que Laura avançait, sans réfléchir, dans la direction opposée au bus.

— Tout va bien, grommela-t-elle, sans oser croiser son regard.

Elle se sentait fragile, en proie à tant d'émotions contradictoires qu'elle aurait été capable de se mettre à nouveau en colère, mais ce pauvre Ben ne méritait ça.

Clô. Si seulement Clô avait été là ! C'était dans ces moments-là – dans ces moments de confusion où l'on ne se comprend pas soi-même – qu'une meilleure amie était utile... Et Clô était la meilleure pour aider Laura à prendre du recul.

— Alors, qu'est-ce qu'on fait ? On va chez... ton ami ? Chez Tariq ? demanda Ben, encore plus timidement.

Laura s'arrêta. Elle réfléchit. Puis elle se tourna vers le garçon.

— Ça t'ennuie que nous allions d'abord faire un tour à la banque ?

43.

Dix minutes plus tard, Ben et Laura contemplaient, côte à côte, le siège social de la BSP, au cœur du VIIIe arrondissement.

Ils s'étaient postés à une centaine de mètres de l'entrée, sur le trottoir d'en face, près d'un kiosque à journaux qui les dissimulait en partie aux regards indiscrets. C'était un quartier d'affaires, très différent de celui de Ménilmontant, et Laura se sentit comme écrasée par l'éclatante richesse des lieux. Les trottoirs étaient impeccables, les parterres de fleurs taillés avec soin. Les passants, bien habillés pour la plupart, se hâtaient autour d'eux, sans prêter attention aux vitrines élégantes, comme si chacun d'eux avait de bonnes raisons d'être plus pressé que tout le monde. Les talons des femmes claquaient sur le macadam, les hommes, en costumes sombres, parlaient d'un ton sec dans leurs téléphones portables dernier cri, des employées en tailleur sortaient devant les bureaux pour fumer devant les porches des immeubles, de belles voitures s'extirpaient des parkings, avant de klaxonner avec rage dans les interminables embouteillages…

La BSP occupait un somptueux hôtel particulier. Sa belle façade haussmannienne en pierre blanche s'ornait de mosaïques, et des dorures décoraient le fronton de la porte principale. Derrière les grandes baies vitrées, à travers lesquelles les rayons du soleil doraient un hall de marbre, on apercevait, au milieu de plantes vertes et de statues, des tables en bois précieux et des guichets design, tout un univers de luxe et de prudence qui était étranger à Laura. Deux hommes du personnel de sécurité de la banque, les épaules carrées et portant des oreillettes, étaient postés à l'entrée.

Et alors ? pensa Laura, tentant de se rassurer. Cela n'avait rien d'étonnant. La BSP était une grande banque, avec des clients fortunés. Les gardes n'avaient aucune raison de remarquer Laura, ni de l'arrêter. Bien sûr, les jumeaux étaient recherchés, mais seulement par la police.

Peut-être devait-elle tenter une reconnaissance à l'intérieur et…

— N'y va pas, dit brusquement Ben.

Laura sursauta. Ben n'avait pas prononcé une parole sur le chemin, et soudain, cet avertissement… les mêmes mots qu'elle avait dits à Tariq.

— Pourquoi ? demanda-t-elle avec douceur.

Une lueur de reconnaissance passa dans les yeux de Ben, comme s'il n'était pas habitué à ce qu'on l'écoute ou qu'on le prenne au sérieux.

— Tu vas me prendre pour un fou, mais j'ai d'assez fortes intuitions, expliqua-t-il, hésitant, craignant que Laura ne se moque de lui. Une sorte d'instinct, sur les gens, leurs émotions, leurs intentions…

Laura hocha la tête. Michaël aurait sans doute ricané, mais pas elle. *Nous avons vu assez de phénomènes étonnants ces derniers jours…*

— Et dans cette banque, reprit Ben, ou à l'extérieur, en tout cas, tout près, je sens… une attente. Une hostilité. Quelqu'un… non, plusieurs personnes. Ils *savent* que vous allez venir. Ils t'attendent, toi. Toi et quelqu'un d'autre… Un autre garçon. Pas Tariq.

Laura en resta bouche bée. Ni Tariq ni elle n'avaient mentionné Michaël. Ben avait-il parlé au hasard ? Ou en savait-il un peu trop ?

Elle s'était méfiée du garçon, au début… et si elle avait eu raison ? S'il était un espion à *leur* solde ?

— Je t'en prie, n'y va pas, répéta Ben avec une réelle lueur d'angoisse dans le regard, et Laura comprit qu'elle devait prendre une décision.

Faire confiance, ou non, à ce gamin crasseux aux cheveux en bataille, aux grands yeux naïfs, qu'elle ne connaissait pas une demi-heure auparavant.

N'y va pas.

Tariq n'avait pas écouté. Laura, elle, écouta.

— D'accord.

Ben soupira, soulagé.

— Rentrons.

Ils s'éloignèrent. Arrivée au coin de la rue, Laura se retourna. Elle voulait voir si quelque chose autour d'eux pouvait justifier les intuitions de Ben. Le danger de ces derniers jours avait affiné ses perceptions, lui avait appris à repérer les comportements suspects. De là où ils étaient, ils avaient une vue d'ensemble sur le quartier de la BSP. Davantage de recul.

Elle scruta les alentours. Et alors, elle *les* vit.

L'homme, là-bas, lisant un journal, sur le banc. Qui levait les yeux, régulièrement, et observait les clients qui entraient dans la banque, détaillant chaque trait de leurs visages, comme s'il cherchait quelqu'un.

La femme qui sirotait un soda à l'ombre d'un platane, les yeux braqués sur le perron de pierre luisante de l'établissement. Attendrissante, avec un biberon à la main et une poussette à ses côtés. Sauf qu'il n'y avait personne dans la poussette.

Laura frissonna.

— Merci, Ben, dit-elle avec reconnaissance.

Sans plus attendre, ils se hâtèrent côte à côte vers l'arrêt de bus.

44.

Michaël avait cherché sur Internet pendant des heures, et n'avait trouvé que des *traces* de DK-Lion.

Oui, des *traces*.

Quand il avait tapé « DK-Lion », en essayant des orthographes diverses, dans les moteurs de recherche – mais aussi sur des outils moins célèbres, utilisés par les pirates et les connaisseurs, et qui archivaient l'historique de sites Web disparus –, quelques liens étaient apparus. « DK-Lion » était mentionné dans certains messages, sur des *posts* de forum, parfois sur des historiques de *chat*, mais dès que

Michaël cliquait, les liens se révélaient erronés, inaccessibles… ou n'existaient plus, tout simplement. Deux des pistes qu'il avait suivies l'avaient guidé vers une même page entièrement grise qui exigeait un mot de passe. Malgré tous ses efforts, Michaël n'était pas parvenu à le craquer. Il y avait même eu une tentative d'attaque sur son ordinateur : il venait d'essayer pour la septième fois un programme pour contourner le mot de passe quand la vitesse de défilement des pages s'était soudain mise à ralentir étrangement. Un « IP inconnu » avait tenté de s'introduire dans l'ordinateur. Par chance, le pare-feu qu'il avait installé lui-même sur la machine de la tante de Tariq avait suffi à le bloquer.

Michaël avait aussitôt tout éteint – une méthode un peu rustique, mais efficace, quand il s'agissait de disparaître aux yeux d'ordinateurs ennemis. Puis il avait rallumé, modifié son adresse IP, éteint de nouveau, rallumé, changé une nouvelle fois l'IP, éteint, allumé…

Plus d'attaque. Les « ennemis », si c'en était, avaient perdu sa trace.

Michaël s'était rejeté en arrière dans son fauteuil, exaspéré. Il n'avait rien appris. Ou plutôt, il avait appris que chercher des informations sur DK-Lion se révélait dangereux. DK-Lion avait des amis qui le protégeaient férocement… ou des ennemis qui le talonnaient de près, et qui tentaient d'en apprendre plus sur tous ceux qui s'approchaient de lui.

Le jeune homme s'était levé ; il avait arpenté la pièce, s'était servi un petit en-cas, puis il avait repris le sous-bock dans sa main.

« Michaël, contacte-moi au plus vite. »

— Je veux bien, murmura-t-il. Mais comment ?

La porte de l'appartement s'ouvrit.

— Hello ! dit Laura d'un ton un peu étrange. J'ai quelqu'un à te présenter…

45.

Vingt minutes plus tard, Michaël et Laura se disputaient toujours au milieu de la cuisine. Ben était dans le salon, assis par terre, près de la table basse, les cheveux ébouriffés, ses grands yeux bruns écarquillés, un peu épouvanté par le conflit dont il était la cause et qui continuait de se dérouler dans la pièce voisine.

— Comment as-tu pu ? répéta Michaël pour la centième fois. Comment as-tu pu ramener un inconnu *ici* ? Dans le seul endroit où nous étions en sécurité ?

Il fit un geste en direction du salon et baissa un peu la voix.

— C'est peut-être un espion ! Ou même un Corbeau !

— OK, Michaël, on se calme. J'ai eu la même idée, bien sûr. La même trouille. Mais *primo*, il a à peine notre âge, et *secundo*, c'est Tariq qui l'a invité ici, et pas moi…

— Eh bien, Tariq est trop confiant, c'est tout ce que ça prouve…

Laura pensa au jeune Marocain et à la clinique de l'Arc-en-ciel.

— Je suis d'accord. Mais il a pris sa décision et nous devons la respecter. C'est *son* appartement, c'est *chez lui*, enfin, chez sa tante. Et puis, si Ben était un espion…

— … ce que je ne suis pas, intervint Ben depuis l'autre

pièce, tout en lorgnant d'un œil affamé sur les Pim's, le pain de mie et la plaquette de jambon de poulet qui traînaient sur la table basse.

— … si Ben était un espion, reprit Laura d'une voix plus basse, je ne serais pas là. Je serais déjà morte, ou entre leurs mains. Et surtout… Il a fait les mêmes rêves que nous. La fille aux cheveux rouges, la tour Eiffel…

— Ce n'est pas une preuve ! Il pourrait avoir… eh bien, je ne sais pas, *entendu* parler du rêve par quelqu'un d'autre…

— « *Les jours sont comptés*, dit Ben, d'une voix grave. *Il doit avoir lieu.* »

Il y eut un silence. Interrompant leur dispute, les jumeaux retournèrent dans le salon et dévisagèrent l'adolescent.

— Je l'ai fait, le rêve, expliqua Ben. Je l'ai même fait des milliers de fois, vous n'imaginez pas…

Il paraissait si fragile, avec ses habits de marque souillés et déchirés par trop de nuits dans la rue, son visage ravagé par la fatigue, la solitude.

— Vous ne comprenez pas, reprit-il d'une voix étranglée. Personne ne me croyait, personne. Cela fait des mois que j'ai l'impression que quelque chose cloche en moi. Mes parents me prennent pour un fou. Et quand j'ai commencé à leur parler de mes visions nocturnes… un paysage bleuté, des montagnes, des hommes en noir, et puis un accident de voiture, il y a longtemps…

Laura et Michaël échangèrent un regard interdit.

— … ils m'ont envoyé chez le psy, vous voyez ? *Dis-moi tout*, il m'a demandé ! *Je suis de ton côté. Il te suffit d'être complètement sincère*. J'ai tout raconté. Les visions, le fait que je croyais percevoir les émotions des gens…

Ben secoua la tête. Des larmes perlaient à ses paupières, mais il s'efforça de ne pas pleurer.

— Et puis au bout du compte, il m'a fait interner.

— L'enfoiré, murmura Laura.

Elle s'agenouilla près de Ben et posa une main sur son épaule. Il n'avait qu'un an de moins qu'elle, mais sa détresse, son corps maigre et dégingandé, ses grands yeux innocents réveillaient ses instincts protecteurs.

Michaël, quant à lui, dissimulait son émotion. Il lui fallait rester froid, rationnel. Les événements des derniers jours le forçaient à une méfiance absolue.

— Je ne suis pas convaincu, dit-il en essayant de paraître ferme. Donne-moi plus de détails. Sur tes rêves, par exemple.

Ben resta silencieux un moment, puis il releva la tête.

— Ils ont changé au fil du temps. Au début… c'était ce que je viens de vous raconter. Cet accident. Ensuite, j'ai rêvé de la fille aux cheveux rouges et de la tour Eiffel. Mais récemment… Il y a un ou deux jours, peut-être, quand j'étais dans la rue, après m'être enfui de l'hôpital…

Il fronça les sourcils et se mit à réfléchir.

— Attendez, c'était il y a quarante-huit heures environ. Quelque chose a changé. Comme si une… *étape* avait été franchie. Tout s'est accéléré ; les rêves sont devenus plus violents, plus longs, plus précis. Et elle est réapparue. La fille aux cheveux rouges et aux yeux verts. La tour Eiffel. Le sentiment d'urgence. Des centaines d'autres personnes qui s'assemblaient autour d'elle.

— Continue, insista Michaël.

— Michaël, t'es chiant ! protesta sa sœur, mais Ben ferma les yeux, se remémorant.

— Des néons. Qui créent des couleurs, sur les murs de pierre. De l'eau… Une fontaine, et une mélodie de cornemuse. Des gens hurlent et fuient, dans des couloirs blancs, aux incrustations de métal. Du sang sur les murs, des gens qui meurent… Beaucoup de gens qui meurent.

Ben se tut un instant. Laura et Michaël frissonnèrent. Ils n'avaient pas rêvé de couloirs, de sang et de mort, mais tout le reste était exact. Et l'accent de conviction dans le ton du garçon était glaçant.

— Le silence autour de la tour Eiffel. Et pourtant, nous sommes des centaines, des milliers peut-être. Les lumières scintillent, comme une nuée de poussière dorée…

— D'accord, soupira enfin Michaël, se rendant à l'évidence. D'accord. Je te crois.

Il se laissa tomber par terre, à côté de la table basse, face aux deux autres. Dehors, le soleil se couchait sur Ménilmontant. Les Klaxon résonnaient dans la lumière profonde du soir pendant que les passants discutaient et s'interpellaient à haute voix. Les serveurs des restaurants mettaient des couverts sur les tables en terrasse, se préparant pour le repas du soir.

Tout près, un orchestre de rue commença à jouer.

Michaël se prit la tête dans les mains.

— Mon Dieu, dit-il, à Laura, à Ben, à tout le monde, à personne. Je ne comprends pas. Je ne comprends rien. Mais qu'est-ce qui nous arrive ? Qu'est-ce qui nous arrive, à tous ?

46.

Skagit River, à soixante miles au nord de Seattle, État de Washington, États-Unis.

Le matin était encore loin et le reflet des étoiles chatoyait à la surface de l'immense fleuve. Un phoque remontait le courant, suivant la marée – l'océan Pacifique n'était pas loin, à moins de deux kilomètres, et les phoques s'aventuraient souvent dans l'eau douce. Ils jouaient, dévoraient des saumons, mangeaient les restes des repas que les humains qui habitaient là jetaient dans l'eau sans cérémonie.

Continuant sa nage fluide, l'animal passa près d'un bateau isolé, amarré à un vieux quai en teck, loin des cabines de chasseurs et des premières fermes. Il s'ébattit dans l'eau noire, près des mots « Lady Fiona », peints sur la coque en lettres vertes usées par le temps.

Soudain, le phoque entendit un bruit de pas – léger, sur le dock, pas grand-chose, mais assez pour éveiller sa méfiance. Mû par un instinct sûr, qui l'avait protégé des humains et de leurs mœurs étranges pendant des années, il fit demi-tour et repartit vers l'océan.

À l'intérieur du bateau, Gregory Evans ouvrit les yeux.

Quelqu'un approchait.

L'embarcation était amarrée à plus de dix kilomètres de la bourgade la plus proche, Conway, un hameau d'une centaine d'habitants, dont le plus grand commerce était une station-service qui faisait aussi restaurant, supermarché, et vente d'objets d'arts plus ou moins indiens. Près de cette courbe du fleuve, en suivant la route, il n'y avait que deux véritables maisons : l'une habitée par un couple homosexuel d'artistes new-yorkaises à la retraite, et l'autre par un homme d'affaires qui ne venait là qu'en été, avec sa femme et ses trois enfants.

Gregory Evans vivait au bout du monde civilisé.

Et pourtant, *ils* l'avaient trouvé.

J'aurais dû partir hier, pensa-t-il, furieux, en cherchant silencieusement ses lunettes sur la table de nuit. Il les enfila maladroitement – des lunettes en cuivre avec un petit G gravé sur la branche droite – et se glissa hors de sa couchette.

Oui, il aurait dû partir la veille, ou même trois jours plus tôt, quand il avait vu, sur son écran d'ordinateur portable, Marion Auric se faire abattre devant ses yeux. Marion et lui n'avaient jamais été très proches, c'était une femme loyale mais sèche, sans la moindre empathie… mais elle était une des rares survivantes de leur groupe et elle avait réussi, tant bien que mal, à cacher les jumeaux pendant toutes ces années.

Enfin, jusqu'à ce qu'ils la retrouvent. Et qu'ils la tuent.

Oui, il aurait dû partir aussitôt. Mais il n'avait plus l'âge de fuir comme ça, sans rien préparer. Cinquante-quatre ans. Il appréciait son confort et il n'avait pas envie de se retrouver à courir dans la montagne sans équipement, comme il l'avait fait les deux dernières fois que la Compagnie avait réussi à le localiser. Alors il avait traîné. Il était allé à la banque pour effectuer une série de virements, il avait retiré de l'argent liquide, il avait préparé une valise avec des affaires confortables ; tout cela avait pris du temps, bref, il avait retardé son départ jusqu'à aujourd'hui… Oui, il se faisait vieux, et voilà, maintenant, il était quatre heures du matin et on marchait sur le dock.

Les pas s'arrêtèrent. Ils devaient avoir atteint la porte du *Lady Fiona*.

Gregory réfléchit. Sa couchette était en hauteur, en mezzanine. Il y avait une lucarne assez grande pour qu'il puisse s'y glisser. *Un hublot*, se corrigea-t-il, *sur un bateau, c'est toujours un hublot*, mais il n'avait jamais intégré le jargon marin.

Appelons ça l'Option A, pensa-t-il. *Sortir par le hublot.* Ensuite, il se retrouverait au bout du dock, avec les tueurs entre lui et la rive – ils étaient forcément plusieurs, ils en laisseraient un à l'extérieur pour faire le guet. Le guetteur le verrait – la lune était levée –, il donnerait l'alarme et lui tirerait dessus.

Alors qu'il continuait de réfléchir, Evans entendit, en bas, le verrou de la porte d'accès à la cabine sauter avec un bruit léger et sec.

Il continua malgré tout son analyse de la situation. Ils lui tireraient dessus, donc, et en supposant qu'ils le ratent, sa seule solution serait de plonger dans le fleuve glacé et de nager sous l'eau, en espérant que les balles ne l'atteignent pas.

Les bruits se rapprochaient, les intrus se trouvaient maintenant à l'intérieur, dans le minuscule salon. Une seule porte à ouvrir et ils atteindraient sa chambre.

Oui, la lucarne, le fleuve. Ce n'était pas impossible.

Ou alors : l'Option B. L'Option B ne marcherait que s'ils s'approchaient du lit pour le capturer – s'ils voulaient le torturer avant de le tuer. Sinon, il leur suffirait de tirer deux balles de silencieux une fois le seuil de sa chambre franchi, et voilà, tout serait terminé, plus de Gregory Evans.

Mais ils voudront me torturer, pensa-t-il. *Oh oui. Mandeville voudra savoir comment j'ai fait pour leur échapper pendant toutes ces années. Il voudra me faire parler des jumeaux, du site, de l'argent de la fondation…*

La porte de la chambre s'ouvrit.

Elle n'avait fait aucun bruit. C'était d'ailleurs comme ça que Gregory Evans savait qu'elle s'était ouverte : cette soudaine absence de bruit. Plus de pas, plus de grincement. Le *Lady Fiona* retenait son souffle.

Ils étaient là. Avec lui.

Le docteur Evans garda une respiration régulière. Ni trop forte, ni trop faible, celle d'un homme qui dort du sommeil du juste.

C'était l'instant de vérité. Allaient-ils tirer ?

Ils ne tirèrent pas.

Gregory Evans reconnut, à l'infime grincement de l'échelle de métal, que l'un d'entre eux grimpait sur la mezzanine. *L'avantage de vivre dans un tout petit espace. Les assassins ont moins de place pour se déployer.*

Il sentit, derrière ses paupières fermées, l'ombre se pencher vers lui.

Sa main droite fila comme un éclair, et le couteau qu'il cachait sous le drap s'enfonça brusquement entre les deux yeux du Corbeau. L'homme mourut sur le coup, sans même un gémissement. La lame avait pénétré dans le cerveau.

En bas, le deuxième hésita un instant – un instant de trop – avant de tirer. La première balle s'enfonça dans le bord de la mezzanine, la deuxième dans le cadavre de son collègue, et Evans était déjà en bas. Le Corbeau se retourna pour viser, mais le docteur avait attrapé la statuette de bronze posée sur la table de nuit, elle percuta à toute vitesse la tempe gauche du tueur. Il y eut un craquement horrible et l'homme s'écroula à son tour.

Deux de moins. Il reste le guetteur, sur le dock.

Gregory Evans n'avait pas besoin de le voir pour être certain de sa présence. Les deux tirs n'avaient pas produit de détonation – les Corbeaux utilisaient des silencieux –, mais il avait sans doute entendu le bruit de la bagarre.

Une minute, pensa Evans. Le guetteur attendrait une minute pour voir si ses collègues avaient maîtrisé leur victime, puis il entrerait leur prêter main-forte.

Il remonta sur la mezzanine, extirpa le couteau du front du premier Corbeau et essuya soigneusement la lame sur les draps. C'était un couteau de chasse, acheté à un antiquaire du coin, qui lui avait affirmé qu'il avait servi à découper des ours – quand chasser l'ours était encore légal, bien sûr. Gregory Evans avait protesté que le prix était trop élevé. L'antiquaire avait refusé de baisser d'un *cent*, et Evans l'avait acheté quand même.

— Vous verrez, avait dit l'homme. Vous ne serez pas déçu.

En effet, pensa Evans.

Quelques instants plus tard, comme il l'avait prévu, le troisième Corbeau pénétra en silence sur le pont. Il était professionnel, compétent, efficace. Et il était sur ses gardes – ses collègues n'étaient pas sortis, il se doutait certainement que le docteur était libre, quelque part à bord.

Méfiant, l'homme se dirigea vers la cabine à pas feutrés. Il se plaqua à côté de la porte, jeta un coup d'œil à l'intérieur. Personne. L'arme au poing, il actionna la poignée de la petite porte en plastique.

Alors, il entendit un léger bruit derrière lui.

Il se retourna et comprit aussitôt, mais trop tard. Le docteur Evans l'avait pris au piège. Il n'était pas resté sur le *Lady Fiona* : d'une façon ou d'une autre, il était parvenu à sortir et avait fait le tour par le dock.

Le docteur frappa de toutes ses forces. Le tueur évita le coup et appuya sur la détente. Evans dévia le tir au dernier moment d'un coup dans le bras droit. Le Corbeau frappa en retour, un coup de pied bas et sec, qui témoignait de sa maîtrise des arts martiaux, et qui lui causa une douleur fulgurante dans le tibia. Trop tard. Ignorant la souffrance, Evans enfonça le couteau à ours dans les côtes de son adversaire.

L'homme cria… un vrai cri, cette fois, de douleur et de haine, puis il s'écroula, livide.

Il ne mit que quelques secondes à mourir.

Gregory Evans regarda le cadavre sur les planches usées du dock.

Il venait de tuer trois hommes. Lui, le fils d'une bonne famille de Boston, qui avait grandi plein d'idéaux et d'amour de l'humanité, lui qui avait fait médecine pour aider ses semblables. Aujourd'hui, il était devenu un meurtrier.

Autrefois, il aurait eu des remords. Autrefois, il se serait même demandé, un moment, s'il était du bon côté, s'il était dans le bon camp. Car, en effet, quand on y réfléchissait…

Non. Ceux qui envoyaient des tueurs, ceux qui tentaient de capturer et d'assassiner des enfants, ceux-là étaient dans le mauvais camp.

Gregory Evans balança les trois cadavres dans l'eau du

fleuve. *Trois assassins en moins de cinq minutes. Pas mal, pour un type de cinquante-quatre ans.* Il ouvrit le coffre-fort dissimulé derrière le placard de la salle de bains et en sortit les vingt mille dollars qu'il était allé chercher la veille à la banque. Puis il prit le sac de voyage dans lequel il avait préparé ses vêtements, sa trousse de médicaments, sa couverture de survie, ses cartes de crédit sous trois noms différents, ses deux faux passeports, ses bouquins, son iPod et son lecteur de DVD portable. Toute son existence dans un seul sac. Il commençait à en avoir l'habitude.

Il allait devoir changer de vie. Pour la quatrième fois en dix ans.

47.

Parfois, les bases d'une amitié – ou d'une histoire d'amour – se fondent en une seule nuit. Une nuit de discussion intense, durant laquelle on se raconte sa vie, on partage avec l'autre son enfance, ses peurs, ses espoirs, ses faiblesses. Une nuit où la raison voudrait qu'on aille se coucher, dormir, mais où l'on reste là, dans un café, sur une plage, adossé au pied d'un lit dans une chambre, à parler et parler encore. Une nuit où les liens se créent et où, quand l'aube se lève enfin, on a l'impression de connaître l'autre depuis toujours et de partager à jamais un souvenir précieux, intime.

Pour Michaël, Ben et Laura, ce fut cette nuit-là.

Une fois Michaël écroulé près de la table basse, les trois adolescents ne bougèrent plus du sol du salon, ou presque – sauf pour aller chercher une deuxième bouteille de Coca, des gâteaux et des yaourts, du thé vert, du pain de mie avarié, de la crème Mont-Blanc périmée et un vieux reste de saucisson au bœuf. Bref, ils firent main basse sur tout ce qu'ils pouvaient trouver dans l'appartement.

Ben mangea, beaucoup – il était affamé. Mais il parla plus encore. Il en avait besoin. Il avait été incompris pendant trop longtemps et, entre un biscuit aux céréales et un décaféiné froid allongé au lait de soja, il raconta sa vie à ses nouveaux amis. Son enfance aisée et triste, entre des parents rigides, qui prenaient l'imagination de Ben, sa créativité, ses particularités pour des signes de déséquilibre mental. Son impression d'être toujours différent, toujours seul. Sa fuite terrifiée et périlleuse de l'hôpital où il avait été interné, son errance dans les rues de Paris pendant que ses parents le cherchaient partout, puis les rêves, comme un lien avec des inconnus qu'il cherchait désespérément, et le plaisir, enfin, le soulagement intense qu'il avait eu de les rencontrer, eux. Des êtres comme lui, avec la même étrangeté, les mêmes obsessions.

— C'est comme si j'avais enfin des frères, dit-il timidement, vers trois heures du matin, alors que la fatigue avait fini par le gagner et qu'il avait du mal à contrôler ses émotions. Enfin, un frère et une sœur, précisa-t-il avec un sourire craintif. Si vous voulez bien me garder…

La requête était innocente et poignante à la fois. Michaël et Laura sourirent, amusés, puis Michaël – *rester rationnel, rester froid* – ne put s'empêcher de hocher la tête. Laura serra la main du garçon.

— Nous te gardons, annonça-t-elle avec une emphase réjouie.

Laura savait que dans la situation présente, avec leur fuite et le danger qu'ils couraient, prendre un quasi inconnu sous leur aile n'était sans doute pas une excellente idée. Et pourtant, la phrase fut suivie d'un court silence, comme si une promesse venait d'être scellée.

Alors les jumeaux se confièrent à leur tour. L'épuisement et la tension avaient eu raison de leurs défenses. Ils racontèrent l'accident, l'orphelinat, la fuite, leurs interrogations… Et sur certains sujets, ils en révélèrent même plus qu'ils ne le pensaient.

— J'ai été un peu dure avec Tariq, avoua Laura, les yeux mi-clos, alors qu'il était déjà plus de quatre heures du matin. Il a dû penser que je n'avais aucune reconnaissance, aucune gratitude…

— L'heure tardive améliore nettement ton niveau de langage, répondit Michaël, moqueur. *Reconnaissance* ? *Gratitude* ? Ma chère sœur, j'ignorais que vous étiez capable d'utiliser un tel vocabulaire…

— C'est sûr que toi, Michaël, vu comment tu parles, mes parents t'aimeraient trop ! intervint Ben.

Laura, perdue dans ses pensées, n'avait même pas entendu le sarcasme de son frère. Elle continua, distraitement :

— Pourtant, ce n'était pas ce que je voulais. J'étais inquiète, c'est tout ! Je voulais convaincre Tariq de ne pas aller dans cette foutue clinique…

Elle goûta l'infâme mixture de déca et de lait de soja, puis, par erreur, versa du Coca dedans, et en avala une gorgée, sans rien remarquer.

— Je voulais le raisonner… C'est vrai, quoi, il m'énerve. J'ai envie d'être sympa avec lui, mais…

Elle soupira, et répéta :

— Il m'énerve…

Michaël observa sa sœur. À l'orphelinat, il était toujours le dernier à repérer – comment disait Clô, déjà ? Ah oui : *les histoires sentimentales*. Les liaisons dangereuses. Les affinités électives. Les penchants plus qu'amicaux.

Sa sœur ? Tariq ?

— Tu as eu raison d'exprimer ton inquiétude, Laura, dit-il avec douceur. Moi aussi, je trouve que la clinique est louche, et sa décision dangereuse… Mais tu sais… Tariq est loin d'être idiot. Il s'est sans doute vexé sur le moment, mais dès qu'il aura réfléchi, il aura sûrement compris que ta colère n'était que de l'inquiétude. Je suis persuadé qu'il ne t'en veut pas.

Laura fixa un moment le plancher.

Le silence retomba dans le salon.

48.

23 MAI, ORPHELINAT DE COUDRAY, FRANCE.

Dans sa chambre au troisième étage, Clô était allongée sur son lit, les yeux grands ouverts.

Dehors, la lueur des étoiles, se perdant dans les lambeaux de brouillard, plongeait le paysage dans une lumière irréelle. La cloche du petit déjeuner ne sonnerait pas avant des heures, mais Clô s'était réveillée en sursaut, et elle n'arrivait pas à se rendormir.

Où était Laura ?

Où étaient Laura et Michaël ? Les jours qui avaient suivi

le meurtre de madame Auric, Clô avait, comme les autres élèves de l'établissement, regardé avec stupeur les portraits des jumeaux passer à la télé aux heures de grande écoute. « Deux adolescents accusés de meurtre dans un orphelinat. Fous de rage à l'idée d'être renvoyés, ils assassinent la directrice, puis le gardien qui voulait les empêcher de fuir… »

C'était absurde, bien sûr. Clô avait vu – ils avaient tous vu – les hommes en noir s'introduire dans le bâtiment et y semer la terreur.

Même si certains élèves avaient longtemps pris Michaël comme souffre-douleur, il n'était pas question de laisser les jumeaux se faire accuser de deux meurtres qu'ils n'avaient pas commis. Réunis en délégation, une quinzaine d'adolescents, accompagnés de cinq professeurs et d'un surveillant, s'étaient donc rendus au commissariat pour protester.

Pourquoi leurs témoignages n'avaient-ils pas été pris en compte ? Pourquoi ce qu'ils avaient raconté aux journalistes n'avait-il pas paru dans la presse ? Pourquoi accusait-on Laura et Michaël, alors que plus de quarante personnes dans l'orphelinat étaient prêtes à témoigner de leur innocence ?

Le commissaire les avait aimablement reçus, il avait écouté leurs protestations avec politesse, il avait tout noté en souriant, puis il les avait renvoyés à l'orphelinat en leur disant que « tout cela serait bientôt réglé »…

Et rien n'avait changé.

Le lendemain, au journal télévisé, les jumeaux étaient toujours présentés comme des meurtriers et personne ne mentionnait les hommes en noir.

Clô était outrée – à son indignation s'ajoutait, bien sûr,

l'inquiétude de n'avoir aucune nouvelle de Laura et de son frère. Elle était donc partie en guerre, rassemblant de nouveau les élèves, tentant de mobiliser les professeurs, préparant une deuxième descente au commissariat, et proposant d'appeler les journalistes de la presse nationale si leurs efforts n'étaient pas couronnés de succès.

Et là, il s'était passé quelque chose de *vraiment* bizarre.

Les professeurs avaient gentiment découragé Clô d'agir. Les mêmes qui, la veille, avaient fait en sa compagnie un scandale au commissariat, semblaient avoir brusquement changé d'avis. « Il faut oublier ces événements atroces, lui avaient dit certains, prenez du recul, laissons faire la police… Ne vous impliquez pas dans cette affaire, ne remuez pas le couteau dans la plaie… » C'était le même discours que celui des psychologues de la cellule d'urgence, venus les « réconforter » après les « incidents », et que Clô avait aussitôt détestés.

Et ce n'était pas tout. D'autres professeurs avaient carrément refusé de croiser son regard. Ils avaient tout simplement dit « non », sans donner d'explications.

C'était comme si…

Comme s'ils avaient peur.

Le nouveau directeur qui avait remplacé madame Auric était un monsieur un peu rond, timide et bafouillant. Il avait reçu Clô avec gentillesse. Poliment, il l'avait écoutée rager contre l'injustice faite à Michaël et Laura… Puis, comme le commissaire, il l'avait renvoyée dans sa chambre en lui affirmant que tout allait s'arranger.

Et le lendemain, rien n'avait changé.

Maintenant, Clô fixait le plafond obscur de sa petite

chambre sans pouvoir se rendormir. Ici, dans l'étroitesse des murs, tout lui rappelait Laura. Les affiches de mangas qu'elles avaient dévorés ensemble, les CD, les livres relus et partagés, même les dessins maladroits de l'année où elles avaient formulé le vœu de devenir stylistes… Leur future marque de vêtements devait s'appeler « Victorian Lolipops », elles comptaient devenir millionnaires, acheter un duplex de deux cents mètres carrés avec vue sur la tour Eiffel, et y vivre ensemble jusqu'à leur mort.

Laura ?

Où es-tu ? Est-ce que tu penses à moi ?

Clô se mordit les lèvres, se sentant seule, abandonnée. Puis, la culpabilité la saisit. Quel droit avait-elle de se plaindre, elle, alors que Laura et Michaël étaient en fuite, en danger peut-être, terrorisés, affamés ?

Toutes ces années où nous nous sommes juré, Laura et moi, de ne jamais nous quitter, de rester plus proches que des sœurs, de faire tout l'une pour l'autre… Et là, maintenant qu'elle a un vrai problème… je suis impuissante.

Non. Clô se redressa sur son lit.

Elle réfléchit un instant, les yeux grands ouverts dans la pénombre.

Non, elle n'était pas impuissante. Elle avait seulement fait l'erreur de compter sur les adultes – les professeurs, le directeur, les policiers…, des adultes qui, pour une raison mystérieuse, refusaient de s'impliquer. Mais les autres élèves, eux, étaient prêts à témoigner de l'intervention des hommes en noir et de l'innocence des jumeaux.

Il fallait simplement parvenir à recueillir ces témoignages, puis à les diffuser… Mais comment ?

Clô se leva, regarda son téléphone portable et sourit. C'était une petite merveille de technologie, offerte à Noël par les cousins qui l'invitaient chaque année pour les fêtes, alors que Laura et Michaël, eux, restaient seuls dans l'orphelinat.

La jeune fille sortit de sa chambre et, malgré l'heure tardive, tambourina à la porte voisine. Une adolescente en pyjama apparut dans l'encadrement, les yeux embués de sommeil.

— Clô ?… Heu, mais, tu sais l'heure qu'il est ?

Clô ignora le reproche.

— Yosra… Ce que tu m'as dit sur les hommes en noir… quand tu t'es cachée dans le couloir, et que tu les as vus entrer dans le bureau de madame Auric, l'arme à la main…

— Mmmm ?

Clô agita son téléphone et désigna le minuscule objectif de la caméra intégrée.

— Ça te dirait de me le répéter… officiellement ?

49.

C'est une fille avec de longs cheveux rouge vif et des yeux vert émeraude. Elle est belle, et elle me regarde avec bienveillance. D'abord, j'ai l'instinct de lui lâcher la main, de reculer, mais je me reprends. Au contraire, je serre sa paume contre la mienne. Nos doigts se croisent. Et puis je lui demande :

— Qui es-tu ?

Ses yeux plongent dans les miens. C'est comme si elle voyait à travers moi. Elle semble me connaître déjà.

— Je m'appelle Claire, dit-elle.

50.

Michaël se réveilla en sursaut.

Il s'était endormi, quelques secondes à peine. Ni Ben ni Laura ne s'en étaient aperçus. Ils étaient toujours là, devant lui, les yeux dans le vague. Ben devait goûter le plaisir d'avoir enfin trouvé des semblables, et Laura pensait peut-être à Tariq...

Le garçon se racla la gorge, attirant le regard des deux autres.

— La fille aux cheveux rouges, dans le rêve, demanda Michaël, gêné, elle vous a dit son nom ?

Ben fronça les sourcils.

— Non... je ne crois pas..., répondit-il après un instant de réflexion. Et toi ? Laura ?

— Non, je n'en ai pas le souvenir...

Michaël referma les yeux. *Claire.*

Et il sut, brusquement, que s'ils avaient tous partagé le même rêve, ce n'était qu'à lui qu'elle avait tenu la main.

Luttant contre la fatigue, il se remit debout, le visage tendu. Ben et Laura le dévisagèrent, étonnés. Ils ne pouvaient pas deviner, bien sûr, que Michaël était furieux contre lui-même, qu'il s'en voulait de « succomber à des rêvasseries inutiles », qu'il n'était pas « comme ça », lui, et qu'il voulait le prouver.

Il n'était pas un faible. Il n'était pas un sentimental.

Il était carré, sérieux, logique.

— La BSP, annonça-t-il bien fort. Le coffre. C'est le seul élément concret que nous ayons, la seule véritable piste. Il faut que nous découvrions ce qui se trouve à l'intérieur.

— La banque est surveillée, dit pensivement Laura. Les Corbeaux nous attendent.

— Je n'ai pas dit que ce serait facile, lâcha Michaël. J'ai dit qu'il *fallait* y aller.

De nouveau, le silence s'abattit sur le groupe. Puis Laura se pencha en avant.

— Ça risque d'être vraiment compliqué, murmura-t-elle comme si elle se parlait à elle-même. Il y a deux problèmes majeurs. Celui des Corbeaux, qui surveillent les parages…

— … et celui de l'accès à la salle des coffres, continua Michaël.

Laura hocha la tête.

— Bon, d'abord : les Corbeaux. Le problème, c'est qu'ils ont notre description…

— Pas la mienne, intervint Ben. Si vous voulez, je peux rentrer dans la banque à votre place et…

— Hors de question, coupa Laura d'une voix autoritaire. C'est notre problème, pas le tien.

— Mais, je…

— N'insiste pas. À la limite, si tu tiens à nous aider, tu resteras dehors pour nous couvrir et vérifier que les Corbeaux ne nous ont pas repérés.

Le jeune garçon hocha la tête, résigné.

— Quant à nous, ce qu'ils cherchent, c'est des jumeaux, un frère et une sœur, seuls, sans famille. On pourrait y aller chacun de notre côté, et se débrouiller pour entrer en même temps que d'autres clients, de préférence des adultes, se fondre dans la masse…

— Mouais… Risqué, mais jouable, lâcha Michaël. Il faudrait au moins changer notre apparence.

— Il y a des friperies partout dans la rue de Ménilmontant, expliqua Ben. Avec des vêtements à moins de deux euros…

— Parfait.

— Ma chère sœur, c'est bien beau tout ça, mais une fois qu'on sera à l'intérieur… Comment accéder à la salle des coffres ?

— On trouvera bien une solution. On improvisera.

— Bien sûr…

— Fais-moi confiance.

51.

Au *Sub Basement 13*, dans les rêves de l'être, le noir revenait de plus en plus souvent. Un noir parfois percé d'une faille verticale, mais la faille n'était pas lumineuse.

Elle était glacée.

Le froid émanait d'elle, comme une aura inhumaine. Comme l'appel asphyxiant du néant.

Plus que vingt-neuf jours…

52.

23 MAI, PARIS, FRANCE.

Il était midi et le soleil brillait de tous ses feux sur la grande ville. Un couple de trentenaires à l'allure soignée s'approchait d'un pas décidé de l'entrée de la BSP. Visiblement pressés, ils étaient en grande conversation. Aussi ne remarquèrent-ils pas que, sur le trottoir, un adolescent grimpait, juste derrière eux, les marches du perron, avant d'entrer en leur compagnie dans les locaux de la banque. Le vigile posté à l'entrée lui jeta à peine un coup d'œil. Un gamin de quatorze ans suivait ses parents. Rien de surprenant.

L'instant d'après, Ben, posté à l'extérieur, reçut un SMS de Michaël sur son téléphone portable : *Je suis dedans*. Le jeune garçon poussa un soupir de soulagement. Pour l'instant, tout se passait comme prévu. Il jeta un coup d'œil alentour. La femme à la poussette, qu'il avait repérée la veille avec Laura, était toujours là, faisant mine d'attendre sur le trottoir, ainsi que les deux hommes en costume sombre et attaché-case qui s'attardaient de manière suspicieuse près d'un platane. À première vue, les trois Corbeaux veillaient toujours, mais n'avaient rien remarqué.

À présent qu'il était à l'intérieur, Michaël s'écarta des deux adultes qui lui avaient servi de couverture et se dirigea tout seul vers un guichet.

La salle vibrait d'un bruit confus de conversations. Les employés semblaient tous très occupés ; il y avait beaucoup de clients en cette fin de matinée lumineuse, une bonne trentaine au moins, qui attendaient et discutaient dans le grand hall.

Le jumeau inspira profondément. Sa mission était simple : Ben faisait le guet à l'extérieur et lui devait surveiller l'intérieur pendant que Laura… Eh bien pendant que Laura était censée accomplir un miracle.

Michaël rassembla son courage. Il lui suffisait de faire semblant de vouloir se renseigner sur les conditions d'ouverture d'un compte en banque pour un mineur… En prenant un air détaché, il s'inséra dans la file des clients qui attendaient leur tour.

Derrière lui, il vit passer deux adultes et leur fille qui se dirigeaient droit vers un escalier en marbre s'engouffrant dans les sous-sols de la banque. La femme – blonde, tailleur gris, collier de perles – arborait un sourire poli mais ferme. L'expression blasée de son mari laissait entendre que les banques ne l'impressionnaient plus depuis longtemps. Quant à leur fille… Elle dénotait quelque peu. Un tee-shirt rose presque fluorescent laissait apparaître son ventre plat, son jean était serré, ses cheveux plaqués par le gel, et un maquillage un peu outré durcissait ses traits.

Michaël serra les dents.

Jusqu'à présent, le plan de Laura se déroulait à peu près bien.

53.

Le titre du nouveau blog de Clô s'étalait en grandes lettres rouges sur l'écran.

« MEURTRES DE COUDRAY : QUI VEUT ÉTOUFFER LA VÉRITÉ ? »

Un peu dramatique, peut-être, mais accrocheur. En tout cas, elle l'espérait. En quelques heures, Clô avait filmé une dizaine de témoignages d'élèves, et de nouveaux allaient lui être envoyés. Ses camarades avaient pris le relais, ils se filmaient les uns les autres. Ils allaient aussi essayer d'obtenir des dépositions des professeurs… Clô n'y croyait pas trop, elle n'avait pas réussi de son côté, mais peut-être les autres seraient-ils plus convaincants.

Bref, ce matin, elle avait séché les cours. Hors de question de créer son blog à l'intérieur de l'orphelinat : elle risquait d'être censurée par le directeur. Elle s'était donc installée au cybercafé de Coudray, avec sa clef USB contenant les premiers témoignages filmés. Enfin… Un « cybercafé », c'était beaucoup dire. En vérité, il s'agissait juste d'un ordinateur relié à Internet au sous-sol du café *Le Faidherbe*, dans le centre ville… *Le Faidherbe* était l'endroit « branché » du coin parce qu'il était glorieusement ouvert le samedi jusqu'à 18 h 30.

Clô avait dû s'éclipser discrètement de l'orphelinat, mais cela valait le coup. Elle faisait ça pour Laura. Et pour Michaël, bien sûr.

Et puis, elle devait se l'avouer… malgré son inquiétude réelle pour son amie, tout ça était quand même assez excitant. Oui, c'était excitant de manquer les cours ; c'était excitant d'être assise dans la pénombre, sur cette chaise inconfortable, dans cette cave en pierres apparentes, penchée sur cet ordinateur poussiéreux ; c'était excitant d'interroger ses amis, de réunir les informations, puis de monter cette page Web…

Clô regarda, avec une certaine fierté, les commentaires qu'elle avait placés au-dessus des vidéos des élèves.

Après ce titre choc dont elle tirait une légitime satisfaction, « MEURTRES DE COUDRAY : QUI VEUT ÉTOUFFER LA VÉRITÉ ? », venaient « ASSASSINATS DE COUDRAY : UNE CONSPIRATION ? », puis « ACCÉDEZ AUX TÉMOIGNAGES EN DIRECT ! DES INFORMATIONS ÉTOUFFÉES PAR LES FORCES DE L'ORDRE ! », « LE VISAGE DES VÉRITABLES ASSASSINS », « QUI VEUT ACCUSER LES JUMEAUX ? », et enfin : « LES HOMMES EN NOIR ! D'OÙ VIENNENT-ILS ? QUE VEULENT-ILS ? »

Elle devait bien l'admettre, certaines formules étaient

légèrement mensongères. « LE VISAGE DES VÉRITABLES ASSASSINS », par exemple : il n'y avait aucune image, ni même de description détaillée du visage des meurtriers, juste une photo floue de l'épaule de l'un d'entre eux, prise par le portable d'un des élèves quand les hommes étaient entrés dans le hall de l'orphelinat. Mais bon, il fallait bien vendre, enfin, du moins, attirer l'attention.

Oublions cette histoire de styliste, pensa Clô. *Peut-être que je devrais être journaliste !*

Elle avait envoyé l'adresse du blog, accompagnée d'un petit e-mail explicatif, aux rédactions des principaux journaux, puis aux chaînes de télé. Pas de réaction pour l'instant, mais ça viendrait sûrement.

Elle remonta en haut de la page. Au même instant, son téléphone sonna – c'était Yosra, sa voisine de dortoir.

— Hé, Clô, dit-elle à toute vitesse, tout le monde est très excité, en classe. On a passé le cours de maths à discuter du blog, on n'écoutait rien, le prof était fou ! Il y a des tas de rumeurs qui courent...

— Lesquelles ? demanda Clô, occupée à préparer un nouvel e-mail.

— Eh bien, par exemple, il y a un élève de quatrième qui raconte que monsieur Ragazzoli, en fait, c'était pas son vrai nom.

— Quoi ? !

— Il aurait entendu ça au commissariat, le jour où on a été interrogés. Mais bon, il est pas sûr, je veux dire, c'est bizarre, non, si on est quelqu'un de mystérieux et qu'on change de nom, c'est pas pour devenir « gardien » dans un orphelinat sans intérêt, si ?

— Mouais. Ça me semble pas très crédible, cette histoire, modéra Clô.

Ce qui ne l'empêcha pas, une fois la conversation terminée, d'ajouter aussitôt une nouvelle info sur le blog. « DERNIÈRE MINUTE : L'IDENTITÉ D'UNE DES VICTIMES REMISE EN QUESTION ! QUI ÉTAIT VRAIMENT M. RAGAZZOLI ? »

L'important, se répéta Clô, *c'est d'attirer l'attention.*

54.

— Vous avez fini, monsieur et madame Clément ? demanda l'agent de la banque en voyant sortir le couple de la salle des coffres.

L'homme se contenta de hocher la tête d'un air dédaigneux. Il n'était pas du genre à cultiver la moindre considération pour le petit personnel.

L'agent fronça les sourcils.

— Votre fille n'est pas avec vous ?

— Notre fille ? rétorqua la femme en tailleur gris d'un air choqué. Comment ça, notre fille ?

— Eh bien… La jeune fille qui vous accompagnait…

— Mais, enfin ! Qu'est-ce que vous racontez ? Il n'y avait personne avec nous ! Nous n'avons pas d'enfants ! s'indigna madame Clément avec une blessure dans le regard qui laissait deviner que le sujet était délicat.

— Ah pardon… J'ai dû… Allons-y, les invita-t-il sans insister.

Le regard furibond du couple lui ôta toute envie de prolonger la conversation et il les guida jusqu'à la sortie sans ajouter un mot. Quand monsieur et madame Clément furent dehors, l'agent se dirigea, le front soucieux, vers la salle de surveillance de la banque.

Je ne suis pas fou, tout de même...

55.

Laura resta immobile quelques minutes encore dans l'ombre de la salle des coffres après que la porte se fut fermée. Et ce n'était pas seulement de la précaution ou de la peur. Non. En réalité, elle avait l'esprit confus, troublé.

Il venait de se passer quelque chose d'étrange. À nouveau.

En suivant le couple dans la banque, elle avait simplement espéré pouvoir se servir d'eux pour entrer discrètement à l'intérieur. Et puis quand elle avait compris qu'ils descendaient à la salle des coffres, elle avait poussé l'audace un peu plus loin et décidé de continuer à les suivre, consciente du risque qu'elle prenait.

Angoissée, les poings serrés, elle avait essayé de se faire discrète, de marcher dans leurs pas sans qu'ils la voient. Laura n'était pas vraiment du genre à prier, mais c'était presque ce qu'elle avait fait. *Ne vous retournez pas. Ne vous retournez pas*, avait-elle répété dans sa tête, comme un vœu, un ordre qu'elle aurait adressé aux deux adultes. *Je ne suis pas là, vous ne me voyez pas, je ne suis pas là, vous ne me voyez pas.* Et puis, ça avait semblé fonctionner. Au-delà de ses attentes. C'était comme si le miracle avait opéré... Comme si, par la force de son esprit, elle était parvenue à se faire ignorer, à disparaître. Normalement, elle en était intimement convaincue, le couple aurait dû remarquer sa présence. À plusieurs occasions, ils auraient dû la voir.

Mais chaque fois qu'ils risquaient de le faire, c'était comme si elle avait réussi – sans vraiment savoir comment – à détourner leur attention. À les obliger à regarder ailleurs, sans la voir ni l'entendre.

Par la seule force de ses pensées.

Et quand les deux clients étaient ressortis de la salle des coffres sans même lui avoir adressé un regard, elle était restée là, hébétée, interdite, comme ébahie par cette inexplicable prouesse.

Le bruit des pas avait depuis longtemps disparu de l'autre côté de la lourde porte de métal quand l'urgence, enfin, l'obligea à sortir de sa torpeur.

Ce n'était pas le moment d'essayer de comprendre. Le temps était compté. Elle n'avait probablement que quelques minutes devant elle avant que son subterfuge ne soit découvert. Et puis il devait y avoir des systèmes de surveillance. Il fallait qu'elle trouve le coffre au plus vite.

Laura essuya la sueur à son front, prit une profonde inspiration et sortit le papier de Michaël de sa poche.

BSP – 2411-2103 (1402)

Son cœur battait à tout rompre dans sa poitrine. Ce numéro… le dernier message, *post mortem*, que leur avaient laissé leurs parents. Il y aurait des réponses ; il devait y en avoir. Laura en était certaine. Elle jeta un regard circulaire sur la salle des coffres, scruta les petits boîtiers métalliques, un par un et, enfin, elle trouva ce qu'elle cherchait.

Là. Au-dessus d'un coffre, gravé sur une petite plaque de cuivre : 2411-2103.

La jeune fille jeta un coup d'œil à la porte derrière elle. Toujours pas un bruit. Elle s'approcha du coffre, puis, les doigts tremblants, elle tapa le code sur le clavier. Une première fois, elle se trompa, tant elle était fébrile.

Elle recommença.

Le coffre s'ouvrit avec un petit cliquetis électrique.

56.

Michaël, toujours dans la file d'attente, ne put ignorer le regard troublé de l'employé de la banque qui était entré précipitamment dans le petit vestibule où se tenait un agent de sécurité, à gauche de l'entrée.

Il grimaça et poussa un profond soupir.

Il se passe quelque chose.

Mais peut-être se faisait-il des idées. Peut-être cela n'avait-il aucun rapport avec Laura. Il décida de patienter et de rester discret. Mais un instant plus tard, le portable dans sa poche se mit à vibrer.

Michaël décrocha et colla l'appareil contre son oreille. La panique dans la voix de Ben lui glaça le sang, et il comprit aussitôt que les choses allaient se compliquer. « Michaël, les Corbeaux sont entrés dans la banque ! »

Le jumeau tourna la tête et les aperçut.

Ils étaient trois. La femme et les deux hommes qu'ils avaient déjà repérés dehors. En observant leur attitude, la manière dont ils inspectaient la salle dès leur entrée, Michaël sentit son estomac se nouer un peu plus encore. Peut-être avaient-ils sous-estimé ce que les Corbeaux étaient prêts à faire en situation d'urgence. Ils avaient espéré que ceux-ci resteraient hors de la banque, en terrain neutre. Mais non. Ces tueurs ne reculaient devant rien.

Ils étaient même capables d'entrer dans une banque armés jusqu'aux dents.

Mais comment donc avaient-ils soudain découvert leur présence ? Quelqu'un les avait-il prévenus ? Sans doute l'employé au front soucieux…

Michaël resta figé, terrorisé. Personne ne sembla prêter attention à l'entrée soudaine des trois individus. Clients et employés de la banque continuèrent paisiblement ce qu'ils étaient en train de faire. Mais le jumeau, lui, était parfaitement conscient du danger. De la menace.

Les Corbeaux scannèrent le hall du regard – lentement, calmement. Michaël le savait : il aurait sans doute fallu qu'il ne bouge pas. Qu'il détourne les yeux et se fonde dans la masse. Mais la peur avait eu raison de lui. Les yeux figés sur eux, il fit un pas en arrière.

Le regard de l'un des hommes se tourna aussitôt vers lui.

La terreur pétrifia le garçon. Épouvanté, il vit la femme fouiller dans son sac à main tout en marchant vers lui.

Michaël sentit son téléphone portable vibrer dans sa poche – à nouveau Ben, sûrement…

Pas le moment de répondre.

Du métal étincela derrière le sac à main et, instantanément, le garçon comprit.

Elle allait tirer. Ici. En plein milieu d'une banque, devant des dizaines de témoins. Ce n'était pas possible ! Et pourtant…

Poussé sans doute par son instinct de survie, il se jeta à terre.

À peine eut-il heurté le sol, qu'il entendit un cri, un étrange gémissement. Il tourna la tête. Derrière lui, l'un des employés de la banque s'effondrait.

Il n'y avait eu aucune détonation, mais Michaël en était certain : il avait entendu un petit claquement, comme un bouchon de champagne qui saute. L'arme de la femme était équipée d'un silencieux. Et aucun doute : c'était bien elle qui avait tiré. L'homme derrière lui avait pris la balle à sa place et ne se relevait pas. Du sang coulait sur sa jambe.

L'instant d'après, une alarme se mit à résonner à l'intérieur du hall et la panique gagna tous ses occupants.

C'est le moment de fuir.

Michaël se précipita en rampant derrière un bureau, passant à quatre pattes entre les socles des statues, les câbles, les prises, les disques durs et les boîtes métalliques pleines d'archives, tandis qu'un deuxième tir, puis un troisième firent exploser les ordinateurs derrière lui. Les coups de feu n'émettaient toujours qu'un claquement imperceptible. Les agents de sécurité comme les clients de la banque ne semblaient pas comprendre ce qu'il se passait. Michaël continua, filant sous les tables, alors que dans la salle, la terreur grandissait. Des cris s'élevèrent sous le haut plafond de marbre. Les agents de sécurité sortirent de leur vestibule en ordonnant aux clients de rester calmes, mais la peur était plus forte et le désordre s'amplifia. Les gens se mirent à courir qui vers la sortie, qui derrière les bureaux. D'autres se plaquèrent au sol…

Le jumeau se glissa derrière une statue, prenant garde de rester hors de portée de ses agresseurs. Deux nouveaux tirs. L'un s'encastra dans le pot d'une plante verte, l'autre effleura son mollet. Michaël se jeta dans une nouvelle direction, se mordant les lèvres pour ne pas crier. Il devait sortir de là, entraîner les Corbeaux avec lui, pour laisser à Laura une chance de sortir d'ici vivante.

Le garçon était loin d'être un sportif. Sa respiration était courte, son visage en sueur. Mais il n'avait pas le choix.

Il faut que j'y arrive, se répéta-t-il. *Il le faut…*

Après de pénibles efforts, il se retrouva enfin à quelques mètres de la sortie et reprit espoir.

Son enthousiasme fut de courte durée.

Devant lui, il vit une famille qui tentait de sortir de la banque se faire repousser par un membre du personnel de sécurité.

— Personne ne sort ! aboya le garde, alors qu'un Corbeau s'approchait discrètement du guichet où avait disparu Michaël, la main posée sur la poche de sa veste.

L'adolescent fit volte-face et fila à quatre pattes sous une nouvelle table, faisant tomber des dossiers, des stylos, des agrafes. Dehors, des sirènes de police résonnèrent et quatre véhicules s'arrêtèrent devant la banque dans un crissement de pneus. Les portières claquèrent les unes après les autres, puis on entendit des bruits de course…

Il ne manquait plus que ça, pensa Michaël.

Au même instant, il entendit juste derrière lui le claquement sourd de deux pas sur le sol. Le jumeau se retourna, releva lentement la tête et découvrit avec horreur le Corbeau qui se tenait juste au-dessus lui, l'arme au poing.

L'homme lui adressa un sourire narquois et ajusta calmement son tir.

57.

Dans le coffre se trouvait une grande enveloppe beige, de format A4. Laura l'ouvrit, sans réfléchir.

À l'intérieur, elle découvrit trois autres enveloppes plus

petites, l'une violette et les deux autres blanches. L'une des deux blanches était lourde, pleine à craquer. Sur la deuxième, on pouvait lire, écrit à l'encre noire : *Pour Michaël et Laura.*

Laura remit le tout à l'intérieur de l'enveloppe beige et serra celle-ci sur sa poitrine. Son cœur battait à tout rompre. Plus tard, elle se rappellerait de cette ambiance si spéciale de la salle des coffres, de cette pièce pourpre, étouffante, et de ce qu'elle venait de vivre. L'instant, l'endroit, étaient suspendus dans le temps ; elle se sentait flotter, comme dans un refuge. Ou une prison.

Et ce qu'elle tenait sur son cœur… cette enveloppe… Elle ne pouvait pas l'ouvrir, pas maintenant, pas sans Michaël.

Il fallait qu'elle sorte d'ici.

Au même instant, elle entendit le cri strident de l'alarme qui s'était déclenchée au rez-de-chaussée de la banque.

58.

Michaël attrapa une lampe de bureau et la jeta de toutes ses forces devant lui. L'objet, petit mais lourd, frappa le Corbeau au genou au moment où celui-ci pressait sur la détente. La balle dévia et partit se perdre dans le mur.

— Police ! Personne ne bouge !

Plusieurs policiers étaient entrés dans la banque. L'alarme s'éteignit enfin. Un court silence s'installa dans le hall.

Malgré tout, derrière le guichet, le Corbeau leva lentement le bras.

— Il a une arme ! cria quelqu'un.

Michaël reconnut aussitôt la voix de Ben.

— Là ! L'homme en noir, derrière le guichet ! insista Ben. C'est lui qui a tiré !

Les policiers braquèrent leurs pistolets vers le Corbeau.

— Lâchez votre arme ! ordonna l'un d'eux.

Le Corbeau hésita.

— Lâchez votre arme et mettez les mains derrière la tête, insista l'officier.

L'homme en noir grimaça et finit par obtempérer. Michaël, tremblant comme une feuille, en profita pour aller rejoindre Ben.

Deux policiers barraient la sortie. Et peu de chance qu'on laisse les gens partir d'ici sans relever toutes les identités et prendre les dépositions.

— Ça va ?

Ben hocha la tête.

— Je te dois une fière chandelle.

Tout à coup, Michaël sentit une main se poser sur son épaule. Il sursauta, puis découvrit le visage de Laura. Il ne l'avait pas entendue venir. C'était comme si elle s'était soudain matérialisée derrière lui.

— T'es là ! On est coincés, chuchota-t-il d'un air catastrophé.

La jeune fille lui adressa un étrange sourire, puis elle fit « non » de la tête et posa l'index sur ses lèvres pour leur demander de ne pas faire de bruit.

— Suivez-moi. Tout va bien se passer, murmura-t-elle avec une lueur bizarre dans les yeux.

Michaël haussa un sourcil, se demandant si sa sœur

n'était pas devenue complètement folle. Laura, pourtant, attrapa les deux garçons par la main, sembla se concentrer un instant, puis les entraîna derrière elle.

Avec un calme ahurissant, elle se dirigea tout droit vers les deux hommes en uniforme qui barraient le passage, puis les contourna doucement par la droite, guidant toujours son frère et leur ami derrière elle. Perplexes, ils l'imitèrent, passant dans le dos de l'un des policiers qui sembla tout simplement ne pas les voir, puis ils entrèrent dans le sas de sécurité, poussèrent la dernière porte et se retrouvèrent au-dehors, sur le trottoir où une foule et quelques journalistes, déjà, commençaient à s'amasser. Les trois adolescents se faufilèrent au milieu des spectateurs. Quand ils furent de l'autre côté de la rue, Michaël attrapa sa sœur par l'épaule.

— C'est… C'est quoi ce délire ? Tu… Tu as payé les flics ?

Un sourire se dessina sur le visage de Laura.

— Je t'expliquerai.

— Tu as trouvé quelque chose ?

Laura sortit l'enveloppe de sa poche et l'agita devant les yeux de son frère.

59.

Un peu plus d'une heure plus tard, les trois adolescents arrivaient dans l'appartement de la tante de Tariq.

Michaël tremblait encore. Bien que tout se soit finalement bien terminé, il était toujours sous le choc. Le danger qu'il avait couru l'emplissait d'une terreur rétrospective.

Au dernier instant, en face du Corbeau, il s'était vraiment vu mourir.

En criant, Ben lui avait sauvé la vie…

Le Corbeau était prêt à tirer devant des dizaines de témoins. Il était prêt à tirer devant la police, au risque de se faire abattre à son tour. Simplement pour pouvoir me tuer.

Une telle haine ! Un tel acharnement ! Le garçon peinait à comprendre. Et ce que cela cachait l'épouvantait.

Ben, en revanche, était presque euphorique.

— On a réussi ! disait-il. J'y crois même pas ! On a réussi ! Pourtant, franchement, c'était le pire plan de la terre ! Enfin, Laura, sans vouloir te vexer…

— Désolée, les mecs, murmura Laura d'une voix blanche. En troisième, apprendre à cambrioler les banques, ça fait pas partie du programme.

Elle était encore dans un état étrange où se mêlaient l'espoir, la fierté, la confusion. Elle n'avait pas lâché l'enveloppe et Ben comprit, à son expression, combien elle était émue. Il réalisa que les jumeaux avaient peut-être besoin d'intimité.

— Je… Je vais manger quelque chose, annonça-t-il, et il se retira dans la cuisine par discrétion.

Laura s'assit à côté de son frère, sur le divan. Ensemble, ils contemplèrent la grande enveloppe. Ils restèrent un instant immobiles, conscients l'un et l'autre qu'ils allaient franchir une nouvelle étape. Une étape sans doute décisive.

L'impatience de découvrir ce qu'il y avait dans ce paquet se heurtait à la crainte d'apprendre quelque chose de terrible.

Laura adressa un regard interrogateur à son frère. Celui-ci l'encouragea de la tête. Elle ouvrit les enveloppes sur ses genoux.

Perplexes, ils découvrirent ensemble leur contenu.

Dans la grosse enveloppe blanche bien gonflée se trouvaient huit mille dollars, en billets de cent, les liasses maintenues par de gros trombones métalliques.

Dans l'enveloppe violette avaient été rassemblées des photos de famille – Laura et Michaël petits, riant dans les bras de leur mère ; leur maison dans l'Ohio, le jardin verdoyant avec la balançoire et le toboggan ; des portraits de personnes plus âgées (leurs grands-parents, sans doute), et puis, leurs parents, en couple, heureux, amoureux, au bord de la mer ou dans un restaurant, se tenant la main... Michaël et Laura étudièrent longuement leurs visages souriants, s'imprégnant du bonheur qui avait été le leur avant que l'accident ne les rende orphelins. Il leur sembla que c'était hier. Que ces visages ne les avaient jamais quittés.

Enfin, Michaël prit la dernière enveloppe, celle qui portait une dédicace.

Pour Michaël et Laura.

Le garçon répéta la phrase deux fois à haute voix, avant de décacheter la lettre. Les doigts tremblants, il sortit la feuille de papier de son écrin et la déplia soigneusement.

L'écriture était belle, ronde et sophistiquée. Les mots étaient tracés à l'encre noire, de la même main que sur l'enveloppe.

Mes chéris,

Je sais que cette lettre sera pour vous une surprise, que dis-je, une stupéfaction, une révélation incroyable, et j'espère que vous me pardonnerez. J'aurais préféré, croyez-moi, que les choses se passent autrement.

Mais voilà, si je vous écris, c'est pour vous dire, enfin, la vérité.

Je ne suis pas morte dans l'accident de voiture.

Laura laissa échapper une exclamation. Les jumeaux se regardèrent, la gorge serrée.

— Continue, souffla Laura.

Surtout, ne croyez pas les journaux ou les certificats de décès que vous pourriez trouver. Non. Je n'ai pas péri à l'hôpital. Je suis bien vivante.

Papa, lui, est mort sur le coup.

Oui. Votre père est mort... Jamais je n'aurais cru écrire ou prononcer ces mots. Peter est tout pour moi – il était *tout pour moi, il était mon pilier, ma béquille. Sans lui, je suis faible. Mais pour vous, je dois être forte. Et je vais faire de mon mieux. De mon mieux pour vous protéger.*

Le temps que vous découvriez cette lettre, vous aurez peut-être tout oublié... Le temps que vous déchiffriez le code que j'ai écrit derrière la photo, que vous compreniez sa signification, vous serez sans doute grands, et les détails se seront effacés dans votre mémoire. Peut-être même ne lirez-vous jamais ces mots. Mais j'en doute. Quelque chose me dit que vous viendrez à bout de l'énigme. Mes petits jumeaux. Mes petits génies.

J'ai le cœur qui saigne à l'idée de ne pas vous voir pendant toutes ces années. De ne pas être à vos côtés pour vous regarder grandir. Vous ne pouvez pas imaginer ce que cela coûte à une mère... De quel déchirement il s'agit. Sans doute même m'en voudrez-vous.

Mais voilà. Je devais vous quitter, je n'avais pas le choix, ma seule présence vous mettait en danger. C'est pour cela que je vous ai fait quitter le pays, changer de nom… J'ai réussi grâce à l'aide d'amis précieux, qui sont aussi les vôtres. Faites confiance au docteur Evans et à Marion Auric. Ils sont là pour vous aider. Ils savent ce qui est en jeu et ils se dévoueront pour vous sauver…

— Marion Auric… La directrice… murmura Michaël, le cœur serré.

Était-ce possible ? Marion Auric avait-elle vraiment agi pour les protéger ? Toutes ces années où il l'avait haïe… et maintenant, elle était morte, sans doute en essayant de les défendre, assassinée par les Corbeaux. Pourquoi ne leur avait-elle pas expliqué ?

Et dire qu'aujourd'hui, ils étaient accusés du meurtre de cette femme qui, jamais, n'avait trahi son secret et à qui, peut-être, ils devaient tant…

Mais je m'égare. Or, je n'ai pas le temps. Je suis pressée ; je dois aller à l'essentiel.

Il y a une chose que je dois vous dire. Une seule chose. La plus importante de toutes.

Laura, Michaël, vous n'êtes pas comme les autres.

Au fil de votre adolescence, vous allez vous en apercevoir. Peut-être le savez-vous déjà. Votre père vous aurait tout expliqué le moment venu, mieux que moi, mais la situation exige de bouleverser nos priorités…

Alors voilà, c'est à moi de parler. Vous êtes des Shifters, les enfants. Des Shifters.

Ce mot, certainement, ne vous dit rien, mais petit à petit, vous allez comprendre ce qu'il signifie.

Ce potentiel, ces merveilles que vous avez en vous, que vous découvrirez au fur et à mesure, ne laissez personne vous en dire du mal. Ne laissez personne vous convaincre que vous êtes dangereux ou anormaux. Moi qui ne suis pas comme vous, moi qui n'ai pas ce que vous avez, je suis fière de vous, mes chéris.

Hélas, beaucoup ne pensent pas comme moi. Ainsi, des hommes risquent de vous poursuivre ; où que vous soyez, ils tenteront de vous retrouver. Ces hommes appartiennent à un groupe que l'on appelle la Compagnie. Ils n'hésiteront devant rien pour vous éliminer. Votre père et moi pensions leur avoir échappé. Nous imaginions qu'ils ne vous trouveraient jamais. La réalité vient de nous prouver le contraire.

Il y aurait plus à dire, bien plus, et je n'en ai pas le temps. Mais sachez seulement que vous n'êtes pas seuls, il y a d'autres Shifters.

Si je suis encore vivante le jour où vous trouverez ce mot, et que vous parveniez à me joindre, je vous expliquerai tout.

Mais nous devrons être prudents, même si des années se sont écoulées. Très prudents.

Le numéro en bas de cette lettre est celui d'une boîte vocale que je consulterai chaque semaine, pendant cinq ans, dix ans, vingt s'il le faut. Laissez-y le numéro d'une consigne, dans une gare française – si vous vous trouvez toujours en France. En échange, je déposerai dans cette consigne le lieu et l'heure d'un rendez-vous. Nous nous retrouverons là. Enfin.

Je sais, cela paraît compliqué, cela vous paraît fou, peut-être, mais croyez-moi, je n'ai pas perdu la raison, et ces précautions ne sont pas inutiles.

Je n'ai qu'une chose à ajouter, et ce sera aussi la conclusion de cette lettre :

Je vous aime.

Faites-moi confiance.

Votre mère qui vous adore,

Fiona Forbes.

Les deux jumeaux restèrent immobiles un long moment, incapables de prononcer une parole. Le choc provoqué par la lecture de cette lettre était sans doute le plus grand qu'ils avaient vécu depuis… depuis l'accident.

Michaël, les yeux dans le vague, essayait de maîtriser ses pensées. Mais son cerveau cavalait à toute vitesse, analysait les nouvelles informations, les répétait, tentait de les confronter à la réalité, à ses souvenirs… C'en était trop d'un seul coup. Trop à accepter, trop à comprendre.

Il tenta de faire le point. L'accident avait eu lieu alors que Peter et Fiona Forbes étaient pourchassés… par les hommes d'une mystérieuse « Compagnie ». Les Corbeaux ? Sans doute. Leur mère n'était pas morte à l'hôpital. Et aujourd'hui ? Dix ans plus tard… était-elle encore vivante ? Elle s'était éloignée d'eux pour les protéger. Parce qu'ils étaient… des *Shifters* ?

Laura, quant à elle, était immobile, très pâle. Elle relut une dernière fois le numéro de téléphone en bas de la lettre et se dressa d'un bond.

— Laura, attends ! protesta Michaël, mais sa sœur, les yeux rouges, se jetait déjà sur le téléphone. Qu'est-ce que tu fais ?

— J'appelle ! J'appelle et on verra bien !

— Attends ! Attends !! répéta Michaël. Tu… Que vas-tu dire ?

Il était trop tard. Laura composait le numéro.

Ben sortit de la cuisine, un sandwich à la main.

— Alors ? Tout va bien… ? commença-t-il, mais il s'interrompit en voyant le visage tendu des jumeaux.

Trois sonneries. Une voix électronique, glaciale et impersonnelle, proposa de laisser un message.

Laura hésita. Elle se mordit les lèvres et jeta un regard nerveux à son frère. Elle allait laisser sur une boîte vocale un message destiné à une femme, leur mère, censée être morte depuis dix ans…

— Allô. Bonjour, commença-t-elle, faute de mieux. C'est… Laura. Laura et Michaël.

Elle chercha ses mots. Son frère la dévisageait, la gorge serrée.

— Je… Nous venons de trouver la lettre. Je ne sais pas quoi dire, je… Je ne sais pas si quelqu'un écoutera ce message…

— Gare Montparnasse, lui souffla Michaël, la voix rauque d'émotion. La consigne… numéro dix. Il y a forcément un numéro dix ! Forcément !

Laura acquiesça. Oui, fixer le rendez-vous, c'était sans doute ce qu'il y avait de mieux à faire…

— Gare Montparnasse, consigne numéro dix, répéta-t-elle. Nous irons voir, euh, demain. Et les jours suivants…

Puis elle raccrocha, sans réfléchir, les yeux braqués sur le téléphone.

À nouveau, un silence pesant envahit la pièce.

Laura se laissa retomber sur le sofa. Michaël l'observait en silence. *Elle doit se poser les mêmes questions que moi*, pensa-t-il. La lettre était-elle authentique ? Et si elle l'était, leur mère était-elle toujours en vie ? Recevrait-elle ce message ?

Soudain, le téléphone de Laura bipa… si fort que les jumeaux sursautèrent. Michaël laissa échapper un cri de surprise ; Ben, lui-même, eut un mouvement de recul.

Laura écarquilla les yeux, incrédule. Puis elle se précipita sur son portable posé sur la commode. Leur mère ? C'était absurde, elle le savait bien : ils n'avaient pas laissé de numéro de téléphone où les joindre ; comment aurait-elle pu leur envoyer un SMS ? Non, cela n'avait aucun sens, mais Laura ne raisonnait plus de façon logique. Ce que révélait cette lettre était si insensé, si incroyable qu'à ce moment, tout – elle en était persuadée –, tout pouvait arriver.

Laura scruta le petit écran de son cellulaire. Un message reçu. Elle appuya fiévreusement sur la touche.

Le numéro de Tariq s'afficha.

Tt se passe parfaitement bien a la clinique, disait le SMS. *Merci de m'avoir conseillé d'aller labas. Tt se déroule sans prob. Tu avais raison. Laura. Tu avais raison.*

— Oh mon Dieu, murmura la jeune fille.

Ben et Michaël la dévisagèrent, inquiets.

— Qu'est-ce qu'il y a ?

— C'est Tariq. Il lui est arrivé quelque chose à la clinique.

TROISIÈME PARTIE

FAILLES

60.

Le docteur Gregory Evans poussa discrètement la porte. Le rendez-vous avait été fixé ici, au *Longbranch Saloon*, un bar de bikers à la périphérie de Mount Vernon, sur la rive ouest de la Skagit River.

En découvrant la décoration intérieure des lieux, dans la pénombre artificielle, Evans ne put retenir un sourire. Aux quatre coins du pays, les bars de motards semblaient tous les mêmes. Sur la vitrine, une petite pancarte annonçait déjà le tableau : « *Darts, pool, jukebox, good food and cheap beer ! Bikers friendly* [1] ». Aux plafonds, des lampes suspendues peintes aux couleurs de Budweiser diffusaient une douce lumière orangée. Sur les murs lambrissés, les drapeaux américains le disputaient aux enseignes de bière entourées de néons colorés et aux vieux cadres photos en noir et blanc représentant Mount Vernon autrefois. Au milieu du long bar en bois, trônait une magnifique pompe à bière cuivrée.

Il n'y avait pas encore grand monde, quelques habitués qui sirotaient une pinte en jouant au billard au fond de la grande salle. La plupart des chaises étaient encore retournées sur les tables.

---

1. Fléchettes, billard, juke-box, bons plats et bière pas chère ! Motards bienvenus.

Avec son petit sac à dos, son jean usé, sa chemise à carreaux débraillée et sa barbe de trois jours, Gregory Evans faisait presque couleur locale.

Sans hésiter, il s'installa sur un tabouret et commanda un whisky au barman, un solide gaillard bedonnant, dont les longs cheveux poivre et sel retombaient sur son tee-shirt Harley-Davidson. Ses bras étaient couverts de vieux tatouages aux couleurs passées.

— Un bourbon ?

— Non ! Un scotch, répliqua le docteur d'un air presque offensé.

Le barman haussa les épaules et partit chercher un single malt sur les longues étagères en verre où s'alignaient des centaines de bouteilles scintillantes.

— Et je suppose que vous ne voulez pas de glace non plus ? dit-il en servant son client.

— Comme vous dites.

— Vous êtes pas du coin, vous. Accent du Sud…

— Floride. Je suis venu voir une… connaissance.

Le barman acquiesça en lui adressant un clin d'œil.

— Eh bien, je crois que votre « connaissance » est arrivée, dit-il en pointant du menton vers l'entrée du bar.

La silhouette d'une grande femme brune se découpa dans la lumière du jour, devant la porte. Elle avait une cinquantaine d'années mais en paraissait dix de moins. Élégante, fine, elle marcha vers Evans d'un pas assuré.

Le docteur inspira profondément. Cela faisait trois ans et sept mois, exactement, qu'il n'avait pas revu Tiffany. Et – il le regrettait presque – elle était toujours aussi belle. Resplendissante, elle était aussi gracieuse qu'à l'époque de ses vingt ans.

Il se leva et lui adressa un sourire qu'elle lui retourna aussitôt. Une indélébile complicité se lisait dans leur regard brillant. Leurs chemins s'étaient séparés depuis plusieurs années, mais leur amitié – cela n'avait-il vraiment été qu'une amitié ? – remontait à l'adolescence.

Tiffany traversa le bar et se blottit dans les bras du docteur Evans.

— Greg ! C'est tellement bon de te revoir !

— Toi aussi, Tiff. Tu es plus belle que jamais.

— Ne dis pas n'importe quoi. Nous vieillissons tous. Nos plus belles années se sont envolées. Ce n'est pas toi qui me contrediras.

Le docteur pencha la tête d'un air approbateur.

— Tu veux boire quelque chose ?

— Un verre de vin.

— Du vin, ici ? Tu te crois encore en France ? Ça risque d'être du californien, et pas des meilleurs…

— Bah, ce sera toujours mieux qu'une bière.

— Je reconnais bien ma Tiff !

Evans passa la commande puis ils partirent avec leur verre s'installer à une table près du juke-box. Le docteur glissa une pièce dans la fente et sélectionna deux morceaux de Led Zeppelin, un groupe qu'ils avaient tous les deux écouté tout au long de leur jeunesse. La musique suffirait à couvrir leurs paroles et ils pourraient discuter tranquillement.

Le riff de la guitare de Jimmy Page s'éleva depuis le vieux Wurlitzer chromé et emplit toute la salle. Les deux motards qui jouaient au billard adressèrent au couple un pouce levé approbateur.

— Alors ? Tu as des nouvelles ? demanda Evans en prenant place en face de son amie.

— Oui. Je suis désolée de n'avoir rien voulu te dire par téléphone, mais…

— Non, non, tu as bien fait. Alors ?

— Les enfants ont trouvé la lettre, il y a quelques heures à peine.

— Tu veux dire qu'ils sont sains et saufs ?

— Oui. Et ils ont trouvé la lettre, répéta Tiffany en souriant.

Evans poussa un long soupir de soulagement. Depuis le jour où l'orphelinat de Marion Auric avait été attaqué, il n'avait pas eu de nouvelles des jumeaux Forbes. Et il savait combien leur rôle était important.

— Ils doivent commencer à comprendre qui ils sont, murmura le docteur en secouant le reste de whisky au fond de son large verre.

— Vaguement, peut-être, répondit Tiffany, sceptique.

— Le danger a donc augmenté. Cette fois, ils sont vraiment entrés dans le jeu…

— Si on peut appeler ça un jeu…

— Tu penses qu'ils vont essayer de contacter leur mère ?

— Bien sûr. Mets-toi à leur place, Gregory. Ces gamins ont cru pendant dix ans qu'ils étaient orphelins, et soudain ils découvrent que Fiona n'est pas morte…

— Du moins qu'elle n'était pas morte il y a dix ans, corrigea Evans. Rien ne nous dit qu'elle soit encore en vie aujourd'hui.

— S'ils parviennent à la contacter, nous en aurons le cœur net.

Tiffany but une gorgée de son vin californien. Quelques mètres derrière eux, le bruit des queues de billard heurtant les boules semblait marquer le temps, comme les aiguilles d'une immense horloge déréglée.

— Si elle est vivante, je me demande où elle est, et ce qu'elle fait aujourd'hui, soupira Evans. Ce qu'elle a fait pendant toutes ces années... Nous avons perdu sa trace depuis si longtemps !

— Elle te manque ? demanda Tiffany.

— Tout le groupe me manque. Pas toi ?

— Fiona ne faisait pas officiellement partie du groupe, corrigea Tiffany. Mais nous l'avons adoptée. Pour Peter.

— J'avais appelé mon bateau le *Lady Fiona*, dit Evans, rêveusement. Celui que j'ai été obligé d'abandonner quand ces salopards m'ont retrouvé...

Tiffany croisa les jambes, puis se rejeta en arrière avec un sourire amusé.

— Oh, vraiment ? Le *Lady Fiona* ? Que dois-je en déduire, Greg ? Une amourette ancienne ? Un petit faible de l'époque, pour une femme mariée, donc inaccessible ? C'est tellement toi...

Evans secoua la tête en souriant.

— Non. D'abord, chère amie, si je devais avouer pour qui mon cœur battait à l'époque...

Il conclut sa phrase par un geste galant, et Tiffany leva son verre avec un sourire flatté. Puis il reprit :

— Non. C'est en souvenir de... de ce jour-là. Quand Fiona est arrivée à l'hôpital, avec les jumeaux, après l'accident de voiture. Hagarde, ensanglantée... Elle croyait qu'ils allaient mourir, eux aussi… Il fallait les soigner, sans que leurs noms apparaissent dans le système, il fallait les faire sortir du pays… Elle ne pouvait avoir confiance qu'en moi, forcément. Ma vie a basculé ce jour-là. Je me suis toujours dit – c'est stupide, je sais – que Fiona était l'incarnation du destin.

Il y eut un silence, avant qu'Evans ne reprenne :

— Nous avons perdu tellement des nôtres. Tous ces amis…

Tiffany hocha la tête :

— Ce qui compte aujourd'hui, c'est de ne pas perdre les jumeaux Forbes. Mais il est de plus en plus difficile de les surveiller. La Compagnie nous traque. Certains d'entre nous… enfin, les survivants… sont sur le point d'abandonner la partie.

— Il n'y a pas d'abandon possible.

La femme releva la tête et fixa son interlocuteur avec intensité.

— Certains hommes préfèrent mourir en paix que vivre dans la lutte, Gregory.

— Tu veux que je vienne en France avec toi ? demanda Evans, un peu vexé.

Elle sourit.

— Non. Nous aurons besoin de toi ici.

— Et quand pourrai-je te revoir ?

— Je ne sais pas. L'avenir, même pour moi, est devenu tellement incertain…

61.

— Bienvenue à la clinique de l'Arc-en-ciel, jeune fille, déclara l'infirmière postée à l'accueil. Vous venez pour le protocole, je présume ?

Avant de répondre, Laura prit une profonde inspiration. Tout était impressionnant – la situation, le bâtiment, l'architecture même. Jamais elle n'avait vu un tel lieu. Les murs du hall démesuré, presque entièrement vide, étaient couverts de grandes plaques d'aluminium brossé. Les sources multiples de lumière indirecte habillaient l'espace avec une élégance glaciale, se réverbérant sur les vitres. Le sol en marbre brillait et faisait claquer les pas, résonner les paroles comme au cœur d'une immense vallée.

Laura se décida enfin à répondre. Ils avaient un plan (un de plus !) – et il fallait s'y tenir.

— Oui. Je viens pour le protocole.

Elle jeta un coup d'œil à la brochure qu'elle tenait dans la main.

— Je suis en retard pour la session du matin, reprit-elle d'un air embarrassé. J'espère que cela ne pose pas de problème ?

— Pas du tout, pas du tout, dit la femme, se penchant sur le clavier de son ordinateur. Quel est votre nom, mademoiselle ?

— Laura. Laura Vermanski.

L'infirmière entra le nom, puis fronça les sourcils.

— Je suis navrée, Laura, mais vous n'apparaissez pas dans la liste. Êtes-vous certaine que votre inscription a été enregistrée pour cette semaine ?

— Tout à fait, dit Laura, prenant un air étonné. Je l'ai

faite moi-même en ligne, à Toulon… Pour la session d'aujourd'hui…

— Vraiment ? Attendez…

Après quelques recherches, l'infirmière secoua négativement la tête, et Laura – qui s'y attendait, bien sûr – se prépara à sortir le grand jeu.

— Je ne comprends pas… J'ai imprimé tout mon dossier, regardez, dit-elle en sortant une série de documents que l'infirmière consulta d'un air navré. Voyez… J'ai même l'e-mail de confirmation, avec la date…

Michaël avait passé la nuit à monter le faux dossier. Il était allé sur le site de la clinique de l'Arc-en-ciel et avait inscrit « Laura Vermanski » (l'identité correspondant aux faux papiers de Laura) pour le protocole. Les jumeaux avaient téléchargé et rempli les formulaires, ils avaient joint des scans de fausses lettres de médecins, ainsi que de fausses permissions des « parents » de Laura Vermanski. Un vrai-faux dossier en béton.

Une heure plus tard, ils recevaient un e-mail automatisé de la clinique, proposant à Laura Vermanski une préinscription pour le mois suivant… Le délai, précisait l'e-mail, permettait au personnel de la clinique de vérifier les informations du dossier.

Bien sûr – les jumeaux en étaient conscients –, leur œuvre n'eût pas résisté au moindre contrôle. Et Tariq était en danger, le temps pressait. Bref, pour entrer dans la clinique, c'était maintenant ou jamais.

Michaël avait donc falsifié ce qu'il pouvait, changé les formulations, les dates, imprimé le tout… et annoncé à Laura que c'était à elle de jouer.

— Je suis désolée, reprit l'infirmière, après avoir lu les documents. Tout a l'air en règle, mais l'inscription n'a pas été validée… Ce doit être notre faute, sûrement. Il va falloir revenir…

— Je ne peux pas revenir, protesta Laura, la voix rauque.

— Mais…

— Vous ne comprenez pas, interrompit la jeune fille, se lançant dans le discours que Michaël et elle avaient soigneusement préparé, en s'inspirant de l'histoire de Ben. Tout ce que vous décrivez dans votre annonce, je l'ai. Les maux de tête, les cauchemars, les visions, les voix dans ma tête… Et mes parents… Ils veulent m'envoyer chez le psychiatre, me droguer… J'ai eu toutes les peines du monde à les convaincre de me laisser venir ici. Je suis montée de Toulon à Paris, je suis hébergée chez une amie… Mon père est déjà réticent… Si je manque cette session, jamais ils ne me laisseront revenir une deuxième fois !

L'infirmière l'écoutait, émue. C'était une jolie jeune femme, un peu ronde, avec la peau mate et un grand sourire chaleureux. Difficile, en la voyant, d'imaginer qu'elle pouvait être liée à une organisation de malfaiteurs. Un instant, Laura regretta sa comédie. Et si elle se trompait ? Puis elle se remémora le SMS de Tariq.

Il est enfermé là-dedans, pensa-t-elle, *quelque part derrière ces grandes vitres étincelantes. Ne te laisse pas avoir. Il y a de fortes chances que ces gens soient liés à ceux qui nous poursuivent. Aux Corbeaux… À la « Compagnie » dont parle la lettre de notre mère.*

Laura se rendit compte à cet instant combien elle avait

changé, en quelques jours. Elle était beaucoup moins naïve qu'auparavant, plus dure, plus aguerrie. À sa propre surprise, elle avait à présent des réflexes, des attitudes qui faisaient partie d'un processus de défense, de combat, presque. De survie.

L'infirmière se pencha, révélant son badge, sur lequel était inscrit : « Clinique de l'Arc-en-ciel. Personnel autorisé, catégorie C. Vous parlez à *Farida* ».

— Je comprends, dit-elle avec douceur. Tu n'es pas seule dans ton cas, Laura, crois-moi. Le protocole que nous proposons à nos patients est unique, et les adolescents nous appellent de partout en France, parfois même d'Europe. Certains n'hésitent pas à fuguer pour venir jusqu'ici.... Disons... Je peux te mettre en liste d'attente pour la session de jeudi...

— Mais je ne pourrai pas revenir jeudi ! s'écria Laura, jouant le désespoir. Je serai repartie à Toulon... Je vous en supplie ...

Les larmes brillèrent dans ses yeux. Farida hésitait.

— Bon. Je vais aller voir ce que je peux faire, d'accord ? dit-elle après un court silence. Reste là. Je reviens tout de suite.

L'infirmière traversa la salle, se dirigea vers l'une des grandes portes vitrées et disparut dans un couloir.

Laura attendit que ses pas s'éloignent. Elle jeta un coup d'œil alentour avant de se laisser tomber sur un des fauteuils bleus d'un air accablé... au cas où elle serait surveillée.

Elle attendit.

Cinq minutes passèrent dans un silence total.

Laura se releva. D'une démarche distraite, elle fit le tour du hall. Le bruit de ses pas s'élevait au milieu des parois immaculées. Elle attrapa son téléphone portable dans sa poche puis, en s'efforçant de le masquer au creux de sa main, elle prit en photo tout ce qui lui semblait digne d'intérêt. Le hall, le verrou de la porte d'entrée, les brochures publicitaires.

Arrivée au milieu de la grande pièce, elle repéra les caméras de surveillance installées aux angles des murs. Avec d'infinies précautions, elle essaya de les photographier, appuyant du bout des doigts sur le petit déclencheur de l'appareil. Puis elle retourna vers le comptoir d'accueil et fit mine de s'y appuyer d'un air las, comme si elle s'impatientait en attendant le retour de l'infirmière... En réalité, elle en profita pour prendre une photo de l'écran de l'ordinateur de Farida.

Parfait. Inutile de prendre plus de risques. Laura envoya le tout, par MMS, sur les téléphones de Michaël et de Ben. Puis elle rangea son cellulaire au fond de son sac et fit de nouveau quelques pas au hasard.

Autour d'elle, rien ne bougeait. Farida n'était toujours pas revenue. Et toujours ce silence...

Laura lutta contre l'angoisse qui commençait à l'étreindre. Elle se sentait isolée, fragile. Dans cette zone déserte, le fourmillement, l'énergie de Paris paraissaient lointains, presque inaccessibles, comme un rêve distant.

Brusquement, dans le reflet d'une vitre, elle aperçut la silhouette d'un homme vêtu de noir.

Son cœur fit un bond et elle recula.

L'homme ne bougeait pas. Prudemment, la jeune fille

chercha d'où venait le reflet. Derrière une paroi en verre, au fond du hall sur la gauche, elle distingua une cour intérieure, décorée d'une série d'arches métalliques. Elle s'approcha discrètement de la vitre. Oui, il y avait bien un homme dehors, adossé à une colonne… L'avait-il espionnée depuis le début ? L'avait-il vue prendre les photos ? Sans doute pas – il ne regardait pas dans sa direction. Il était habillé d'un costume sombre, avec des écouteurs sur les oreilles, un talkie-walkie à la ceinture et, sous sa veste… une arme ? Une matraque ?

Et alors, elle les vit. Cinq hommes.

Cinq inconnus en costume gris léger passaient l'arche d'entrée de la cour. Tous habillés de façon identique, avec des cheveux courts et de petites lunettes en métal. Le garde les salua avec respect avant de les conduire à un ascenseur extérieur. Au dernier moment, l'un des cinq inconnus se retourna pour inspecter les environs.

Laura eut juste le temps de se jeter derrière une colonne en béton. Elle resta immobile un instant, le cœur battant. L'homme avait-il croisé son regard ?

Quand elle se pencha de nouveau pour jeter un coup d'œil, l'ascenseur était monté. Les hommes avaient disparu.

Laura recula et retourna s'asseoir sur la banquette, en face du bureau d'accueil. Elle avait un nœud dans le ventre et le sang tapait contre ses tempes.

Des pas résonnèrent de l'autre côté du hall. Farida revenait. Soudain, sans savoir pourquoi, comme guidée par un instinct étranger, Laura sortit son téléphone portable de son sac et le glissa dans sa bottine.

La porte s'ouvrit et l'infirmière apparut, triomphante.

— Bon… J'ai réussi à me débrouiller. On peut dire que tu as de la chance.

Elle adressa un clin d'œil à Laura.

— Après tout, entre filles, il faut se serrer les coudes, ajouta-t-elle en sortant un épais document et un stylo. Voilà… Signe là, là et là. Tu commences tout de suite !

Laura se répandit en remerciements alors que Farida lui faisait signe de la suivre.

— Ne perdons pas de temps. Je t'emmène directement en séance, continua-t-elle en l'entraînant hors du hall, dans un couloir étroit. Oh, j'oubliais ! Si tu as un téléphone portable, il va falloir me le confier. Nouveau règlement, depuis hier soir, désolée… Les téléphones brouillent les appareils médicaux, quelque chose comme ça.

Laura désigna son sac d'un air innocent.

— J'ai laissé mon portable chez mon amie – elle m'a dit que c'était interdit, dans les hôpitaux…

— Bonne réaction ! Tant de gens refusent de respecter le règlement, commença Farida, avant de se lancer dans une série d'anecdotes – mais Laura n'écoutait plus.

Elle était officiellement dans la gueule du loup. Elle pensa à Ben, à son frère, qui attendaient d'elle un signe de vie toutes les trois heures. Puis à Tariq, mais aussi à Clô, sa meilleure amie, dont elle n'avait toujours aucune nouvelle… Et à sa mère, enfin, toujours vivante, quelque part. Peut-être.

Farida s'arrêta devant une large porte de métal. Prise d'une impulsion, Laura demanda brusquement :

— Mon cousin était également intéressé par le protocole. Il s'appelle Tariq. Je ne sais pas quand il compte venir ; savez-vous s'il s'est déjà inscrit ?

Farida hésita. Sans répondre, elle appuya sur un gros bouton rouge et la porte métallique s'ouvrit, coulissant des deux côtés, comme celle d'un ascenseur.

— Je ne sais pas, dit-elle enfin, un peu trop vite, sans croiser le regard de Laura. Je n'ai pas accès à toutes les listes…

Se reprenant, elle adressa à Laura un dernier sourire.

— Bonne chance ! J'espère qu'ils trouveront une solution à tes migraines !

Elle fit un signe amical de la main, et Laura, tendue, passa la porte d'un pas raide.

62.

Au dernier étage de la clinique, les rayons du soleil doraient la terrasse. Dehors, le bulldozer du chantier, au nord, s'était enfin tu. La pipe que le docteur Roger venait d'allumer embaumait l'atmosphère ; avant même qu'il en ait pris une seule bouffée, l'odeur le calmait déjà, le transportait dans un climat de sérénité dont il avait bien besoin.

Il s'assit sur la chaise, posa son dossier sur la table de jardin et jeta un coup d'œil sur Paris qui miroitait au loin. La ville était si belle, en cette saison !

Il poussa un long soupir. Tout était devenu si compliqué ! La mort des patients sur la table d'opération. Les tractations avec les familles… En général, quand les adolescents arrivaient à la clinique, les parents avaient donné leur accord et s'attendaient à quelques jours d'absence. Et leurs enfants revenaient sains et saufs.

Mais pour une quinzaine de sujets « sélectionnés » au fur

et à mesure des sessions, l'absence se prolongeait, forcément. Pour certains, se dit Roger en pensant au cadavre le plus récent, elle se prolongerait indéfiniment.

Cela n'avait pas été facile à gérer. Certains parents étaient venus sur place, d'autres avaient appelé la police… Mais Mandeville s'était « occupé du problème » et les protestations avaient cessé. Le docteur Roger préférait ne pas savoir comment.

Mandeville… Le nœud du problème était là. Mandeville, sa paranoïa, sa violence, leurs difficultés de communication.

Le docteur tira une nouvelle bouffée de sa pipe. Enfin… Tout cela n'était qu'un passage obligé, éprouvant. Il y avait des pertes, des victimes, et c'était… regrettable. Mais un jour, l'histoire retiendrait qu'il avait œuvré pour le bien de l'humanité. Un jour, ce qu'ils faisaient ici, dans sa clinique, serait enfin compris.

En attendant, il fallait tenir. Le moment de vérité approchait. Le 21 juin, si Mandeville ne s'était pas trompé, tout serait résolu, ou tout serait perdu.

Il leur restait moins d'un mois pour faire pencher la balance du bon côté.

Moins d'un mois…

Le docteur Roger ouvrit le dossier jaune vif qu'il avait à la main, étala les quelques feuilles devant lui et commença à lire.

« Profil psychologique de DK-Lion ».

Ah, DK-Lion… Roger devait reconnaître qu'il était fasciné par ce mystérieux personnage. Le hacker qui avait créé le site neverland-project.com. Mandeville le considérait comme une menace… Mais Mandeville considérait *tout* comme une menace, pensa Roger avec agacement. Ce DK-Lion, au fond, était plein de potentiel. Au lieu de le pourchasser, il aurait mieux valu le recruter. Si on lui *expliquait*, sincèrement, concrètement, ce qui était en jeu, DK-Lion comprendrait et passerait sans doute du bon côté.

Oui, du bon côté. De *leur* côté.

Roger reprit sa lecture.

« Le vocabulaire employé par DK-Lion dans les forums, sa connaissance de l'informatique, du jargon Internet, son usage spontané de l'anglais laissent entendre que le sujet a entre treize et vingt ans, et qu'il est sans doute de sexe masculin. »

Merci beaucoup, messieurs les experts, soupira le docteur Roger. *Évidemment que DK-Lion est un ado ! Il n'y a qu'à lire deux phrases de sa prose pour s'en convaincre !*

« Les allusions détaillées aux éléments oniriques partagés par les autres adolescents, la manière même de décrire les rêves communs paraît confirmer la nature de Shifter du sujet analysé. »

De mieux en mieux, grommela Roger. *DK-Lion rêve comme un Shifter, il rassemble les Shifters, il essaye de monter les Shifters contre la clinique et contre la Compagnie… et ces génies de psys ont besoin de vingt mille euros de budget pour m'annoncer qu'il* est *un Shifter ?*

« Le sujet fait aussi apparaître une grande force intérieure, de la créativité, de l'initiative et des qualités de leadership frappantes. DK-Lion n'hésite pas à prendre des risques, à s'impliquer personnellement pour contacter d'autres Shifters… Le sujet fait aussi preuve d'une maturité qui laisse à penser qu'il a sans doute vécu sans référent principal (sans parents ou organisation parentale), depuis quelques années… »

Suivaient quelques pages de jargon psychologisant du même style, que le docteur Roger passa en soupirant. Le dernier paragraphe retint toutefois son attention :

« Toutes ces considérations nous portent à croire qu'étant donné les caractéristiques de DK-Lion et son activité… – suivaient cinq phrases embrouillées et techniques –, il paraît fondé de retenir l'hypothèse du Passeur. »

Le docteur Roger reposa le dossier.

Il grimaça. Le Passeur, DK-Lion ? Peut-être, oui. Pourquoi pas ? Il fallait rester prudent, bien sûr, les analyses psychologiques étaient loin d'être sans faille. Cela faisait des années que la Compagnie cherchait à identifier le nouveau Passeur, et elle s'était trompée plus d'une fois.

Mais si c'était vrai… Si c'était vrai, ils avaient là une occasion en or. Ils allaient enfin pouvoir *étudier* le Passeur. Et comprendre, peut-être, ce qui le distinguait des autres.

Bien sûr, pour cela, il fallait d'abord le capturer. *Non*, se corrigea le docteur Roger. – Il commençait à penser comme Mandeville, à réagir d'instinct par la violence. – *Non*. Il allait suivre sa première intuition. Il allait tenter de contacter « DK-Lion » et de lui parler. De le convaincre. De le raisonner. D'homme à homme, en toute sincérité, il devait lui expliquer pourquoi il était essentiel qu'il suive le protocole. Il allait lui démontrer que l'avenir de la planète était en jeu.

Bien sûr, si DK-Lion refusait…

L'interphone bipa à l'arrière du bureau. Le docteur Roger ramassa le dossier et se leva distraitement. Oui, c'était une bonne idée ; il allait demander à son équipe de faire passer un message codé au jeune hacker. Il ne dirait rien à Mandeville, du moins pas au début…

Perdu dans ses réflexions, il enjamba la marche en béton qui menait à l'intérieur du bureau, puis tendit la main vers l'interphone pour demander à sa secrétaire qui voulait le voir.

Son geste se figea.

Ils étaient déjà là.

Ils étaient entrés, sans attendre de permission. Cinq hommes, en costume gris léger et petites lunettes métalliques. Debout, devant sa table, le regard fixé sur lui.

Sans réfléchir, le docteur Roger jeta le dossier jaune sur le meuble devant lui. Un grand froid le saisit. Nul besoin de présentation. Il savait qui ils étaient, et pourquoi ils venaient.

— Bonjour, docteur, dit le plus grand.

— Bonjour Marciac, répondit le docteur Roger, la tête haute.

Sa gorge était serrée, ses paumes étaient moites, mais il tenta de ne rien laisser paraître. Il ne trahirait ni peur, ni faiblesse. Pas devant eux.

L'homme fit un pas en avant. Avec ses courts cheveux bruns, son visage carré et ses petites lunettes, il ressemblait tellement aux quatre autres qu'on aurait dit des clones. Ces types pensaient pareil, s'habillaient pareil, se coiffaient pareil…

— Ne m'appelez pas par mon nom, docteur. Vous connaissez la procédure.

Allez vous faire foutre, Marciac, aurait voulu répondre

Roger, mais il garda le silence. Les mots restèrent coincés dans sa gorge, par lâcheté… ou par sagesse. Insulter un inspecteur de la Compagnie aurait été une terrible erreur.

— Monsieur Mandeville se demande si vos équipes n'auraient pas commis quelques irrégularités au cours des derniers jours. Les événements du 19 mai ont changé le contexte de nos affaires, et…

— Venez-en au fait, cracha le docteur, agacé.

Les cinq hommes le fixèrent en silence. On aurait dit cinq reptiles, tant leur regard était glacé. Le docteur Roger lutta, encore une fois, pour ne pas trahir sa peur.

— Qu'est-ce que vous voulez ?

— Eh bien, cher ami… Commencez donc par nous faire visiter votre clinique…

63.

En comptant Laura, il y avait en tout vingt et un sujets réunis dans la salle. Les tables ressemblaient à des bureaux d'école, et entre le tableau noir et l'attitude professorale de monsieur Feisten, le responsable de la session, on aurait en effet pu se croire dans une salle de classe. Sauf qu'il n'y avait pas de fenêtres et qu'en face de la porte par laquelle Laura était entrée, une porte en verre dépoli donnait sur une nouvelle partie du bâtiment. Le verre était vieux et sale, mais Laura crut deviner un couloir, des portes, des silhouettes indistinctes.

Impossible d'en savoir plus : personne ne sortirait avant la fin de la « Période Alpha » des tests, avait déclaré monsieur Feisten. Laura se concentra donc sur sa tâche.

Leur hôte lisait vite, très vite, des séries de chiffres et de lettres – avec un débit si rapide qu'il était impossible de les mémoriser entièrement – et deux minutes plus tard, les adolescents devaient noter tout ce dont ils se souvenaient sur une feuille.

Laura fit de son mieux pour rester concentrée malgré les questions qui se bousculaient dans sa tête. Il fallait qu'elle réussisse, si elle voulait retrouver Tariq. Elle recopia sur sa feuille tout ce qui s'était imprimé dans sa mémoire.

Ensuite, monsieur Feisten projeta des images à grande vitesse sur un écran et leur demanda de les décrire toutes. Puis, à nouveau, une série de listes, plus complexes cette fois. Les tests se montrèrent rapidement éprouvants, abrutissants, presque.

À la fin de ladite période, monsieur Feisten leur demanda de faire quatre dessins, illustrant quatre thèmes. « L'univers comme vous le concevez », « La salle telle qu'elle est réellement », « Le pays des rêves » et « La destruction du monde ». Laura, qui dessinait très mal et qui trouvait les sujets particulièrement idiots, jeta un coup d'œil aux autres. Ses vingt compagnons étaient penchés sur leurs feuilles et semblaient très inspirés.

Cherchant des idées, la jeune fille se demanda ce que Tariq avait bien pu griffonner… S'il s'était retrouvé dans la même salle, s'il était passé entre les mains de monsieur Feisten. Quels scores avait-il obtenus ? Puis elle posa son crayon sur la feuille, traça un trait au hasard.

Elle « séchait » toujours.

Vous n'êtes pas comme les autres, avait écrit leur mère.

Soudain, Laura se sentit observée.

Là. Deux tables plus loin, sur sa droite, se trouvait un garçon roux aux yeux gris perçants, au regard calme et résolu, grand et plutôt musclé sous son tee-shirt noir. Il devait avoir quinze ou seize ans. Laura et lui échangèrent un regard – ce fut très rapide, mais chargé de sens. Aucune séduction n'était en jeu. Simplement… une reconnaissance, une compréhension mutuelle. *Comme s'il savait pourquoi je suis là*, pensa Laura.

Elle se mit brusquement à dessiner, sans réfléchir, se laissant guider par son instinct. *L'univers ?* Une série de cercles concentriques. *La salle telle qu'elle est réellement ?* Des murs, des tables, puis d'autres angles, d'autres parois invisibles, une série de parallélépipèdes enchevêtrés comme des cristaux. *Le pays des rêves ?* Un immense paysage de collines et de forêts, avec, à l'horizon, des montagnes bleutées. Un lieu inondé d'un soleil plus grand que le nôtre, large, éclatant, mangeant presque le ciel.

Il restait *La destruction du monde*. Laura hésita, son crayon à la main. Enfin, elle dessina une croix et un rond noir.

— Ramassage des copies ! annonça monsieur Feisten en souriant.

Il passa entre les tables récupérer les dessins, où chaque « sujet » avait écrit son nom et le numéro qui lui était attribué.

— La Période Alpha est terminée. Si vous voulez bien passer en salle de rafraîchissements, je vous annoncerai dans quelques minutes lesquels d'entre vous sont retenus pour la suite.

Laura traîna un peu derrière sa table et réussit à envoyer

un SMS à Ben : *TVB, sui o protocole.* Puis elle remit avec précaution le téléphone dans sa bottine.

Les adolescents étaient en train de sortir par la porte en verre. Ils furent conduits dans une nouvelle pièce, aveugle elle aussi, où quelques barres chocolatées et des canettes de jus d'orange avaient été disposées sur une table de labo. Laura ne toucha à rien, le garçon aux cheveux roux et aux yeux gris non plus.

De nouveau, leurs regards se croisèrent. Ils échangèrent un sourire poli.

Cinq minutes plus tard, monsieur Feisten était de retour, accompagné de deux médecins en blouse blanche, plus âgés. En retrait, Laura remarqua aussi un garde, qui ressemblait en tout point à un Corbeau, et qui avait le torse si bombé qu'elle songea qu'il devait porter un gilet pare-balles.

— Bien, d'abord, je voudrais tous vous remercier d'avoir participé à ce protocole, déclara monsieur Feisten, qui tenait un papier à la main. À présent, je vais appeler certains d'entre vous. Ceux qui entendront leur nom me suivront pour la partie Bêta du test. Quant aux autres, nous vous remercions de votre coopération, mais pour vous, le protocole s'arrêtera là. Désolé. Vous serez reconduits à la porte de la clinique, et vous pourrez rentrer chez vous.

Un murmure déçu parcourut l'assistance.

— Alors... Je commence...

Laura se tendit.

— Léa Mercatto, énonça monsieur Feisten.

Une jeune fille un peu ronde, aux cheveux bruns et courts, fit un pas en avant.

— Clément Talbi.

Un garçon plus jeune que les autres, qui paraissait surpris d'être cité, s'avança à son tour.

— Kim N'Guyen, Sébastien Desclayes…

Une petite Asiatique, qui fit un bond joyeux en entendant son nom… suivie du garçon roux aux yeux gris qui avait échangé un regard avec Laura.

— Laura Vermanski.

Le cœur battant, Laura alla se placer à côté des quatre « élus ». *Sébastien*, répéta-t-elle mentalement.

Puis, tandis que les autres protestaient et que le garde les escortait vers la sortie, les cinq adolescents choisis suivirent monsieur Feisten et les deux docteurs en direction de la salle Bêta.

64.

Au sous-sol de la clinique de l'Arc-en-ciel, dans une pièce aux murs noirs, dix couchettes métalliques étaient alignées dans la pénombre, à peine éclairées par la lumière verte des écrans de contrôle où s'affichaient des électrocardiogrammes.

Sur les neuf premières couchettes, se trouvaient neuf adolescents endormis. La dixième était vide.

Ils dormaient d'un sommeil profond, forcé. Un goutte-à-goutte diffusait dans leurs veines juste assez d'opiacés pour les maintenir dans l'inconscience et des aimants disposés sur le dessus de leur crâne projetaient dans leur hippocampe supérieur des impulsions magnétiques. Juste assez pour stimuler leur activité cérébrale et… motiver leurs rêves.

Régulièrement, l'équipe médicale venait vérifier leur état, faire des relevés et s'assurer qu'aucun n'émergeait du sommeil.

Quelques heures auparavant, le dixième adolescent s'était réveillé ; il avait arraché le goutte-à-goutte et l'aimant sur son crâne, puis il était parvenu à faire quelques mètres dans le couloir avant d'être intercepté par les agents de sécurité.

L'adolescent – d'origine marocaine – avait un tempérament rebelle. La veille, déjà, on avait découvert un téléphone portable caché sous son lit – il avait réussi à le dissimuler durant la fouille. Mais après cette tentative de fuite, les infirmiers lui avaient fait une injection, puis l'avaient traîné hors de la salle.

Depuis, il avait officiellement disparu…

65.

Les cinq sujets sélectionnés du groupe de Laura, encadrés par les deux médecins et deux gardes, pénétrèrent dans un ascenseur métallique.

Avec un lourd cliquetis, la cabine commença à descendre. Un long moment passa.

Un silence pesant régnait à l'intérieur. La présence des gardes mettait les adolescents mal à l'aise. Ils ne comprenaient pas pourquoi un service de sécurité était nécessaire, mais aucun n'osa poser directement la question.

— Où est monsieur Feisten ? demanda Kim, la petite Asiatique. Il ne vient pas avec nous ?

Personne ne lui répondit. Kim hésita, puis elle se tourna

vers l'un des médecins, sourit, planta ses yeux dans les siens et répéta avec une insistance charmeuse :

— Excusez-moi, docteur, je voudrais savoir… Monsieur Feisten ne vient pas avec nous ?

Cette fois, le médecin fut obligé de répondre.

— Non, déclara-t-il simplement.

Le silence retomba.

L'ascenseur descendait toujours. Depuis combien de temps ? Une minute ? *Non… ce serait absurde*, pensa Laura. À quelle profondeur était donc ce sous-sol ?

Elle allait se décider à poser la question quand la cabine s'arrêta brutalement. Les portes s'ouvrirent avec lenteur.

Sur la paroi d'en face, des lettres de peinture écaillées annonçaient « NIVEAU S ». Les murs étaient peints d'un jaune défraîchi. Il y avait deux sortes de portes : certaines vitrées, derrière lesquelles Laura aperçut des infirmières, des étagères et des écrans, et d'autres en métal lisse.

L'un des médecins se dirigea vers une porte en métal et tapa un code sur un petit boîtier. Profitant d'une nouvelle question de Kim – à laquelle personne ne répondit –, Laura fit un pas sur le côté pour repérer les touches qu'enfonçait le docteur.

52AB4.

Elle répéta mentalement les chiffres avant de croiser le regard de Sébastien. Il s'était posté de l'autre côté, et Laura eut la certitude que lui aussi avait mémorisé le code.

— Entrez, ordonna le médecin en ouvrant grand la porte.

Ils vont nous fouiller.

Laura sursauta.

Elle chercha autour d'elle pour voir qui avait parlé, mais la voix semblait venir de nulle part, et de partout à la fois.

Elle frissonna.

Comme devant le bus, quand elle avait cru entendre ce que pensait Ben.

Puis elle croisa le regard de Sébastien. Il la dévisageait. Les sourcils froncés, le front plissé, il avait planté ses yeux dans les siens. L'air de lui signifier quelque chose.

Laura hocha lentement la tête, d'un geste imperceptible, comme pour dire qu'elle avait compris... Mais elle n'était sûre de rien. Avait-elle rêvé ? *Ils vont nous fouiller*... La phrase venait-elle de Sébastien ? Était-ce même... possible ?

Le docteur les fit entrer et Laura, masquant son trouble, suivit le mouvement. Elle découvrit, perplexe, la dizaine de couchettes alignées au milieu de la salle.

Les murs étaient blancs. Les tables étaient blanches. Les fauteuils étaient blancs. À côté de chaque couchette, se trouvaient un écran, des câbles, des électrodes, des seringues et des petits chariots recouverts de flacons inquiétants. Les adolescents s'immobilisèrent, interloqués.

— Hé ! Hors de question que je m'allonge là-dessus ! protesta Clément, le plus jeune des « sujets ».

— Allons, allons, n'ayez pas peur, dit l'un des docteurs. Ce sont juste des postes de monitoring.

— M'en fous, moi les piqûres, ça me fait flipper, et puis, vos appareils, là, ils m'inspirent pas confiance...

Les deux médecins échangèrent un regard embarrassé.

— Écoutez... Clément, vous vous êtes engagé à mener l'expérience jusqu'au bout. C'est pour votre bien.

— Ouais, mais je savais pas que ça allait être un truc comme ça… Je croyais que c'était, heu, des tests « psychologiques »… Je m'en vais, moi !

Le garçon se dirigea vers la porte, mais les deux gardes bloquaient la sortie.

— Poussez-vous ! Laissez-moi passer, je me casse !

Les gardes ne bougèrent pas. Après une courte hésitation, le médecin hocha la tête en souriant :

— Je comprends votre réaction. Messieurs, reconduisez Clément Talbi là-haut…

Profitant que tous les yeux étaient rivés sur la scène, Laura recula hors de vue, attrapa le téléphone dans sa bottine et, l'appareil plaqué le long de sa cuisse, prit une photo d'une couchette. Les doigts tremblants, elle tenta de l'expédier.

Le réseau fluctuait, passant de deux barres à une seule, de mauvais augure. Forcément : ils étaient sous terre. Laura refit la manipulation, fébrile… et il lui sembla que cette fois, le message était passé.

D'un geste souple, elle fit glisser le téléphone par terre et l'envoya près du mur, sous un radiateur.

En se redressant, elle vit que Sébastien la regardait. Et qu'il souriait.

Les gardes avaient emmené Clément, et la porte se referma brusquement sur eux. Laura sursauta, les nerfs à vif.

Les docteurs, un peu gênés par la sortie du garçon, tentèrent de rassurer leurs quatre derniers cobayes en expliquant que le but de l'expérience était d'étudier leur sommeil et que le procédé ne présentait aucun danger.

— Ces appareils sont impressionnants, il est vrai… mais il ne s'agit que d'instruments de mesure, non intrusifs. Et n'oubliez pas que nous sommes ici pour vous aider.

— Qu'est-ce qui va se passer, exactement ? demanda Kim, qui peinait à masquer son angoisse elle aussi.

— Eh bien, nous allons vous endormir et placer ces électrodes sur vos fronts afin d'analyser le rythme de votre sommeil. Voilà tout. La procédure est tout à fait banale…

L'un des deux gardes refit irruption dans la salle et se plaqua de nouveau contre le mur, le regard dur.

— Avant de vous installer sur les couchettes, nous sommes obligés de vérifier que vous ne portez rien qui puisse gêner le bon fonctionnement de ces appareils, expliqua le docteur. Si vous le voulez bien…

Le garde s'approcha de Laura et commença à la fouiller. Elle se laissa faire. Avait-elle vraiment le choix ? Puis il passa aux trois autres, Léa, Kim et enfin Sébastien. Il leur retira tous les objets métalliques qu'ils portaient sur eux, clefs, bracelets, bagues… sans rien trouver de suspect.

Enfin, les docteurs firent asseoir les quatre « sujets » dans les fauteuils et leur appliquèrent les électrodes sur le front. Leurs visages étaient concentrés, leurs gestes fermes. Il y avait une tension palpable dans l'atmosphère.

Ne panique pas, pensa Laura en prenant place sur la couchette. *Ce n'est que la deuxième étape de leur… de leur protocole. Ils ne vont pas nous faire de mal…*

Elle jeta un coup d'œil à Sébastien. Il avait déjà fermé les yeux et semblait prêt.

Prêt à quoi ?

Comme s'il avait senti l'attention de Laura, le jeune

homme rouvrit les paupières et lui fit un demi-sourire, accompagné d'un clin d'œil rassurant, avant de s'étendre de nouveau sur sa couchette.

Tout ira bien, se répéta Laura. *Tout ira bien*.

Elle n'eut pas le temps de réfléchir davantage. Le médecin lui enfonça une seringue dans le bras et un liquide doré se répandit dans ses veines. Elle sentit une brûlure désagréable ; elle grimaça et se frotta le bras. Elle tourna la tête vers Sébastien. Le garçon s'était endormi. Elle aurait voulu croiser son regard une dernière fois. Les paroles des médecins, autour d'elle, devinrent de plus en plus floues. Sa vue se brouilla. Son esprit se perdit.

Et puis, plus rien.

66.

Sur fond d'azur se découpe un bâtiment blanc à coupole, avec des lisérés verts ou turquoise.

Sur les murs, des carreaux, bleus, verts, avec des arabesques jaunes, un peu usées.

Quelqu'un crie.

Ils sont ensemble, ils se tiennent la main, ils sont dix, vingt, trente, peut-être plus encore, une foule d'adolescents réunis, d'un seul élan.

Un serveur passe en tenant un plateau mordoré. Des feuilles s'envolent sur le trottoir, semblent reproduire l'arabesque des carreaux sur le mur.

Et puis, il y a un lavabo en céramique coloré. De l'eau coule, goutte à goutte, par le vieux robinet rouillé.

Plus loin, une petite fille court en riant sur le trottoir. Sa robe jaune met en valeur sa peau noire et ses petites nattes décorées d'élastiques de toutes les couleurs.

Tout semble s'arrêter. Tout le monde semble attendre. L'attendre elle. La fille aux cheveux rouges.

Et soudain, elle arrive. Elle est là, quelque part, tout près ; elle sourit ; elle leur prend la main et elle murmure, rien que pour eux : « Ce n'est que le premier pas. »

67.

— C'est incroyable, murmura l'analyste.

Vers minuit, ils s'étaient mis à rêver. Tous. Tous en même temps.

Les neuf adolescents dans le dortoir noir, et trois des sujets du nouveau groupe. L'électroencéphalogramme des douze patients s'affichait sur les écrans de la salle d'analyse.

— Ce rêve est différent des autres, confirma l'un des médecins. Regardez ! L'intensité est impressionnante !

À ses côtés, le docteur Roger étudiait les courbes, fasciné. Si fasciné qu'il en oubliait sa fatigue, ses craintes, et la présence des inspecteurs de la Compagnie, toujours derrière lui. Les envoyés de Mandeville avaient passé des heures à vérifier les documents, les procédures, à fouiller les archives, à étudier chaque centimètre carré des laboratoires… et ce, sans un commentaire, sans exprimer la moindre réaction.

L'inspecteur en chef – Marciac – observait les écrans, sourcils froncés.

— Ils font tous le même rêve ? demanda-t-il. C'est déjà arrivé ?

— Pas à ma connaissance, expliqua le docteur Roger. Les Shifters semblent partager un certain nombre de thèmes… ou d'images oniriques communes. Bien sûr, il y a des variations géographiques, culturelles, et selon les personnalités. Certains ont même des flashs précognitifs…

— Des flashs précognitifs ? Ils voient le futur ?

— Des futurs possibles, des probabilités… Difficile à dire, grommela le docteur Roger. Mais là… Une chose est sûre, il se passe quelque chose cette nuit. Le même rêve, exactement. Je n'ai jamais vu ça.

— Pourquoi cette nuit ?

— Je l'ignore. Peut-être y a-t-il un Shifter particulièrement puissant dans le groupe. Particulièrement fort.

— Quelqu'un qui n'était pas là hier, alors, protesta un médecin. Parce que la nuit derrière, nous n'avons rien remarqué de comparable…

— Un des nouveaux, murmura son voisin. C'est forcément l'un des nouveaux arrivants ! Kim, Sébastien ou Laura, ajouta-t-il après avoir consulté les registres. La quatrième ne rêve pas, ce n'est pas une Shifter… Quant au cinquième, Clément… il est en cellule d'isolement… Non. Négatif pour lui aussi.

— Virez-moi les deux « négatifs » demain matin à la première heure, murmura le docteur Roger, scrutant la liste. Avec les excuses officielles de la clinique, « vous ne correspondez pas au protocole », bref, le discours habituel. Quant aux trois autres… Kim, Sébastien, Laura, répéta-t-il. L'un des trois est probablement un Shifter majeur.

— L'un d'eux, ou plusieurs, commenta un assistant.

— Donnez-moi ce document, dit Marciac d'un ton sec.

Il prit son téléphone et appuya sur une touche. Quand son interlocuteur répondit, il déclara brutalement :

— Je vais vous dicter trois noms. Vous allez m'effectuer une recherche active sur ces individus. Je veux connaître leur adresse, leur famille, leur lycée, leurs notes, leur personnalité, le nom de leurs amis, leur marque de céréales préférées… Tout, vous m'entendez ? Alors… Laura Vermanski… Kim N'Guyen… et Sébastien Desclayes.

L'attention du docteur Roger s'était à nouveau tournée vers les écrans.

— Ce n'est pas seulement l'intensité qui est déroutante. La *nature* même de ce rêve est étrange. Son contenu n'est sans doute pas anodin.

— Chez les Shifters, aucun rêve n'est anodin, intervint le médecin sur sa droite.

— Certes, mais celui-là…

Marciac raccrocha son téléphone.

— Je veux savoir ce qu'il y a dans ce rêve, ordonna-t-il.

— Nous les interrogerons à leur réveil. Mais les Shifters sont de moins en moins bavards à mesure de l'avancée du protocole. Processus de renfermement, de protection…

— Il y en aura bien un qui parlera. Je veux votre rapport à l'aube.

— Vous plaisantez ? s'emporta le docteur Roger. Le temps d'analyser ce qui a été enregistré cette nuit, d'interroger les patients…

— Si ce rêve est important, nous voulons pouvoir agir vite, cracha Marciac. Dès demain matin, si nécessaire. Vous avez six heures.

Dans la salle, les analystes arrêtèrent leur travail et les médecins se retournèrent, perplexes.

— Mais…

Marciac les regarda, un à un. Puis il répéta, simplement :

— Six heures.

Il n'y eut aucune protestation.

68.

25 MAI, PARIS, FRANCE.

Michaël se redressa d'un coup.

Il regarda autour de lui, étourdi, le cerveau encore embrouillé par le rêve qu'il venait de faire, puis reprit lentement ses esprits. Il était dans l'appartement de Tariq, sur le divan. L'ordinateur était encore allumé.

Il vérifia l'heure sur sa montre.

Huit heures du matin.

Fébrilement, il consulta son téléphone. Rien. Pas de nouvelles de Laura. Pas depuis la veille, en début d'après-midi… pas depuis la photo floue, prise sans doute à la va-vite, d'une couchette entourée d'appareils médicaux. Pour tromper son inquiétude, Michaël avait passé une partie de la nuit à chercher sur le Web des plans détaillés de la clinique de l'Arc-en-ciel.

Il avait trouvé quelque chose, en effet. Sur l'emplacement actuel de l'établissement, existait autrefois un immense entrepôt militaire, avec un sous-sol très profond. Le bâtiment avait été abandonné après la Deuxième Guerre mondiale. Le terrain avait été racheté et la clinique construite. À tout hasard, Michaël avait quand même imprimé les vieux plans.

Une nouvelle construction ne détruisait pas forcément les structures précédentes. Peut-être les architectes avaient-ils rénové le sous-sol, au lieu de le détruire.

Le garçon avait cherché d'autres informations, sans succès. Enfin, la fatigue avait eu raison de lui.

Le soleil matinal dorait le parquet de l'appartement. Michaël fila dans la chambre. Ben dormait profondément au milieu du grand lit. Il tenait dans sa main son téléphone portable, serré comme un trésor.

Michaël le bouscula gentiment.

— Ben ! Ben, réveille-toi !

Le jeune garçon se retourna en grognant et ouvrit péniblement les yeux.

— Qu'est-ce qu'il y a ? demanda-t-il d'une voix rauque.

— Tu as reçu quelque chose ? De Laura ?

Ben fronça les sourcils et vérifia l'écran de son téléphone.

— Non… Euh… Elle doit encore dormir.

Michaël acquiesça, soucieux. Voyant son regard, Ben ajouta :

— Michaël, ne t'inquiète pas. Souviens-toi… La brochure précise que le protocole peut durer jusqu'à six jours…

— Je sais, je sais, murmura Michaël.

Il hésita un moment, puis demanda, gêné :

— Ben, dis-moi… Est-ce que… Est-ce que tu as fait… un rêve bizarre, cette nuit ?

— Non. J'ai essayé de rester éveillé pour Laura… J'ai mis mon portable à sonner toutes les dix minutes…

Michaël eut un sourire attendri, ému par la dévotion de

ce jeune garçon qu'ils connaissaient pourtant à peine. Il y avait quelque chose d'étonnant dans la fraternité qu'ils éprouvaient déjà tous les trois, si vite.

Mais sachez seulement que vous n'êtes pas seuls, il y a d'autres Shifters, avait écrit leur mère. Ce mot dérangeait encore Michaël : *Shifters*. Il n'aimait pas utiliser une expression dont il ne comprenait pas vraiment le sens. Pourtant… Laura, Tariq, Ben et lui… Ils en étaient sans doute… des Shifters. Des adolescents pas comme les autres, en tout cas.

— Rendors-toi, si tu veux. Moi, je vais aller me faire un café…

Michaël partit dans la cuisine se préparer un petit déjeuner, essayant de se souvenir de son rêve. Mais les images n'étaient pas claires. Il manquait des éléments, des pans entiers de ce songe étrange.

Il se demanda si Laura avait fait le même et, à la simple évocation de sa sœur, la douleur sourde de l'angoisse lui serra le ventre.

Il n'aurait pas dû la laisser prendre un tel risque ! Pourtant, les arguments de sa sœur étaient bons : chacun son rôle. Laura était la plus réactive en cas de danger – elle pensait vite, elle mentait bien… Elle était mieux à même de mener la mission d'infiltration. Ben était le plus jeune. Il resterait à la maison, étudierait les images envoyées, bref, avait annoncé Laura en lui ébouriffant les cheveux, il reprendrait son rôle de coordinateur.

Michaël soupçonnait que Laura avait inventé ce titre pour flatter Ben et l'empêcher de courir des risques, ce qui lui convenait parfaitement.

Michaël, lui, devrait attendre le message de leur mère à la consigne et être prêt à réagir s'il arrivait quelque chose à Laura.

Oui, sur l'instant, la répartition des rôles lui avait paru pertinente. Mais maintenant… l'absence de Laura était réelle, cruelle…

Et ce rêve, cette nuit ! Michaël était certain qu'il avait un sens. Mais il n'arrivait pas à se le rappeler. Et cela l'agaçait au plus haut point.

Réfléchis ! Michaël Saurault-Forbes ! Réfléchis, bon sang !

Il s'approcha du bureau où Ben avait imprimé et étalé les photos expédiées par Laura. Elles étaient intéressantes, mais pas assez significatives pour qu'ils puissent les envoyer à la police en accusant la clinique d'avoir kidnappé Tariq.

Ben avait raison, Laura dormait sans doute. Il fallait attendre. Mais Michaël n'en pouvait plus de rester enfermé. Il voulait faire quelque chose, se sentir utile. Il attrapa un papier et un stylo, laissa un mot à Ben, enfila son blouson et sortit de l'appartement.

69.

Au-dessus de la tête de Clô résonnaient les bruits habituels d'un café : les pas lourds des serveurs, les conversations animées des clients, le sifflement sourd des percolateurs. Une odeur de frites et d'entrecôte au beurre se répandait lentement dans l'atmosphère. La jeune fille se leva, fit quelques pas impatients dans la cave. Arrivée au fond de la pièce, elle s'arrêta devant une porte vermoulue, qu'elle ouvrit doucement. Elle découvrit alors une réserve, puis un escalier et une petite cour où séchait le linge des maisons voisines. Elle sourit. Personne ne la surveillait. Elle aurait pu dévaliser la réserve… Mais ce n'était pas son genre.

Elle referma la porte et retourna s'asseoir, vaguement exaspérée. Rien ne bougeait. Aucune réponse n'était arrivée, ni des journaux, ni des télés… Elle restait là, à attendre devant son écran, comme une imbécile. *Qu'est-ce que tu t'imaginais, ma pauvre ? Ça fait même pas vingt-quatre heures que tu l'as lancé, ton blog !* Des infos de ce genre, les rédactions devaient en recevoir des centaines… *Et ils ne doivent pas tout lire*, réalisa brusquement Clô. *Une page Web montée par une gamine de quatorze ans… ça va passer directement à la poubelle, non ?*

Non ! Elle ne devait pas se laisser décourager. Il lui fallait faire preuve de patience, de détermination. Si les rédactions ne répondaient pas à son premier envoi, eh bien, elle en ferait un second, elle téléphonerait, elle insisterait… Elle contacterait les petits journaux locaux, qui seraient peut-être plus réceptifs que les gros.

Clô se pencha de nouveau sur son clavier. Oui. Elle aurait dû commencer par ça, contacter des petits journaux, ou d'autres sites Web, qui seraient ravis de se jeter sur le moindre scandale. Elle commençait déjà sa recherche quand la célèbre page d'erreur « Internet Explorer ne peut afficher cette page Web » apparut sur son écran.

Clô fronça les sourcils, puis regarda en bas à droite de l'ordinateur.

Pas de petite lumière verte. Sa connexion Internet était interrompue.

Bizarre.

En haut, les conversations des clients s'étaient tues. Sans savoir pourquoi, Clô frissonna. L'instant d'après, elle entendit l'écho de pas lourds sur le carrelage, là-haut. Une voix grave, posant une question. La réponse du barman, indiscernable.

Le regard de la jeune fille se posa sur les documents qu'elle avait imprimés – au début, quand elle testait différentes polices de caractères.

« MEURTRES DE COUDRAY : QUI VEUT ÉTOUFFER LA VÉRITÉ ? »

Dans la pièce du haut, les pas se dirigeaient vers l'escalier. Clô resta immobile un instant, puis elle se décida. Inutile de prendre des risques. La jeune fille attrapa ses quelques pages, ôta sa clef USB de l'ordinateur et se leva.

Au même instant, les bruits de pas résonnèrent sur les vieilles marches en bois qui menaient à la cave. De plus en plus rapides.

70.

Michaël descendit les escaliers quatre à quatre, remonta rageusement le boulevard et arriva à la station Ménilmontant. Dire que, soixante-douze heures auparavant, le métro l'émerveillait encore, et que Paris lui faisait peur. Quelques jours de terreur et de poursuite, rien de mieux pour apprendre, très vite, les arcanes de la capitale – *voilà qui ferait une bonne accroche dans les brochures touristiques*.

Quarante-cinq minutes plus tard, il était sur la plateforme Grandes Lignes de la gare Montparnasse, pour vérifier la consigne qu'ils avaient réservée juste avant le départ de Laura. La consigne numéro dix. Elle était fermée par un code que Michaël avait laissé sur la boîte vocale du téléphone de leur mère. Ainsi, celle-ci pourrait leur faire parvenir un mot, des informations, un rendez-vous…

Mais la consigne était toujours vide.

Bien sûr, tenta de se raisonner Michaël. Il fallait lui laisser du temps. Peut-être Fiona Forbes n'avait-elle pas encore vérifié le répondeur. « Une fois par semaine », avait-elle écrit dans la lettre, mais après dix ans d'attente, sans doute n'était-elle plus aussi assidue.

Et si elle n'habitait pas à Paris ? Et si elle ne se trouvait pas en France ?

Et si elle était morte ?

Plutôt que de reprendre le métro, Michaël redescendit avec lenteur les escaliers mécaniques de la gare puis sortit dehors, sur le parvis de la tour Montparnasse. Il n'avait pas envie de rentrer. Besoin de faire quelque chose. En cas d'urgence, Ben l'appellerait, comme convenu.

La journée était magnifique, le ciel d'un bleu immaculé, le soleil chauffait le trottoir, exhalant des relents de goudron, d'ordures et de sucre. Les voyageurs se hâtaient vers les grandes portes vitrées, roulant de petites valises, montant vers les plates-formes ou courant pour ne pas rater leurs trains de banlieue. Devant Michaël, s'étalaient des échoppes de bonbons, vendant des crocodiles et des dauphins gélifiés de taille démesurée, des guirlandes de guimauve qui dégoulinaient en courbes écœurantes. Il y avait des stands de crêpes, de gaufres et de paninis, des touristes qui s'insultaient en espagnol, des filles blondes en short qui dévoraient des glaces, les yeux brillants.

C'était la vie. Là, devant Michaël, la vie simple et sale, complexe et drôle, pleine d'énergie et de possibilités, la vie normale que Laura et lui n'auraient peut-être jamais.

Notre existence est un cauchemar, pensa-t-il.

Il avança au hasard sur l'esplanade et acheta le journal *Libération* dans un kiosque. En pages intérieures, on parlait de la fusillade à la BSP : un court entrefilet, avec pour toute illustration une photo floue venant d'une caméra de sécurité. « Aucune explication n'a été trouvée pour l'instant, le ministre de l'intérieur, Nicolas Mankiewicz, s'est rendu lui-même sur les lieux ; il s'est entretenu avec les responsables de la direction de la banque… », *bla bla bla*, pensa Michaël, *bref, ils ne savent rien, ils ne font rien, et ceux qui ont tenté de m'assassiner devant des dizaines de témoins courent toujours. Comme à Coudray, on a l'impression que les gens se taisent, que la police étouffe l'affaire. Ce n'est pas normal.*

Les autres élèves, là-bas, à l'orphelinat. Clô… qui se disait l'amie de Laura. Pourquoi n'avaient-ils rien fait, pour témoigner ? Pourquoi n'avaient-ils pas protesté ?

Écœuré, Michaël jeta le journal dans une poubelle, puis continua de flâner sur le parvis. Il se sentait usé, las. Si Laura, à cette heure, n'avait pas été en danger, Michaël aurait bien aimé… eh bien, il aurait bien aimé tout laisser tomber ; il aurait sauté dans le premier train pour n'importe où, il aurait erré au hasard en Europe, sans chercher à fuir. Et tant pis si les Corbeaux le retrouvaient.

Au moins, comme cela, ce serait fini.

Son esprit se mit à divaguer et soudain, il eut un flash. Une vision.

Claire se tourne vers moi, dans une minuscule salle de bains, devant des carreaux colorés, décorés d'arabesques...

Michaël s'immobilisa, perplexe.

Que se passe-t-il ? Je rêve éveillé à présent ?

L'image, qui semblait venir de nulle part, ou peut-être du rêve oublié de la nuit précédente, lui rendit un peu d'énergie. Claire. La fille aux cheveux rouges.

Puis il eut un nouveau flash. Une image subliminale. Un nombre. *91*.

Michaël se frotta les yeux. Était-il en train de devenir fou ? Il sentit la colère monter en lui. *Je dois rester rationnel.*

Il se remit en marche et obliqua vers la droite. À quelques pas, il aperçut un arrêt de bus où attendaient une dizaine de personnes. Il leva la tête et vit approcher un autobus vert et blanc. Au-dessus du pare-brise, le numéro attira son attention. 91.

Il fronça les sourcils. Son cerveau lui jouait des tours. Phénomène de *déjà-vu* ? Oui, c'était sûrement cela : une paramnésie, la sensation d'avoir déjà vécu une situation présente. Un esprit scientifique comme le sien n'allait pas se laisser impressionner par une chose aussi banale. La paramnésie était due à un arrêt très court du fonctionnement cérébral. *Le cerveau cesse d'enregistrer les informations qu'il reçoit pendant un court instant, si bien que nous avons l'impression de revivre quelque chose que nous vivons pourtant pour la première fois.*

Toutefois, Michaël éprouva le besoin de monter dans le bus. C'était comme... C'était plus fort que lui.

Hésitant, il s'installa sur une banquette au fond. Le bus se mit en route vers le boulevard Montparnasse, se faufilant dans les embouteillages parisiens. Après trois arrêts, le véhicule se trouva plein à craquer ; serré sur son siège, Michaël laissa son esprit dériver. Ses yeux se perdirent quelque part au-delà de la vitre, sa vue se troubla, et les images lui revinrent.

Claire me prend la main, et elle murmure : « Ce n'est que le premier pas. »

Il se redressa brusquement.

Le rêve de cette nuit… Il *fallait* qu'il s'en souvienne, qu'il s'en souvienne dans son intégralité, et tout de suite !

Il se leva, bouscula les passagers devant lui, se glissa jusqu'à la porte qui venait de s'ouvrir, devant l'arrêt « Port-Royal », sauta dehors et se retrouva sur le trottoir, le cœur battant.

Il regarda autour de lui.

Là, un restaurant célèbre, *La Closerie des Lilas*, où il rêvait d'entrer un jour. Plus loin, une banque. Un kiosque à journaux. D'instinct, il s'engagea sur le boulevard.

Par terre, des feuilles mortes s'envolaient sur le béton, dessinant des arabesques.

Un serveur passe en tenant un plateau mordoré. Des feuilles s'envolent sur le trottoir, semblent reproduire l'arabesque des carreaux sur le mur.

On était en mai, et des feuilles mortes sur le trottoir, il n'aurait pas dû y en avoir. Mais le platane non loin du carrefour des Gobelins était malade ; ses feuilles jaunes, beiges et marron avaient recouvert le sol. Michaël avança, suivant la direction du vent et les feuilles portées par la brise, comme dans l'image à demi effacée qu'il gardait de la nuit.

C'était absurde, insensé. Il avait pris un bus sans réfléchir, il était descendu au petit bonheur… Mais la dernière fois qu'il avait laissé le hasard le conduire, il était tombé sur le pub où il avait trouvé le message de DK-Lion. Alors pourquoi ne pas se laisser guider à nouveau ? Après tout, il n'avait rien de mieux à faire. Pour l'instant.

D'accord. Mais suivre des feuilles ? Tu n'aurais jamais fait ça, avant…

Michaël traversa le carrefour, avança sur le boulevard Arago. Le soleil lui chauffait le dos et, à chaque pas, des morceaux du rêve oublié lui revenaient, comme les pièces d'un puzzle, comme les cailloux blancs du Petit Poucet.

Bientôt, il vit une fillette en robe jaune qui criait au coin d'une rue. Au loin, le métro aérien grondait sur ses rails, au-dessus de la gare d'Austerlitz.

… une petite fille court en riant sur le trottoir …

La petite fille s'engagea dans une rue à gauche, en agitant sa corde à sauter et en appelant « Maman ! ». Michaël tourna avec elle. Il la vit entrer dans un immeuble et disparaître.

Michaël s'arrêta, regarda autour de lui. La silhouette d'un grand bâtiment noir… qui, lui aussi, faisait partie du puzzle, il en était certain. Une grande grille menait à l'intérieur du Jardin des Plantes. Il entra.

Dans les allées du parc, le gravier crissait sous ses chaussures. Il faisait de plus en plus beau, le ciel d'un bleu profond détachait les formes élégantes des feuilles des marronniers. Les joggers passaient, buvant à pleine goulée l'air de l'été qui approchait.

Une adolescente croisa Michaël. Elle devait avoir quatorze ou quinze ans ; elle portait un bonnet de laine en plein printemps, des chaussures usées, un pantalon large et fatigué. Leurs regards s'accrochèrent, puis se lâchèrent. L'adolescente continua son chemin, se retournant pour jeter un dernier coup d'œil à Michaël.

Était-elle dans le rêve ? Ou avait-elle fait le rêve ? Était-elle une Shifter ? Tous les Shifters avaient-ils partagé ce rêve ? Michaël ne savait plus ce qu'il devait croire. À quelle réalité se fier.

Il s'arrêta, regarda frénétiquement autour de lui, dévisageant les promeneurs.

D'autres comme moi ? D'autres Shifters ?

Partout, tout autour de moi ?

71.

Marciac referma le dossier. Un sourire se dessina sur son visage.

Ce matin, l'un des Shifters du dortoir avait parlé. Et ce qu'il leur avait révélé sur le rêve allait permettre à la Compagnie de marquer des points.

Enfin.

Un joli coup de filet. Mandeville serait satisfait.

L'inspecteur de la Compagnie attrapa le combiné de son téléphone et composa le numéro de la section d'intervention.

72.

Figé dans l'allée du Jardin des Plantes, Michaël observait les passants.

Qui ? Qui, de tous ces badauds, était là pour les mêmes raisons que lui ? Qui avait fait le rêve ?

Pas le monsieur aux cheveux gris qui jouait avec ses petits-enfants près du banc. Pas les étudiants en train de réviser leurs cours près des rosiers.

Tariq, Ben, Laura et moi avons à peu près le même âge, réfléchit Michaël. *Et Claire, dans le rêve, aussi…* C'était leur lien le plus évident. Michaël devait donc d'abord se concentrer sur les adolescents.

Là-bas ? Une jeune Indienne d'environ quatorze ans, qui regardait derrière elle comme si elle était suivie. Elle se hâtait dans la direction opposée à celle que suivait Michaël.

La direction opposée. La première adolescente qu'avait croisée Michaël – celle qui portait un bonnet – allait, elle aussi, dans cette direction.

Le jeune homme fit demi-tour et sortit du parc. De l'autre côté de la rue, juste en face, se trouvait la façade immaculée de la Grande Mosquée de Paris.

Un bâtiment blanc à coupole, avec des liserés verts ou turquoise…

C'était *là*. Michaël sut, au plus profond de son être, que c'était le lieu de son rêve. Celui où il devait se rendre, où convergeaient peut-être les autres, et où, il l'espérait, il trouverait enfin Claire. La fille aux cheveux rouges.

Il entra dans l'édifice par une cour arborée de jeunes orangers en fleur, abritant des tables bleutées où les gens venaient boire un thé à la menthe ou déguster un loukoum. L'endroit grouillait de monde – les passagers de trois cars de touristes, deux allemands et un japonais, venaient de se disperser à l'intérieur. On n'y voyait pas à un mètre ; les serveurs sortaient des salles en pestant, portant très haut leurs larges plateaux de cuivre, criant aux clients de se pousser. Mais les touristes ne bougeaient pas, la plupart ne comprenaient pas le français. Il y en avait partout, massés dans la rue, dans le restaurant, le long de l'entrée du hammam et des cours intérieures.

Michaël se fraya un chemin entre les groupes et se retrouva dans une salle à manger, coincé entre un serveur qui tentait de passer avec son tagine et des clients de fort méchante humeur. De l'autre côté de la pièce, un garçon d'environ quatorze ans, qui portait un tee-shirt noir Naruto, regardait désespérément autour de lui. Sans savoir pourquoi, Michaël fut brusquement certain que « c'en était un ». Un Shifter. Il décida de le rejoindre mais, le temps qu'il traverse la salle, le garçon s'était volatilisé.

Il avait dû partir ou passer dans une autre pièce. Michaël poussa un soupir. Peut-être s'était-il fait des idées. Mais tout de même… Cette disparition si soudaine, presque devant ses yeux, avait quelque chose de bizarre.

Jetant un regard circulaire autour de lui, il remarqua une porte, fondue dans la peinture de la paroi, juste à l'endroit où le garçon se tenait un instant auparavant.

Michaël se glissa discrètement vers la porte et tenta de l'ouvrir. Fermée. Évidemment.

Il fit demi-tour. Du coin de l'œil, il crut apercevoir une

silhouette aux cheveux rouges, dans la seconde salle à manger.

— Claire ! s'écria-t-il sans réfléchir.

Il se précipita vers elle, bousculant sans pitié les touristes japonais. Une main lui saisit l'épaule et l'arrêta net dans sa course.

Michaël se retourna, le cœur battant la chamade.

— On ne court pas dans un établissement privé, jeune homme ! grogna un monsieur en costume – le gérant du restaurant, sans doute.

L'homme se lança dans un grand discours sur la politesse et le respect dû aux autres tout en lui tenant fermement l'épaule. Michaël aurait voulu se dégager de force, mais il ne voulait pas se faire remarquer.

Il s'excusa mille fois, jusqu'à ce que le gérant le lâche enfin, puis il fila le plus vite possible vers la deuxième salle à manger. Mais, bien sûr, Claire – si c'était-elle – n'était plus là.

Il pesta, chercha autour de lui, puis capta, sur sa droite, une silhouette dans un couloir – la fille au bonnet de laine, il l'aurait juré. Mais encore une fois, le temps de l'atteindre, il n'y avait plus personne.

Michaël retint une exclamation de rage, puis se prit la tête entre les mains, tentant de retrouver son calme, de contrôler sa respiration. Quelque chose n'allait pas. Les gens, comme par magie, s'évaporaient autour de lui et il luttait pour avancer.

Comme dans un cauchemar.

Pourtant, la scène qu'il vivait était bien réelle. Mais Michaël avait cette impression d'échec inévitable, de mouvements au ralenti, ce sentiment d'impuissance que l'on éprouve souvent lors d'un mauvais rêve.

Quelque chose ne va pas, se répétait-il.

Il regarda autour de lui, son malaise croissant.

73.

Clô grimaça. Les pas étaient de plus en plus proches. Il ne lui restait que quelques secondes pour réagir. Elle glissa ses affaires dans son sac et, tournant le dos à l'escalier, fila vers la réserve. C'était sa seule sortie de secours.

Elle traversa la salle obscure, gravit à toute allure la volée de marches puis arriva dans la cour qu'elle avait inspectée un peu plus tôt et où le linge finissait de sécher. Derrière elle, elle entendit des bruits sourds dans la cave, puis les pas reprirent, toujours dans sa direction.

Cette fois, ça ne fait plus de doute. C'est moi qu'on est venu chercher.

Le cœur battant, la jeune fille se mit à courir, passa une porte, puis tomba sur une seconde, qui était fermée, celle-là.

Merde.

Impossible de faire demi-tour. Il n'y avait pas d'autre issue et son poursuivant était toujours derrière elle.

La jeune fille fit un pas en arrière et donna un coup de pied dans le battant. Sans succès. L'idée de se faire prendre lui glaça le sang. Elle avait vu, à l'orphelinat, ce dont ces types étaient capables. Pas de scrupule, pas de pitié. Elle essuya la sueur à son front du revers de sa manche, inspira profondément et donna un nouveau coup de pied, juste à la hauteur de la serrure. Il y eut un craquement. L'un des gonds était sur le point de céder. Clô reprit espoir et frappa une troisième fois. La quatrième fut la bonne. La porte s'ouvrit d'un seul coup avec fracas.

La jeune fille se jeta dans la rue. Elle s'immobilisa et inspecta les deux côtés de la voie. Personne. Sans même prendre la peine de se retourner, Clô partit en courant en direction de l'orphelinat.

74.

Dans le groupe de touristes allemands debout près de Michaël, se trouvait un jeune garçon blond, sans doute de douze ou treize ans. Tous deux se dévisagèrent, hésitants.

Et lui ? pensa Michaël. *Si c'était un Shifter, lui aussi ? Si ce garçon avait fait les mêmes rêves que nous, mais en Allemagne ? S'il avait manipulé sa famille pour partir en vacances en France, parce que lui aussi, est attiré par la tour Eiffel… Peut-être a-t-il poussé ses parents à visiter la mosquée aujourd'hui ?*

— Tu es venu là pour elle ? chuchota-t-il.

Après tout, si le garçon n'était pas l'un des leurs, ce serait sans conséquence : il ne comprendrait pas, voilà tout.

— Tu es là pour elle ? répéta-t-il en articulant chaque syllabe. La fille aux cheveux rouges ?

Le garçon blond se contenta de secouer la tête, sans que Michaël sache si le « non » signifiait qu'il n'était pas là à cause du rêve, ou simplement qu'il ne parlait pas français. Puis la famille s'éloigna vers la boutique de souvenirs.

Michaël enfonça les mains dans les poches. Que faire,

maintenant ? Chercher dans le rêve des éléments qui pourraient le guider.

Le mur de carrelage…

Une salle de bains. Il fallait qu'il trouve la salle de bains.

Il se remit en route, luttant contre la foule… Une porte donnait sur les toilettes. Il l'ouvrit et se glissa à l'intérieur.

Aussitôt, il reconnut les lieux. Il ne s'était pas trompé. Les carreaux colorés recouverts d'arabesques, là, sur le mur, étaient bien ceux du rêve. Le lavabo en céramique, l'eau qui coulait du tuyau rouillé… Tout correspondait. Michaël frissonna.

Le silence régnait dans l'endroit désert. Un havre de paix au milieu du chaos. Il hésita. Que pouvait-il faire ? Fouillant dans son sac à dos, il en sortit un stylo. Puis, sans réfléchir, il écrivit sur le mur son numéro de portable. Juste son numéro, sans rien d'autre… et surtout pas son nom. C'était… approprié, non ? Après tout, DK-Lion lui avait laissé un mot sur un sous-bock dans un pub qu'il avait vu en rêve. Michaël répondait selon une méthode similaire.

Le numéro écrit, il le contempla un moment. *Tu as vraiment perdu la tête, mon garçon.*

Il haussa les épaules et sortit. Dans la pièce voisine, toujours autant de monde. La jeune Indienne qu'il avait repérée au Jardin des Plantes était debout à une trentaine de mètres de lui. Elle croisa son regard, sourit et, résolument, se dirigea vers lui. Michaël allait la rejoindre quand, tout à coup, on le poussa violemment. Un garçon d'environ seize ans, portant un blouson de cuir noir et chaussé de grosses Doc Martens, traversait la salle en courant, fuyant quelque chose, ou quelqu'un.

Quand Michaël se redressa, la jeune Indienne avait disparu.

Michaël se figea au milieu de la cour, glacé.

Disparu ? D'un seul coup, comme ça ? Comme le garçon au tee-shirt Naruto ? Juste devant lui, alors qu'une fraction de seconde auparavant, elle était là…

Tout a une explication rationnelle, se répéta Michaël. *Elle a disparu, parce que…*

Et d'un seul coup, tout lui sembla clair.

Parce que c'est un piège.

Les Corbeaux sont là. Parmi nous, dans la mosquée. Ils savaient que nous allions venir ici… Ils savaient que les Shifters allaient se réunir à la mosquée, attirés par leurs rêves. Et ils nous capturent un par un. Ils nous enlèvent, l'un après l'autre, dans la foule…

Le cœur battant, Michaël rebroussa chemin, son cerveau fonctionnant à toute vitesse.

Les Corbeaux ne m'ont pas encore repéré, pensa-t-il. *Sinon, ils m'auraient déjà pris. C'est un miracle. Mais dans quelques minutes, dans quelques secondes…*

Il fallait qu'il fuie.

Devant lui, les touristes japonais se dirigeaient vers la sortie ; il rentra la tête dans les épaules et se laissa porter par le flot, comme un poisson dans un courant marin.

Il traversa la cour, arriva jusqu'à la grille et s'arrêta net, coupé dans son élan par la foule immobile.

La sortie de la mosquée était bloquée par des barrières de fer.

75.

Laura était à genoux dans les toilettes et vomissait.

Son poignet droit était violet d'hématomes ; depuis la veille, on avait dû lui faire tant de piqûres que les produits lui avaient retourné l'estomac. Les mains crispées sur la cuvette, elle grimaça. Une terrible migraine lui hachait le cerveau. Comment avait-elle été assez stupide pour venir se jeter dans la gueule du loup ?

Puis elle se reprit. *Sauver Tariq.* Elle était venue pour cela. Il fallait qu'elle le trouve, et qu'elle donne des nouvelles à Ben et Michaël. Les pauvres devaient être morts d'inquiétude.

Après quelques minutes, elle se releva, se rinça la bouche et se lava longuement le visage. Puis, titubante, elle réintégra le minuscule dortoir dans lequel elle s'était réveillée en compagnie de Sébastien et Kim.

Il y avait des sandwichs sous Cellophane sur la table, ainsi que du jus d'orange, mais aucun des trois n'y avait touché.

Quelle heure était-il ? Faisait-il jour ? Nuit ? Ils étaient en sous-sol, il n'y avait pas de fenêtre. Leurs montres leur avaient été retirées et il n'y avait aucune horloge aux murs.

Tous trois s'étaient réveillés en même temps et avaient constaté qu'ils étaient seuls. Les deux autres, sans doute, ne faisaient plus partie du protocole.

Le dortoir était plongé dans une semi-pénombre. Peut-être espérait-on qu'ils allaient se reposer. Mais aucun d'eux ne dormait. Kim était allongée sur le lit, les yeux grands ouverts, et refusait toute conversation. Abrutie par les médicaments, hébétée par la peur, elle semblait sous le choc. Sébastien, assis sur sa couchette, faisait preuve d'un calme étonnant.

— Comment te sens-tu ? demanda-t-il quand Laura sortit de la salle de bains.

— Pas très bien, grommela Laura.

Sébastien jeta un coup d'œil vers le panneau de surveillance installé au-dessus de la porte. Trois micros placés bien en évidence espionnaient les conversations, tandis qu'une caméra balayait la pièce avec lenteur. Dès qu'il l'avait repérée, Sébastien avait chronométré le déplacement de l'objectif : le mouvement panoramique, d'un bout à l'autre de la salle, durait vingt-cinq secondes.

Il attendit un instant, se plaça dos à la caméra, puis fit signe à Laura de se taire.

La jeune fille poussa un soupir. Elle avait tant de choses à dire, tant de questions à poser. Était-ce la voix de Sébastien qu'elle avait entendue dans sa tête, quelques heures auparavant ? Et si oui, comment était-ce possible ? Le phénomène, en tout cas, ne s'était pas reproduit.

Sébastien désigna la caméra d'un geste discret, puis mima le mouvement de va-et-vient et compta vingt-cinq avec ses doigts. Laura acquiesça, pour montrer qu'elle avait compris.

— Je n'ai pas sommeil. Ça te dit de jouer au pendu ? demanda Sébastien en lui adressant un regard appuyé.

— Si tu veux.

Le jeune homme prit un crayon à papier et une feuille posés sur la table à côté de lui et, s'assurant que son dos bloquait l'angle de la caméra, il commença à écrire.

Que sais-tu ?

Tout en faisant semblant de parler des règles du jeu, il tendit le crayon à Laura qui se mit à griffonner à son tour.

Pas grand-chose.

Elle attendit un nouveau passage de la caméra, puis se remit à écrire à toute vitesse.

Rêves, tour Eiffel, assassins, Compagnie. Un ami prisonnier ici.

— Bon, alors, dit Sébastien d'un air faussement détaché. C'est à moi de commencer.

Il effaça ce qu'ils avaient écrit avec la petite gomme fixée à l'extrémité du crayon à papier, puis inscrivit un nouveau message.

Autres Shifters niveau d'en dessous. Prisonniers.

Laura sentit son cœur battre.

Shifters. Sébastien connaissait donc l'expression qu'avait utilisée leur mère. Elle réfléchit, se demandant ce qu'il était prudent de révéler. Pouvait-elle lui faire confiance ?

Elle se mordit les lèvres et se mit à griffonner.

Pas mon vrai nom.

Sébastien secoua la tête en souriant.

Moi non plus.

La caméra continuait son travail d'espion.

— Donc, je choisis un mot, dit-elle tout haut, et si tu le devines, c'est à ton tour ?

— Tu as tout compris, dit Sébastien, qui reprit le crayon.

Mémorise : www.neverland-project.com.

Laura hocha la tête.

Nous pouvons nous organiser et nous défendre.

Laura acquiesça de nouveau.

Il faut… commença-t-il à écrire, mais à cet instant, la porte du dortoir s'ouvrit brusquement.

76.

Les clients et les employés de la Grande Mosquée de Paris protestaient avec véhémence, mais les barrières de fer ne bougeaient pas.

Six policiers inquiets bloquaient le passage et un homme arborant le blouson de la ville de Paris expliquait, navré, qu'il y avait eu une alerte à la bombe et que les instructions étaient de ne laisser sortir personne. Une ambulance de la Croix-Rouge attendait non loin et, sur le trottoir d'en face, d'autres policiers communiquaient avec leurs talkies-walkies. La situation semblait leur échapper.

— Ordre du ministère de l'Intérieur, expliquait l'homme de la mairie. Je suis vraiment désolé… Nous devons respecter le plan Vigipirate.

Voilà pourquoi il y a tant de monde à l'intérieur, pensa Michaël. *Personne n'a le droit de partir…*

Il se glissa derrière une colonne pour réfléchir.

Si Laura était la plus réactive, Michaël était le plus calme. C'était un bon stratège, capable de peser le pour et le contre. Il devait garder le contrôle. *D'abord, prévenir Ben.* Le jeune garçon avait affirmé ne pas avoir rêvé, mais mieux valait ne pas prendre de risques. Michaël prit son téléphone portable et rédigea un SMS : *Quoi qu'il arrive, ne viens pas à la Grande Mosquée. C'est un piège. Te tiens au courant rapidement.*

Bien. Maintenant, sortir de là. Cela ne devait pas être si difficile. Les quelques policiers et les infirmiers de la Croix-Rouge, dehors, n'avaient pas l'air de maîtriser la situation.

Il suffirait de profiter d'un moment d'inattention, d'un mouvement de foule, et de se glisser discrètement sur le trottoir.

Mais pendant ce temps-là, les autres Shifters vont se faire capturer un par un par les Corbeaux.

Il devait y avoir des dizaines d'autres adolescents coincés dans la mosquée, tous attirés par le rêve… et piégés, maintenant, comme des mouches dans une toile. Et Claire – Michaël en était presque certain – en faisait partie.

Alors, que devait-il faire ? Tenter de sauver sa peau ? Ou essayer de les aider ?

Michaël ne perdit pas de temps à réfléchir. Il suivit son instinct et retourna à l'intérieur.

Son cœur battait très vite, mais cette fois, ce n'était pas la peur. Il montait en lui une sorte d'énergie, d'excitation nouvelle, malgré le danger. Faire front, comme il l'avait fait à l'orphelinat quand il avait tenu tête à Alexandre. Se défendre, résister. Ne plus être une victime…

Soudain, on lui donna un coup de coude. Michaël se retourna.

Le garçon blond – le jeune Allemand – était derrière lui. Il ne prononça pas un mot, mais d'un signe de tête, désigna le fond de la salle.

L'adolescente au bonnet de laine, qui avait toujours l'air de chercher quelqu'un, était debout près d'une arche. Juste derrière elle, une porte de service venait de s'ouvrir. Deux hommes en sortirent, habillés de costumes sombres. L'un d'eux tenait… une seringue ?

Michaël monta sur une chaise et se mit à hurler.

— C'est un piège !

L'adolescente au bonnet de laine sursauta ; derrière elle, les Corbeaux hésitèrent. Autour de Michaël, les conversations cessèrent. Les gens se mirent à le dévisager, interloqués.

— Quoi ? Qu'est-ce qu'il dit ? Il est fou ?

— Sauve-toi ! cria Michaël à l'adolescente. Ils sont derrière toi ! Cours !

La jeune fille plongea dans la foule sans demander son reste. Michaël sauta de la chaise sous le regard satisfait du jeune Allemand. Des bruits de course résonnèrent dans une cour adjacente – d'autres Shifters qui fuyaient ? Quelque part, quelqu'un renversa une table, puis répéta l'avertissement de Michaël : « C'est un piège ! Cassez-vous ! » Un nouveau vent de panique se répandit à travers toute la mosquée.

Michaël attrapa le jeune Allemand par les épaules, puis cria, en français, en anglais et en espagnol (les trois langues qu'il avait apprises à Coudray… pourquoi, mais pourquoi n'avait-il pas choisi allemand ?) :

— Dis à ton groupe qu'il y a un incendie ! Hurle : « Au feu ! » Sortez tous, faites sauter la barrière !

Le garçon le fixa. Impossible de savoir s'il avait compris. Furieux, les Corbeaux qui avaient raté la jeune fille au bonnet fonçaient à présent dans cette direction. Michaël fila dans le sens opposé. Après l'avoir maudite, il bénissait la foule qui le dissimulait. Il s'enfonça au hasard dans le dédale, traversa les boutiques de souvenirs où les vendeurs se pressaient aux fenêtres pour voir ce qui se passait dehors.

Fuir par les fenêtres ? Impossible, elles étaient défendues par des barreaux de fer.

— Au feu ! Au feu ! criaient des voix dans un salon.

Michaël s'y précipita.

— Mais qu'est-ce que tu racontes ? Il n'y a pas d'incendie, protestait une femme, tandis que son mari paniquait.

— Les touristes… Je les ai entendus crier, en allemand ! Ils courent vers la grille ! Il paraît que ça brûle ! Ils veulent forcer le barrage…

Bravo, se dit Michaël en pensant au jeune blond. *Bien joué…*

Ses mains étaient moites, son rythme cardiaque grimpait. Mais il ne devait pas perdre son sang-froid. La mosquée commençait à se vider. Les barrières avaient dû sauter…

Tant mieux, maintenant, il avait pris assez de risques, il fallait qu'il se sauve, lui aussi. Il se précipita vers la sortie…

Au milieu de sa fuite, il aperçut dans une cour, près de la fontaine, une silhouette qui le fit s'arrêter net.

Seule, immobile, une jeune fille semblait figée dans le temps, comme isolée du monde. Loin de la panique. Et elle portait de longs cheveux rouges.

— Claire !

Cette fois, la jeune fille l'entendit et se tourna vers lui.

Elle était trop loin pour que Michaël puisse distinguer ses traits, mais ils restèrent paralysés tous les deux, s'observant, le temps d'un battement de cœur. Michaël réalisa qu'il tremblait.

Claire. Si proche.

Son cœur se serra, sans qu'il sache vraiment pourquoi. Il fit un pas dans sa direction. Elle parla – chuchota, peut-être. Il crut entendre :

— … Michaël ?

Avait-elle vraiment prononcé son nom ?

Au même instant, trois Corbeaux firent irruption dans le couloir. À gauche s'ouvrait la cour où était Claire, à droite, la salle où était Michaël. Mais ce fut Claire qu'ils aperçurent en premier. Aussitôt, ils foncèrent vers la jeune fille…

Michaël sentit son sang se glacer. Sans hésiter, il hurla :

— Je suis Michaël Saurault !

Les Corbeaux s'arrêtèrent.

— C'est moi que vous voulez ! C'est moi que vous cherchez ! Par ici ! Venez par ici !

Les trois hommes se consultèrent du regard, perplexes, puis se tournèrent vers le garçon, abandonnant la jeune fille aux cheveux rouges derrière eux.

— Par ici ! cria Michaël une dernière fois…

Les Corbeaux se précipitèrent vers lui et Michaël prit ses jambes à son cou.

Profitant du mouvement de foule qui se pressait vers l'extérieur, il se faufila entre les touristes exaspérés. La peur et l'adrénaline aiguisaient son attention. Là, un policier ; il fit un pas de côté. Ici, un Corbeau ; il se cacha derrière un homme aux larges épaules.

Les barrières étaient bien renversées, et cela faisait longtemps que les policiers ne pouvaient plus contenir le flot des occupants de la mosquée. Michaël passa avec les autres puis fila vers la droite, baissant la tête pour n'accrocher aucun regard. Arrivé au coin de la rue, il se débarrassa de sa veste, la jeta dans une poubelle, mit les mains dans les poches et, d'un pas faussement désinvolte, disparut dans une ruelle adjacente.

77.

Le cœur de Laura ne fit qu'un bond. Sautant sur ses pieds, elle se précipita vers le médecin qui venait d'entrer et se plaça entre lui et Sébastien.

— Qu'est-ce… Qu'est-ce que nous faisons ici ? Qu'est-ce que vous nous avez injecté ? J'ai mal à la tête et je viens de vomir ! Je ne me sens pas bien…

— Allons, allons, ne t'inquiète pas. C'est normal. Ce sont des effets secondaires des somnifères…

Le docteur attrapa le tensiomètre autour de son cou.

— Assieds-toi là. Je vais prendre ta tension.

Laura jeta un regard discret derrière elle. Sébastien était assis sur sa couchette, se massant les tempes avec une grimace de douleur. Le papier avait disparu.

Le docteur termina son examen puis il prit le pouls de Laura et lui adressa un sourire réconfortant.

— Tout a l'air d'aller normalement.

— Moi aussi, docteur, intervint Sébastien… Je… On dirait que j'ai un marteau-piqueur dans le crâne… Franchement, les documents nous avaient prévenus que le protocole ne serait pas de tout repos, mais là…

Le médecin acquiesça, puis leva la tête vers Kim.

— Et toi, tu as des migraines aussi ?

Kim, terrifiée, se contenta de secouer négativement la tête. Elle avait encore des larmes au coin des yeux.

— Très bien, vous deux, suivez-moi, dit le docteur à Sébastien et Laura. Je vais vous faire une petite injection, vous vous sentirez beaucoup mieux.

Les deux adolescents se levèrent péniblement, puis sortirent dans le couloir désert. Laura suivit le docteur, le cœur battant. Devait-elle saisir l'occasion pour… pour faire quoi exactement ? Fuir ? Tenter de retrouver Tariq ? Oui, c'était peut-être le moment d'agir…

Elle hésitait encore quand le docteur tapa un code – que Laura, perdue dans ses pensées, ne pensa pas à relever. Ils entrèrent dans une minuscule salle d'examen.

— Asseyez-vous.

Laura jeta un coup d'œil à Sébastien. Il lui fit un signe rassurant et prit place sur l'une des chaises. La jeune fille l'imita. Mais l'idée d'être piquée une nouvelle fois lui donnait déjà la nausée.

Ce médecin, toutefois, ne ressemblait pas à ceux de la veille. Une certaine chaleur, une compassion relative se dégageait de sa voix, de ses gestes. Ou bien n'était-ce que de la comédie ?

Il fit une injection aux deux adolescents.

— Bien, restez là le temps que le produit agisse, dit-il. Je reviens dans cinq minutes. J'ai vu que vous n'aviez pas touché à vos sandwichs… Je vais vous chercher quelque chose de sucré à grignoter, ça ne vous fera pas de mal.

Il était à peine sorti que Sébastien sautait sur ses pieds.

— J'ai laissé mon téléphone dans la salle d'examen, sous le radiateur, chuchota Laura, mais Sébastien posa son doigt sur la bouche.

Bien sûr. Il avait raison. Cette salle aussi était sans doute surveillée. Frustrés, les deux adolescents s'observèrent en silence. Sébastien fixa Laura un instant, comme s'il voulait… lui transmettre quelque chose. Une pensée ?

Sans succès. Aucune voix ne résonna dans la tête de Laura.

Sébastien sourit – un petit sourire déçu, peut-être même empreint d'une certaine lassitude. Laura hocha simplement la tête, puis lui rendit son sourire, un peu fatigué, un peu triste. Ils s'observèrent un moment.

Alors Sébastien s'approcha de la porte, la testa. Elle n'était pas verrouillée de l'intérieur.

Il fit un dernier clin d'œil à Laura… et sortit.

Le temps que Laura réagisse, il avait disparu.

La jeune fille resta bouche bée au milieu de la pièce. Il était *parti*… Parti comme ça, sans rien dire, dans les couloirs, malgré les caméras et les gardes pour… Pour faire quoi ? Espionner ? Délivrer les prisonniers ? Comptait-il revenir dans les cinq minutes, avant le retour du docteur ?

La jeune fille bouillait sur place, avide d'agir. Elle n'avait pas envoyé de SMS à Ben depuis… Depuis quand ? Des heures sans doute, une journée peut-être. Michaël allait s'inquiéter, il allait venir, et lui aussi serait pris au piège. Parce que c'était bien un piège, une prison.

Laura arpenta la salle, réfléchissant. Après tout, elle n'avait jamais demandé à partir ! La retiendraient-ils contre son gré ? Les caméras, les micros, tout le laissait penser… mais elle n'en avait pas la preuve absolue.

Elle fit un pas vers la porte.

À la banque… Il y avait eu cet étrange phénomène, où elle avait pu se déplacer sans que personne ne la voie. Peut-être cela se reproduirait-il. Peut-être que si elle poussait cette porte… Qu'elle filait dans les couloirs de la clinique… Peut-être serait-elle, comme là-bas, invisible aux yeux des autres…

Allez. Il est temps de prendre des risques…

Sans plus réfléchir, elle sortit.

Le couloir était désert. Sébastien avait mentionné des prisonniers.

Laura tourna à gauche, cherchant l'escalier… et tomba nez à nez avec un infirmier.

78.

Michaël marcha longtemps, sans ralentir, sans se retourner, ignorant si les prédateurs étaient toujours sur ses traces. Ses pieds lui faisaient mal, ses jambes peinaient à le porter, il était fourbu de courbatures et le souffle, même, commençait à lui manquer. Mais il était dehors. Libre. Provisoirement, sans doute.

Quand il s'arrêta enfin, à bout de forces, il se trouvait au milieu d'une rue sombre, dans un quartier inconnu de Paris. Il s'écroula sur une marche, dans le renfoncement d'un immeuble, et essaya de reprendre ses esprits.

Il était épuisé, secoué de nausée. Le choc de ce qu'il avait vécu, du péril qui l'avait frôlé lui révulsait l'estomac. Il frissonna puis se mit à trembler comme une feuille, sans pouvoir s'arrêter.

Lui, si prudent, si timide. Comment avait-il pris de tels risques ? Pour sauver des Shifters ? Pour sauver la fille aux cheveux rouges. Les images de la mosquée défilaient dans sa tête comme celles d'un songe flou. Était-ce vraiment Claire qu'il avait aperçue ? Sa manœuvre pour la sauver avait-elle fonctionné ? Où était-elle maintenant ? Et surtout, qui était-elle vraiment ?

Les minutes passèrent et les frissons s'apaisèrent.

Michaël se releva, hésitant. Il regarda son portable : pas de nouvelles, pas de SMS de Ben, ni de Laura. L'incertitude et le doute continuaient de le tarauder. Que devait-il faire, maintenant ? N'était-il pas temps d'aller à la rescousse de sa sœur ?

De l'autre côté de la rue, une femme traversait avec son petit garçon. Arrivé sur le trottoir, l'enfant raconta une anecdote. Sa mère rit et lui passa tendrement le bras autour des épaules.

Michaël les regarda s'éloigner, mélancolique. Il éprouva alors le brusque besoin de retourner gare Montparnasse, à la consigne. C'était ridicule, il se montrait trop impatient. Mais c'était plus fort que lui.

Il se remit en route, erra un peu avant de trouver une bouche de métro, puis retourna à Montparnasse.

À présent, il connaissait le chemin par cœur. Il monta les marches, traversa la plate-forme et se dirigea droit vers la salle des consignes. Passant le portique de sécurité, il courut vers le casier numéro dix.

Les doigts tremblants, il composa le code de sécurité. La porte s'ouvrit avec un cliquetis électrique.

Une lettre l'attendait à l'intérieur.

79.

— Que faites-vous là ? demanda l'infirmier d'un ton rogue.

Le phénomène de la banque ne s'était pas reproduit. Tant pis. Laura ne perdit pas son aplomb.

— Je regagnais mon dortoir. Le docteur vient de nous faire une piqûre en salle d'examen.

La prenant par le coude, l'homme la raccompagna dans la pièce, tandis que Laura se maudissait intérieurement de ne pas avoir mieux préparé sa tentative.

— Où est le garçon qui était avec vous ? demanda l'infirmier d'un ton agressif.

— Je ne sais pas, dit Laura en croisant les bras. Pourquoi ?

L'infirmier secoua la tête, puis il prit un talkie-walkie dans sa blouse blanche, sortit de la pièce en refermant la porte à clef.

Laura sentit les battements de son cœur s'accélérer. Son impulsivité avait-elle fait tout échouer ?

La porte s'ouvrit à nouveau. Deux gardes et un médecin furieux firent irruption dans la pièce.

— Où est Sébastien ?

— Aucune idée.

— Vous vous moquez de moi ?

— Ça ne me viendrait pas à l'esprit, répondit Laura avec une naïveté insolente.

Le docteur fit une grimace rageuse et sortit une seringue orangée de sa poche.

— Qu'est-ce qu'il y a là-dedans ? demanda Laura en reculant.

— Donnez votre bras, ordonna brutalement le médecin.

Mais la jeune fille se défendit. Si c'était un sérum de vérité ? Elle se trahirait, et Michaël et Ben avec elle…

— Donnez votre bras, répéta l'homme.

— Non !

Les deux gardes saisirent Laura par les épaules et l'obligèrent à se rasseoir.

— Arrêtez ! protesta la jeune fille. Je… Je ne veux plus faire partie de votre foutu protocole !

— Trop tard, ma belle.

Le médecin tenta de lui planter la seringue dans le bras. La jeune fille se débattit, à coups de pied, à coups de poing ; la seringue vola et éclata sur le carrelage. Le médecin tenta une seconde injection, qui eut le même sort que la première, alors que Laura se tordait pour leur échapper…

De sa ceinture, un garde sortit un appareil métallique. Laura reconnut ces petits pistolets à impulsions électroniques que les policiers portaient sur eux depuis quelques années. Un taser.

— Si tu bouges encore, tu vas goûter à ce truc-là, petite peste.

Mais Laura continua de se débattre. Le garde exécuta aussitôt sa menace. La jeune fille hurla de douleur, secouée par une épouvantable décharge.

Elle s'écroula, sans perdre connaissance.

— Mettez-la avec l'autre ! ordonna le médecin.

Paralysée, choquée, au bord de l'inconscience, Laura se laissa porter par les gardes. Elle les sentit la traîner hors de la pièce. Un nouveau corridor… Ses pieds glissaient sur le carrelage et elle peinait à maintenir sa tête droite.

Le bruit d'une porte. On la jeta à l'intérieur d'une pièce minuscule ; elle voulut se retenir au mur mais ses jambes se dérobèrent et elle s'écroula par terre.

La porte se referma.

Laura, les yeux embués de larmes, se retourna péniblement. Son cœur se serra aussitôt. Dans la pénombre, elle avait reconnu le visage pétrifié de Tariq.

80.

Michaël, les doigts tremblants, attrapa lentement l'enveloppe. Elle leur était adressée : « Pour Laura et Michaël ». C'était bien l'écriture de Fiona Forbes, tout au moins la même écriture que celle du message qu'ils avaient trouvé à la banque. Et savoir que ces quelques mots venaient d'être écrits le bouleversa. Leur mère était donc bien vivante. Vivante.

Trop impatient pour attendre, Michaël ouvrit aussitôt l'enveloppe, comme ça, au milieu de la salle des consignes. La gorge nouée, il lut la lettre d'une traite. Le texte était bref mais affectueux. Elle leur donnait rendez-vous quatre jours plus tard, à une heure précise, à une adresse dans le Marais. « Je suis si impatiente de vous revoir… », concluait Fiona, avant de signer.

Michaël prit une profonde inspiration. Il relut la lettre une deuxième fois, puis il la glissa dans l'enveloppe et la rangea dans sa poche.

81.

— Laura ! s'écria Tariq, incrédule.

Il s'agenouilla à ses côtés et l'aida à s'asseoir. La jeune fille cala son dos contre la paroi, secouée de spasmes. La douleur avait disparu, mais la décharge électrique l'avait étourdie.

— Ces salauds, ils ont… ils ont utilisé un taser !

— Laura, Laura, répétait Tariq, consterné.

Il lui massa les bras, les épaules, essayant de calmer ses secousses et de la réconforter.

— Mais qu'est-ce que tu fiches ici ? finit-il par demander d'une voix rauque.

Laura toussa, prit une profonde inspiration, reprenant peu à peu le contrôle de son corps. Tariq la massait toujours, et ce n'était pas désagréable – loin de là –, mais il fallait qu'elle réponde…

Dire quoi ? « Je suis venue te chercher ? Parce que j'ai un faible pour toi ? Parce que tu m'exaspères, mais que je crois qu'au fond… je t'aime *vraiment* bien ? »

— Je… Nous avons reçu ton SMS, bredouilla-t-elle.

Elle s'interrompit brusquement, horrifiée, et regarda autour d'elle.

— Il n'y a pas de micros, précisa Tariq. Ni de caméras. Crois-moi, j'ai eu le temps de m'en assurer…

— Très bien…, dit Laura, qui ne savait toujours pas quoi dire. Oui, donc, après ton SMS, nous avons décidé de, euh…

Une quinte de toux bienvenue l'interrompit.

— … d'enquêter sur la clinique, pour voir ce qui se tramait vraiment ici.

— Je ne pensais pas que tu allais débarquer en personne. En fait, je voulais vous prévenir, vous empêcher de me suivre… Michaël ne t'a pas accompagnée, j'espère ?

— Non. Non, je suis seule.

Comment ça, « Michaël » ? Il est plus inquiet pour Michaël que pour moi, ne put-elle s'empêcher de penser. Puis elle se morigéna… Ridicule. Elle était ridicule.

— Pourquoi t'ont-ils jetée ici ? demanda Tariq. En ma compagnie, dans la cellule des réfractaires ? Tu leur en as fait voir de toutes les couleurs, hein ? ajouta-t-il avec un pâle sourire.

Sans entrer dans les détails, Laura résuma ce qui lui était arrivé. Tariq entama à son tour son récit. Il avait subi les mêmes tests que Laura, le même traitement…

— … et comme toi, j'ai fait l'erreur de réussir ces foutus tests, expliqua-t-il. Enfin, dans le groupe, nous étions deux…

— Deux Shifters, murmura Laura, et Tariq continua :

— Ils ont « libéré » les autres en leur disant qu'ils ne correspondaient pas au protocole, ils nous ont labouré le cerveau, ils nous ont injecté le contenu entier de leur armoire à pharmacie, ces enfoirés… C'est là qu'ils ont trouvé mon téléphone. Ils ne fouillaient pas encore les candidats à l'entrée. Du coup, ils m'ont obligé à envoyer des messages à ma famille pour dire que tout allait bien. J'ai raconté que « Laura » était ma tante, que je logeais chez elle, et qu'elle allait remuer ciel et terre si elle n'avait pas de nouvelles…

— Très habile, dit Laura. Je ne sais pas si j'aurais eu ton sang-froid.

— À la fin, ils nous ont emmenés dans une sorte de dortoir aux murs noirs, où il y avait déjà d'autres adolescents, comme nous. Prisonniers, certains depuis des semaines. En assez mauvais état… Et là…

Tariq frissonna, puis eut un geste de dérision :

— Passons sur les détails. Bref, j'ai réussi à m'échapper…. Et puis, ils m'ont rattrapé.

Laura secoua la tête.

— Je ne comprends pas ce qu'ils veulent. Ce qu'ils font. Ces expériences… Quel est leur but ?

— Ils étudient nos rêves, Laura. Je dirais aussi qu'ils

analysent nos… capacités mentales. Celles des… gens comme nous. Le mot que tu viens de prononcer… « Shifters »… C'est celui qu'ils utilisent pour nous désigner.

— Oui, dit Laura avec une certaine amertume. Cela semble être le terme officiel.

Après une hésitation, elle ajouta :

— Et nous deux ?

Tariq la regarda bizarrement et Laura clarifia aussitôt :

— Que vont-ils faire de nous deux ?

Le jeune homme haussa les épaules.

— Je ne sais pas. Peut-être…

Il la regarda, hésitant, puis força un sourire avant de répéter :

— Je ne sais pas. Mais ne t'inquiète pas. Je vais trouver une solution. Je vais nous sortir d'ici.

Laura se leva maladroitement et regarda autour d'elle. Il n'y avait pas grand-chose à voir : la cellule, aux murs entièrement métalliques, n'excédait pas une dizaine de mètres carrés. Pas de fenêtre, pas de lucarne, pas de couchette… Et de toute manière, se répéta-t-elle, ils étaient au sous-sol. Très, très profondément enfouis.

Elle réprima un frisson.

— Tariq…

— Oui ?

— Je voudrais m'excuser. Je… la manière dont je t'ai parlé, quand tu es parti… Les choses que j'ai dites…

— Oh, ce n'est pas grave, commença Tariq, mais Laura l'interrompit :

— Si, c'est grave. C'était idiot…

— Ça va, je te pardonne !

Malgré la douleur, son reste de nausée et la migraine qui se développait, Laura ne put s'empêcher de rire.

— J'ai dit que je ne viendrais pas te chercher…

— Eh bien, tu es venue, c'est oublié.

Il y eut un silence. Laura, gênée, regarda autour d'elle.

— Ils ne vont pas nous garder longtemps ici. Pas de lit, pas de toilettes…

— Ils m'ont fait sortir quand c'était nécessaire, et ils m'ont nourri. Mais tu as raison. Ils ne vont pas nous garder longtemps…

Quelque chose dans son expression inquiéta Laura.

— Tariq, si tu sais quelque chose, dis-le-moi. Je suis capable de le supporter.

— Inutile de paniquer pour l'instant, gamine.

— Ne m'appelle pas gamine ! répliqua Laura, exaspérée. Et n'essaye pas de me protéger, OK ? J'ai réussi à arriver jusqu'ici…

— Oui, oui, c'est très bien… Le problème, c'est qu'entrer dans la clinique, c'est facile. En sortir, c'est plus compliqué…

— Facile ? T'es gonflé ! Je me suis inscrite sous une fausse identité, j'ai pris des photos, j'ai envoyé des rapports à Ben et Michaël, je… je me suis créé des contacts…

— C'est très bien, répéta Tariq, d'un ton que Laura trouva condescendant.

— N'empêche, si tu m'avais écoutée… Je t'avais dit de ne pas venir dans cette clinique ! lâcha Laura, qui sentait l'énervement monter. Je t'ai supplié de ne pas y mettre les pieds… C'était un piège et tu t'y es jeté comme un imbécile, en m'entraînant avec toi…

— Eh ! Oh ! Tu n'avais qu'à pas venir ! répliqua Tariq, qui commençait lui aussi à perdre son calme.

— C'est toi qui as envoyé un SMS !

— Pour vous prévenir du danger !

— Tu as raison ! La prochaine fois, je resterai chez moi ! cria Laura, que l'épuisement rendait susceptible.

Au même instant, un garde donna un coup de matraque dans la porte pour les faire taire. Les deux adolescents sursautèrent, puis plongèrent dans un silence tendu. Tariq soupira et se laissa tomber sur le sol, du côté opposé, en se prenant la tête dans les mains.

Laura resta debout un instant avant de s'asseoir à son tour. Mais pourquoi diable s'emportait-elle ainsi ? Comment Tariq faisait-il pour l'énerver à ce point ?

La mâchoire serrée, elle essaya de penser à autre chose. À l'essentiel.

Il fallait trouver un moyen de s'enfuir.

82.

Quand Michaël rentra dans l'appartement, Ben était assis au milieu du salon. Les coudes posés sur la table basse, il fixait désespérément son téléphone portable.

— Elle n'a pas appelé ? demanda Michaël, mais il connaissait déjà la réponse.

Le jeune garçon fit non de la tête. Michaël se laissa tomber lourdement sur le sofa.

— Le dernier SMS qu'elle nous a envoyé remonte à hier midi.

— Peut-être que son téléphone ne capte pas, hasarda Ben. Peut-être qu'elle ne peut pas envoyer de nouvelles…

— Peut-être. Ou alors, il est arrivé quelque chose. Je ne peux pas rester ici les bras croisés. Je vais aller la chercher.

Ben se leva aussitôt.

— Je t'accompagne, dit-il d'un ton ferme.

— Tu es sûr ?

— Oui. Moi non plus je n'en peux plus de rester ici. On est tous dans la même galère, Michaël. Il faut qu'on se soutienne les uns les autres.

Michaël hocha la tête. Oui. C'était ce qu'il pensait, lui aussi. Contre la Compagnie, contre les Corbeaux, les Shifters devaient s'entraider. Sinon, ils n'auraient aucune chance. La partie serait perdue d'avance.

Les deux garçons rassemblèrent leurs affaires, sortirent de l'appartement et prirent le métro en direction d'Aubervilliers.

Dehors, la ville semblait toujours la même. Les Parisiens pressés ignoraient ce qui se tramait. Le monde continuait, tournait sans eux, sans se soucier de leurs souffrances ni des dangers qu'ils couraient.

Michaël soupira. Laura n'était pas à ses côtés. Malgré la présence de Ben, il ne s'était jamais senti aussi seul.

83.

Clô était rentrée à l'orphelinat, le cœur battant. Elle s'était glissée à l'intérieur sans se faire repérer et avait filé en cours de français, tandis que les autres élèves, tous au courant de ses activités de la journée, lui jetaient des regards curieux.

Pendant la récréation, ils la pressèrent de questions et

Clô raconta ce qu'elle avait fait, les titres qu'elle avait choisis, les e-mails qu'elle avait envoyés… Mais bizarrement, elle évita de parler de son moment de panique, des pas qu'elle avait entendus en haut dans le café et de sa fuite. C'était… complètement idiot, quand on y réfléchissait. Un groupe de clients étaient entrés dans l'établissement, ils allaient descendre à la cave pour une raison quelconque, elle avait pris peur et s'était sauvée comme un lapin.

Avec toute cette histoire de « conspiration », elle s'était monté la tête…

Après le goûter, elle voulut montrer son blog à Yosra, mais la connexion Internet était interrompue dans tout l'orphelinat. Le directeur était venu s'excuser auprès des professeurs – un petit problème de câble, avait-il déclaré, tout serait réparé le lendemain.

Clô se sentit mal à l'aise toute la soirée. Elle aurait pu partager ses doutes avec les autres élèves. Mais elle n'osa pas. La peur du ridicule, sans doute, mais une autre crainte, plus diffuse, l'agitait aussi. Elle avait l'impression d'avoir pris trop de risques, de s'être trop exposée (*Exposée ? À quoi ?*), et elle redoutait d'entraîner d'autres « innocents » avec elle.

C'est idiot. Je ne cours aucun danger… Internet sera rétabli demain, j'irai voir si j'ai reçu des réponses.

La jeune fille s'installa à son bureau pour travailler sur sa dissertation en cours : « Le mythe de Prométhée », accompagné d'un compte-rendu de la pièce de théâtre d'Eschyle, à laquelle ils avaient assisté la veille de… la veille de l'attaque, et des assassinats.

Clô tenta de se concentrer. Après tout, sa moyenne de français était en jeu. Elle feuilleta sa documentation. Un tableau du XVIe siècle représentait des corbeaux noirs dévorant le foie de Prométhée enchaîné. Des corbeaux, ou des vautours ? On aurait dit des corbeaux.

Dehors, le soleil se couchait.

Je ne cours aucun danger, se répéta-t-elle.

Il fallait qu'elle travaille. Refoulant ses sombres pressentiments, elle prit son stylo et se pencha sur sa copie.

84.

Le ciel s'assombrissait quand Michaël et Ben atteignirent la clinique. La lune se dessinait progressivement au milieu des nuages, l'air était frais, presque froid.

Ils traversèrent le chantier qui s'étalait au nord de la clinique, à l'ombre des gros engins de travaux abandonnés pour la nuit. Au dernier étage de l'établissement, quelqu'un travaillait, ou veillait. Une lumière tamisée filtrait sous la verrière du dôme. Le reste du bâtiment était plongé dans l'obscurité.

Le grand édifice, strié de poutres métalliques, suggérait la forme inquiétante d'un immense animal assoupi.

— Comment allons-nous entrer ? murmura Ben.

Michaël secoua la tête.

— Je n'en ai pas la moindre idée.

Restant cachés dans l'ombre, ils firent le tour de la clinique et étudièrent la situation. Le hall d'accueil, fermé pour la nuit, était surveillé par trois gardes. Les autres portes étaient verrouillées, ou protégées par des digicodes ;

des rideaux de fer fermaient les garages. Dans la partie la plus ancienne, construite en briques rouges, ils découvrirent une grande porte métallique rouillée à deux battants.

— Que dit le plan ? chuchota Ben.

Michaël jeta un dernier coup d'œil sur les documents qu'il avait emportés avec lui – le plan de l'ancien entrepôt militaire, sur lequel avait été construite la clinique.

— Ça correspond, murmura-t-il. Cette aile-là… en briques… Elle faisait partie du vieux bâtiment.

Ils continuèrent leur tour, jusqu'à revenir à leur point de départ. Un garde apparut devant les portes vitrées du hall. Sans doute effectuait-il des rondes régulières.

— C'est une forteresse imprenable, maugréa Michaël.

Échouer si tôt – non, échouer avant même d'avoir commencé… C'était pire que tout. Les minutes passaient et l'angoisse du jeune garçon montait. Laura avait besoin de lui, il était tout près d'elle, sans pouvoir la rejoindre…

— Nous allons trouver une solution, murmura Ben, comme s'il lisait dans ses pensées. La grande porte rouillée, de l'autre côté… C'est notre meilleure chance. Peut-être en la forçant ?

Michaël hocha la tête sans y croire, et ils attendirent que le gardien ait terminé sa tournée avant de revenir près de l'aile en briques rouges.

Évidemment, la porte, bien que rouillée, était hermétiquement close. Leurs efforts silencieux pour l'ouvrir se révélèrent vains, et la rage de Michaël ne fit qu'augmenter.

— Nous devons trouver une solution ! s'exclama-t-il en tapant du poing sur la paroi.

— Il y a sûrement un moyen, murmura Ben.

Michaël ferma les yeux, découragé. L'image de sa sœur, prisonnière, brûlait son esprit. Les battements de son cœur s'accélérèrent. Il sentait presque sa présence, là, à quelques mètres de lui. Laura. Sa moitié. Son double. Son autre moi. Rien ne devait, rien ne pouvait les séparer. Sa tête se mit à tourner. Ce fut comme s'il sombrait dans un songe éveillé. Deux êtres séparés par un mur immense, qui ne cessait de croître. Deux silhouettes, la sienne et celle de sa sœur, qui, lentement, s'éloignaient l'une de l'autre. Le visage de Laura devint incertain, flou, commença à disparaître. Les poings de Michaël se serrèrent. Ses ongles s'enfoncèrent dans ses paumes, à lui faire mal. Il ne pouvait pas laisser faire ça. Les laisser prendre Laura. Il lutta contre cette image obsédante. C'était comme s'il avait voulu courber l'espace et le temps. Réunir, par la force de l'esprit, ces deux silhouettes solitaires, détruire tout ce qui les séparait. Il sentit les gouttes de sueur couler sur son front, son corps se raidir.

Puis ce fut comme si un immense étau invisible lui enserrait le crâne. Il voulut hurler de douleur, mais aucun son ne sortit de sa gorge.

— Michaël ! s'écria Ben en secouant son ami.

Le garçon ouvrit aussitôt des yeux hagards, comme s'il émergeait d'un sommeil agité.

— Que… Qu'est-ce qu'il y a ? bredouilla-t-il.

— C'est toi qui as fait ça ?

— Qui a fait quoi ?

— La porte…

— Eh bien ?

— Regarde, elle s'est ouverte toute seule.

85.

L'assistant du docteur Roger fut réveillé par les bips aigus des écrans de contrôle.

Il se redressa, vérifia qu'il était toujours seul, un peu honteux de s'être endormi dans son fauteuil. Puis il leva la tête vers les appareils de monitoring reliés aux neuf Shifters du dortoir noir.

Les neuf courbes, quasiment identiques, dessinaient des pics au-delà des normes habituelles.

Il bascula le système de surveillance en mode vidéo. Après la séance d'interrogatoire de la nuit dernière qui avait permis au docteur d'obtenir des détails sur le rêve de la mosquée, les cobayes avaient de nouveau été bourrés de somnifères.

Ils devaient dormir…

L'homme étudia les écrans : les adolescents dormaient en effet, mais ils semblaient particulièrement agités. Leurs corps étaient secoués de spasmes. Sous leurs paupières closes, on devinait les mouvements brusques de leurs yeux.

L'infirmier attrapa le téléphone sur la console et composa le poste du docteur Roger.

— Oui ?

— Docteur, il faut que vous descendiez tout de suite en salle de monitoring. Il se passe quelque chose d'anormal.

86.

— Il se passe quelque chose, dit Laura.

Tariq et elle n'avaient pas prononcé un mot depuis leur dispute. Le jeune Marocain était appuyé contre le mur, bras croisés, silencieux et grave.

Les secondes passèrent.

Tariq décroisa les bras.

— Tu as raison…

Ils se regardèrent et ce fut comme si le sentiment de danger effaçait, d'un coup, leur rancune et leurs dissensions. Laura avait raison : quelque chose n'allait pas. Ils éprouvaient tous les deux cette tension dans l'atmosphère, cette attente. Un sentiment de malaise, bien plus important que le simple embarras de leur altercation.

— On dirait… que j'entends une sonnette d'alarme, expliqua Tariq, sauf que… Sauf que je n'entends rien. Désolé. Ça n'a pas de sens, mais…

— Je comprends parfaitement ce que tu veux dire, murmura Laura en se levant. J'ai exactement la même sensation.

Elle n'en pouvait plus ; les effets secondaires des produits qu'on lui avait injectés, l'enfermement dans cette minuscule cellule, tout lui pesait sur les nerfs. Et maintenant…

Elle se tourna vers Tariq et le regarda fixement. Dans ses yeux, se lisait une peur qu'elle ne pouvait plus masquer. Une peur authentique, profonde.

Tariq se leva à son tour. Laura n'avait jamais eu peur, ou, du moins, elle ne l'avait jamais montré, pas depuis qu'il la connaissait. Pas même pendant l'épisode du train ou quand les Corbeaux les avaient attaqués, lui et sa famille.

Il s'approcha d'elle, la prit par les épaules et la serra contre lui.

Ensemble, ils attendirent.

Ils ne pouvaient rien faire de mieux.

87.

Le téléphone de Mandeville sonna.

Dans le salon Millenium de l'hôtel Four Seasons, à New York, l'ambiance était feutrée et les conversations discrètes. Derrière le bar en noyer, le serveur remplissait les verres de cognac ; des femmes d'un certain âge discutaient bijoux et placements financiers à voix basse sur des fauteuils de cuir. Les quatre invités de Mandeville représentaient chacun l'une des organisations non gouvernementales liées à la Compagnie ; c'était une de ces rencontres hypocrites et polies où les gens s'estiment et se soupèsent, en se demandant si leur interlocuteur se révélera, dans les mois suivants, un allié utile ou un adversaire dangereux.

La sonnerie avait été discrète. Un seul coup. Ce n'était pas un appel, mais une alerte. Mandeville s'excusa, son verre de cognac à la main, et s'isola dans un coin du salon pour consulter son téléphone.

Les sourcils froncés, il étudia le contenu du message. L'alerte venait de la salle de monitoring de la clinique de l'Arc-en-ciel, en France. Un pic d'activité.

Cela pouvait paraître un détail, mais Mandeville savait que ces signes ne devaient pas être pris à la légère. Pas depuis les événements du 19 mai.

Il rangea le cellulaire dans sa poche et resta immobile un instant, pensif.

Par convenance, il aurait fallu qu'il rejoigne ses invités, mais il n'était pas sûr d'interpréter correctement le sens de l'alerte et son intuition lui disait que c'était important.

D'un geste un peu sec, il reposa son cognac sur le bar, derrière lequel le serveur lui jeta un coup d'œil étonné. Reprenant son portable, il sortit de la pièce et pénétra dans l'un des couloirs moquettés de rouge où les plus grands artistes de New York se battaient pour exposer leurs œuvres.

— Marciac, dit-il, dès que son correspondant eut décroché. Que se passe-t-il ?

Un court silence. Marciac réfléchissait toujours avant de parler. La direction de la Compagnie pullulait d'hommes prudents.

— Je suis en train d'essayer de le savoir, monsieur le président.

— Y a-t-il eu… un incident ? reprit Mandeville. Une menace ? Dans les minutes précédentes ?

— Nous avons eu deux légers imprévus, en effet, mais c'était beaucoup plus tôt dans la journée. Un Shifter en fuite, et le deuxième – *la* deuxième – indisciplinée. Rien de dangereux.

— Un Shifter en fuite ? s'emporta Mandeville.

— Il est encore dans nos murs. Je pense qu'il a dû se réfugier quelque part dans la partie ancienne du bâtiment. Mais toutes les issues sont condamnées. Il finira bien par refaire surface.

— Il se passe quelque chose, Marciac. Ce n'est peut-être pas lié, mais… Vous avez les profils de ces deux gamins ?

— Je les attends encore. Le service d'analyse tarde à m'envoyer son rapport.

— Faites vite. Et tenez-moi au courant.

Mandeville raccrocha, puis hésita. Marciac était un

homme de confiance, c'était même le meilleur inspecteur de la Compagnie. Mais la situation risquait de le dépasser. Il n'avait pas assez de monde avec lui. Et la Compagnie ne pouvait pas continuer à accumuler les échecs. Le fiasco de la mosquée avait achevé d'exaspérer Mandeville. Le ministère ne pourrait pas les couvrir indéfiniment s'ils n'apportaient pas des preuves concrètes. Il était grand temps qu'il reprenne les choses en main.

Composant un nouveau numéro, il appela un autre bureau, quelque part à Paris.

— Envoyez trois équipes à la clinique, ordonna-t-il. Oui. Tout de suite.

Il raccrocha, se composa un sourire factice, et retourna dans le salon de l'hôtel rejoindre ses invités.

88.

Michaël resta un long moment devant la porte.

Était-ce vraiment lui qui avait accompli ce prodige ? Par la seule force de l'esprit ? Comme dans l'orphelinat, quand la porte du grenier s'était ouverte devant lui ? Non. C'était parfaitement impossible. Oui, mais… Les choses parfaitement impossibles, depuis quelques jours, avaient tendance à se multiplier.

Et si c'était un piège ? Quelqu'un qui avait déclenché la serrure à distance pour les attirer dans un guet-apens ?

La mâchoire serrée, il poussa doucement la lourde porte de métal. Les gonds émirent un grincement aigu. Il relâcha aussitôt le battant et se glissa à l'intérieur, suivi de près par Ben.

Ils découvrirent alors un vaste entrepôt, plongé dans la pénombre, où l'on distinguait vaguement, sous un haut plafond, des alignements de containers médicaux, de caisses…

Les deux adolescents avancèrent à pas feutrés vers le centre de la pièce. Il y avait là d'immenses appareils médicaux, recouverts de bâches blanches et qui, à en juger par la poussière, devaient être là depuis plusieurs années.

— On n'y voit rien, chuchota Ben sur un ton qui masquait mal son inquiétude. Il faut trouver un interrupteur.

— C'est trop risqué. Éclairons-nous à l'aide de nos téléphones portables, cela devrait faire l'affaire.

Ils fouillèrent les lieux. Cette partie de l'établissement semblait abandonnée. Michaël ressortit ses plans et les deux garçons les étudièrent à la lueur blafarde de leurs cellulaires.

— À l'époque, dans l'ancienne structure, il y avait un couloir… par là… dit Michaël.

Et en effet, le corridor, tapissé de toiles d'araignées et très encombré de caisses, existait toujours. Michaël et Ben l'empruntèrent avec prudence, le plan toujours à la main.

— Et à gauche, il y a une salle qui…

Michaël s'interrompit. Il n'y avait pas de salle. Il n'y avait plus rien. La partie ancienne de l'entrepôt finissait là, devant un mur moderne de béton – la limite de la nouvelle clinique. Une porte de métal, protégée par un digicode et une alarme, reliait les deux zones.

Impossible d'aller plus loin.

89.

Marciac parcourait méticuleusement les documents assemblés au cours des dernières vingt-quatre heures quand le fax se mit en route sur son bureau.

Il referma le dossier, attendit que les pages soient imprimées et les ramassa avec un soupir de soulagement. Enfin ! Les rapports sur Sébastien Desclayes et Laura Vermanski. Le fuyard et la récalcitrante…

La mine grave, il les lut d'une traite et constata que les inquiétudes de Mandeville, comme toujours, étaient plus que fondées.

Selon le rapport établi par le service d'analyse de la Compagnie, « Sébastien Desclayes » était une fausse identité. Il existait bien un Sébastien Desclayes, vivant à Montreuil, mais ce n'était pas le garçon qui s'était inscrit à la clinique. Les photos avaient été échangées, les documents administratifs et les fichiers Internet falsifiés.

Quant à Laura Vermanski…

Elle n'existait pas. Tout simplement.

90.

— On essaye un code au hasard ? murmura Ben, devant la porte.

Michaël secoua la tête.

— À la moindre erreur, l'alarme se déclenchera.

Le silence s'installa. Michaël réalisa que Ben le fixait, une étrange lueur dans le regard.

— Quoi ?

— Ce que tu as fait, tout à l'heure… Tu peux le refaire.

Quand tu as ouvert la porte du hangar, en fermant les yeux…

— Ce n'était pas moi !

Ben secoua la tête.

— Michaël. Tu sais très bien que si.

De longues secondes s'écoulèrent. Comme quand les Corbeaux avaient attaqué l'orphelinat, comme quand ils avaient découvert que leur mère était vivante, Michaël sentait la réalité lui glisser entre ses doigts. Il avait accepté la signification des rêves, il avait accepté… tant de choses absurdes… Mais il lui semblait que cette fois, s'il fermait les yeux de nouveau pour tenter – pour tenter quoi ? D'ouvrir une porte par la force de son esprit ? –, il franchirait une nouvelle étape vers la folie.

Il ferait un pas qu'il regretterait toute sa vie.

— Non, souffla-t-il. Non. Je ne peux pas…

— Très bien. Eh bien moi, je vais le faire, annonça Ben.

Stupéfait, Michaël regarda Ben se placer face à la porte. Le jeune garçon prit une profonde inspiration, ferma les yeux et se concentra, immobile, les bras ballants. Tout son corps se mit à osciller lentement d'avant en arrière.

— Ben, sauf ton respect, tu es grotesque…

Ben ne parut pas s'en émouvoir. Il garda ses paupières closes, se concentra…

Michaël, atterré, se prit la tête dans les mains.

— Grotesque, répéta-t-il à voix basse, comme s'il tentait de rejeter l'incompréhensible, de se convaincre lui-même…

Alors, au milieu de la pénombre, dans cet instant insolite, il sentit un choc électrique lui parcourir le corps. Une onde qui l'envahissait tout entier. Les battements de son cœur s'accélérèrent. Il leva les yeux vers Ben. Quelque chose avait changé dans l'attitude du jeune garçon. Il avait l'air… Oui. Il avait l'air en transe.

Les gestes, alors, s'imposèrent à Michaël comme une évidence. Sans vraiment comprendre ce qu'il faisait, il s'approcha de son ami, ferma les yeux à son tour et lui donna la main. L'onde s'intensifia. Un nouveau battement de cœur s'alliait au sien. S'accordait au rythme de ses propres pulsations.

Et soudain, il fut certain d'être à l'intérieur de l'esprit de Ben. En symbiose.

Il y eut un choc intense. Un claquement sourd qui leur souleva le cœur.

91.

Dans le *Sub Basement 13*, l'être sursauta, d'un coup, comme si son corps tout entier avait été atteint d'une invisible décharge.

Son cri de douleur déchira l'air.

92.

Dans la clinique, la coupure de courant fut aussi brève que violente. Un millième de seconde, peut-être. Suffisamment pour affecter tous les systèmes électriques du bâtiment.

À tous les étages, les serrures électriques se débloquèrent et les portes s'ouvrirent simultanément. Les alarmes se mirent à mugir. Les lumières s'éteignirent, un instant, puis se rallumèrent. Le système électrique auxiliaire, qui aurait dû prendre le relais le temps de la coupure, fut atteint lui aussi, et le réseau informatique se bloqua. Tous les ordinateurs de la clinique redémarrèrent.

En un instant, la panique gagna tout l'édifice.

93.

Assis devant sa tente, dans les montagnes près de la ville de Concrete, au cœur de la chaîne des Cascades, le docteur Gregory Evans frémit. Il interrompit sa lecture, puis, lentement, posa son magazine. Il ferma les yeux, attendit, analysant ce qu'il ressentait… comme l'ombre d'une ombre, le reflet d'un possible depuis longtemps effacé.

Quand il rouvrit les paupières, le paysage à ses pieds n'avait pas changé. Les lacs et le ciel, le chemin de randonnée arpenté par des intellectuels sportifs et des touristes épuisés, la route ultramoderne en contrebas, la station-service recouverte de bois sculpté en faux navajo. Tout semblait identique. Serein.

Et pourtant, il le savait, il s'était passé quelque chose. En un instant… tout avait basculé.

Pendant un long moment, Evans resta assis, son magazine à la main, sans savoir que faire.

Enfin, il rassembla ses affaires.

Les autres devaient l'avoir senti, eux aussi. Il fallait les contacter.

Il fallait décider. Tout recommencer.

94.

— C'est le moment ou jamais ! s'écria Tariq.

Les alarmes hurlaient partout dans la clinique. Il y avait eu une brève coupure de courant et, au même moment, la porte s'était ouverte, comme par miracle. La serrure magnétique s'était débloquée, d'un coup, sans explication. Saisissant Laura par le poignet, le jeune Marocain fonça dans le couloir, droit devant.

Derrière les vitres, les employés, médecins, infirmiers, gardes ou secrétaires s'agitaient, criant des instructions incompréhensibles dans le bruit ambiant. Qui devant un ordinateur éteint, qui près d'un placard électrique, tout le monde essayait de réparer les dégâts. Un vent de désordre avait envahi l'étage.

Juste à temps, Tariq vit qu'un garde les avait remarqués et se dirigeait vers eux, sourcils froncés.

Tenant toujours fermement la main de Laura, le jeune Marocain fit demi-tour et ils partirent en courant dans l'autre sens.

95.

Michaël et Ben restèrent un long moment pétrifiés devant la fissure qui s'était ouverte dans la paroi de béton et qui striait le métal de la porte. Le battant métallique, ouvert de quelques centimètres, grinçait légèrement. De la poussière blanche flottait dans l'air.

— C'est… C'est nous qui avons fait ça ? bégaya Ben, abasourdi.

— Je ne sais pas, avoua Michaël.

Les deux adolescents échangèrent un regard interdit. Presque amusé.

— Viens, dit enfin Michaël.

La porte donnait dans un couloir de la partie moderne de la clinique, peint de blanc et éclairé par la lumière vacillante des néons qui peinaient à se rallumer. De part et d'autre du corridor, s'alignaient des portes entrouvertes.

Sur un mur, plus loin, des voyants rouges flashaient au rythme des sirènes qui retentissaient dans tout le bâtiment.

Michaël, mû par l'urgence, se précipita vers la première porte, l'ouvrit, regarda à l'intérieur, passa à la suivante…

— Laura ! Laura ! criait-il à chaque nouvelle pièce.

Mais il ne trouva personne nulle part.

— Par ici ! cria Ben. Regarde, on dirait une sorte de salle de classe… Avec un tableau noir… Peut-être que Laura…

Michaël le rejoignit. La salle donnait sur une porte en verre dépoli, qu'ils poussèrent. Et ils tombèrent nez à nez avec un garde.

96.

À New York, dans le décor luxueux du Four Seasons, Mandeville faisait preuve d'un calme étonnant.

Toutes ces années, il avait travaillé pour éviter *ça*. Pour empêcher ce qui venait de se passer maintenant. Il s'était sali les mains, il avait fait des sacrifices personnels difficiles, il avait demandé à des êtres chers d'en faire de plus épouvantables encore.

Et tout cela n'avait servi à rien. Malgré tous ces efforts, le processus était donc finalement enclenché.

— C'est une nouvelle fissure, monsieur, expliquait Marciac au téléphone. Un décalage. De quelques centimètres, seulement. Mais elle a suffi pour ouvrir toutes les portes d'un coup et détraquer notre système électrique.

— C'est plus que ça, Marciac. Nous le savons tous deux.

Sur les écrans de leurs PDA, les courbes avaient littéralement explosé sur tous les indicateurs.

— Nous sommes passés à un stade supérieur, Marciac. Nous sommes sur une voie sans retour.

L'inspecteur de la Compagnie, en France, regarda par la fenêtre. Trois camionnettes grises venaient de s'arrêter devant l'entrée principale de la clinique.

— Je vous ai envoyé trois groupes d'intervention, expliquait Mandeville. Ils devraient être sur place.

Marciac jeta un nouveau coup d'œil dehors.

— Les hommes descendent des camionnettes à l'instant même, annonça-t-il.

— Parfait. Avez-vous confirmation de l'identité du ou des responsables ?

— Deux des Shifters du protocole s'étaient inscrits sous de fausses identités. Il est probable que le premier, celui qui se fait appeler Sébastien, travaille pour le groupe des rebelles ; c'est peut-être même le hacker que nous cherchions. Le fameux DK-Lion. Quant à la deuxième… J'aurais dû m'en douter. Elle n'avait même pas pris la peine de changer son prénom. Je pense qu'il s'agit de la jumelle. La fille Forbes.

— DK-Lion et Laura Forbes, murmura Mandeville. Les deux d'un coup. Quelle ironie. Vous savez ce qu'il faut faire, Marciac. Malheureusement, nous n'avons plus le choix.

— Oui, monsieur. Et le personnel de la clinique ?

Il y eut un court silence. Un silence sinistre.

— Nous ne devons laisser aucune trace.

97.

Aussi surpris que Michaël et Ben, le garde hésita avant de saisir sa matraque. Sans réfléchir, Ben lui fonça dessus, tête la première. L'homme esquiva et repoussa le jeune garçon qui s'écroula sur le sol et se heurta le front contre le mur blanc. Il souleva sa matraque au-dessus de Ben.

Le sang de Michaël ne fit qu'un tour. Il sentit une colère glaciale l'envahir et se précipita à son tour vers le garde en hurlant. L'homme se retourna pour lui faire face et Michaël le percuta de plein fouet. Ils roulèrent au sol tous les deux, mais le poids et la force de l'adulte firent rapidement la différence.

Le jumeau se retrouva bientôt sur le dos, écrasé par son adversaire. Du coin de l'œil, il aperçut la matraque dressée au-dessus de lui. Le coup partit à la vitesse d'un éclair. L'arme s'abattit, droite comme la lame d'une guillotine. Michaël n'eut pas même le temps de réfléchir, seulement de se laisser guider par son instinct. Son instinct de survie. Donnant un violent coup de rein, il parvint à rouler sur le côté et à éviter le coup fatal.

La matraque s'abattit contre le sol avec un claquement terrifiant.

Mais ce n'était qu'un sursis. Car dans cette nouvelle position, tout mouvement était impossible, et il ne pourrait pas éviter la prochaine attaque.

Tout ça pour ça, pensa-t-il, la gorge nouée.

Et puis soudain, un choc violent. Dans son dos. Un bruit sourd.

Le corps lourd de son adversaire s'écroula lentement sur le côté.

Michaël, sans vraiment comprendre ce qu'il se passait, garda les yeux fermés encore quelques secondes.

— Bon alors ? Tu te lèves ?

Le jumeau se retourna lentement, perplexe. C'était la voix de Ben. Il se tenait debout devant lui et ses mains enserraient encore un gros extincteur rouge avec lequel il venait d'assommer le garde.

— On y va ? insista le jeune garçon.

98.

La première équipe d'intervention de la Compagnie avança vers le hall d'accueil tandis que les deux autres faisaient le tour, investissant le bâtiment par les portes arrière. Les services administratifs leur avaient fourni les codes, mais ils n'en avaient pas besoin. La fissure avait décalé tous les angles de l'immeuble de quelques centimètres. La structure du bâtiment avait été altérée, et la plupart des serrures avaient sauté.

Il y avait huit agents par groupe, tous armés d'un équipement commando de technologie avancée. Les trois gardes de l'entrée principale, qui avaient reconnu les camionnettes de la Compagnie, avancèrent pour les accueillir. Les agents du premier groupe d'intervention les saluèrent et, sans interrompre leur marche, leur firent signe de les suivre dans le hall. Un peu étonnés, les gardes s'exécutèrent.

Une fois à l'intérieur, les agents fermèrent les portes de verre et descendirent le rideau de fer derrière eux.

Les ordres avaient été clairs. Indiscutables.

Ils se tournèrent vers les gardes.

Soudain, les coups de feu éclatèrent, comme un orage d'été.

Deux minutes plus tard, trois corps jonchaient le sol. Les murs, éclaboussés de sang, avaient été les seuls témoins de ce massacre impitoyable.

Une fois certains d'avoir exploré toute la zone d'accueil, les agents de la première équipe d'intervention rechargèrent leurs armes et commencèrent le nettoyage du rez-de-chaussée.

99.

Tariq et Laura se précipitèrent au hasard vers le nord. Une sortie. Un escalier. Il fallait trouver un escalier, quitter cet enfer de panique et de bruit. L'alarme, stridente, insupportable, résonnait partout autour d'eux.

Ils venaient de pénétrer dans un nouveau couloir quand une main agrippa Laura et la tira en arrière.

Un garde, un taser électrique à la main, se tenait debout devant eux, furieux. Tariq se prépara à bondir… Mais, à leur grande surprise, le garde s'écroula avec un petit gémissement.

Derrière lui se dessina la silhouette d'un jeune homme roux aux yeux gris. Il paraissait calme, déterminé, et tenait, lui aussi, un taser à la main.

— Sébastien ! s'écria Laura.

Tariq fronça les sourcils.

— C'est qui ?

L'ignorant, Laura continua :

— Sébastien, je croyais que tu étais…

Elle s'interrompit, c'était inutile, on n'entendait rien. Sébastien leur fit signe, les entraînant dans une minuscule salle de repos, puis ferma la porte, étouffant les cris des alarmes.

— Il faut sortir d'ici, annonça-t-il d'une voix tendue.

— Sans blague ? rétorqua Tariq.

— La situation est devenue très dangereuse, continua Sébastien. Tu es le garçon qui a réussi à s'enfuir du dortoir ?

— Peut-être, répondit Tariq, méfiant.

— Sébastien est l'un des nôtres, expliqua rapidement Laura.

— Je vais monter dans le bureau du directeur pour récupérer des données, reprit le garçon roux. *Il faut* que j'y aille. C'est pour ça que je suis ici, pour obtenir ces informations… Elles sont cruciales pour notre survie. Mais les autres… Les Shifters prisonniers…

— On s'en occupe, affirma Laura sans hésiter.

— Parfait. Couloir C14, le dortoir noir, à côté de la salle d'analyse. Ils sont neuf, je crois.

— Oui. C'est là que j'étais retenu, confirma Tariq.

— Si les portes étaient protégées, elles auront peut-être résisté, continua Sébastien. Il vous faudra trouver un moyen de les ouvrir. Ensuite, filez…

— Ça ne va pas être facile, objecta Tariq.

Sébastien l'ignora. Il fixait Laura, hésitant. Enfin, il fit un pas vers elle et lui prit la main :

— Laura, demanda-t-il, après un instant de silence. Tu es… la jumelle ? La sœur de Michaël ?

Laura jeta un coup d'œil autour d'elle, inquiète.

— J'imagine que la fissure a mis hors d'usage la plupart des micros, la rassura Sébastien. Et puis crois-moi, pour l'instant, ils ont autre chose à faire que nous espionner…

Laura fronça les sourcils.

— La fissure ?

— Je t'expliquerai plus tard. Dis-moi seulement si tu es la sœur jumelle de Michaël.

— Oui, dit enfin Laura. Oui. C'est moi.

— OK. J'ai rêvé de ton frère, dit Sébastien en souriant. Il est important. Fais attention à lui. Très attention.

Il serra une dernière fois la main de Laura, salua Tariq avec désinvolture et quitta la pièce rapidement.

— Mais c'est qui, ce type ? s'étonna Tariq tandis que Laura se penchait pour récupérer le taser du garde assommé.

— Le seul d'entre nous qui sache ce qu'il fait, répondit Laura. On y va !

100.

— Laura ! criait désespérément Michaël alors que les deux garçons progressaient dans le labyrinthe de laboratoires et de salles d'examen.

Ils ne virent pas grand monde dans ce dédale surréaliste. Dans une salle, un garde répétait « Phil ? Tu es toujours dans le hall ? Réponds-moi, Phil ? » dans son talkie-walkie, lequel ne lui renvoyait que des parasites statiques. Plus loin, une infirmière se battait avec le système de sécurité, essayant de faire taire les hurlements lancinants des alarmes.

Ben et Michaël évitèrent le garde et se dirigèrent droit vers l'infirmière, qui se contenta de leur faire un signe exaspéré.

— Retournez en bas ! cria-t-elle pour couvrir le bruit.

Mais Michaël ne se démonta pas pour autant.

— Laura… Laura Vermanski ? Où est-elle ?

L'infirmière fronça les sourcils et fit quelques pas en arrière, s'approchant d'un interphone. Michaël ne lui en laissa pas le temps. Il se précipita vers elle, la saisit par la blouse et hurla :

— Où est Laura Vermanski ?

— Je… En bas ! bégaya l'infirmière, terrifiée. En bas, comme tous les gosses !

Michaël lâcha la femme, fit signe à Ben et ils coururent ensemble vers l'ascenseur. Ils appuyèrent sur le bouton, sans succès. Une fissure courait sur la porte en métal.

Michaël jura. Sur sa gauche, il aperçut une cage d'escalier.

— Par ici ! cria-t-il.

Les alarmes se turent brusquement.

Ben attrapa l'épaule de Michaël et les deux garçons se figèrent au milieu du couloir.

Dans le silence soudain, des pas résonnaient derrière eux, pas très loin, sans doute là où ils avaient laissé l'infirmière. Plusieurs personnes, un groupe. Pas une parole n'était échangée. On n'entendait que le bruit des semelles sur le sol. Puis les pas s'arrêtèrent.

Un hurlement de femme déchira l'air. Il y eut deux petits claquements secs, à peine audibles, et le hurlement s'éteignit d'un seul coup.

Les deux garçons se regardèrent, pétrifiés. Une pensée affreuse traversa l'esprit de Michaël. Des silencieux ? Des armes, dotées de silencieux ? Comme à la BSP ? Mais qui tirait ?

Les pas, qui s'étaient arrêtés, reprirent leur avancée. Ils étaient tout près maintenant.

Michaël, sans plus attendre, entraîna Ben dans l'escalier. Ils descendirent les marches aussi silencieusement que possible.

101.

Kim N'Guyen était assise par terre, recroquevillée entre le mur et les toilettes, dans la minuscule salle de bains du dortoir.

Ils l'avaient tous abandonnée. Ses parents étaient loin, ses amies, son lycée, ses livres, ses professeurs, sa chambre, sa musique, sa vie, tout paraissait irréel et lointain. Les adolescents de sa session du protocole avaient disparu les uns après les autres. Les deux derniers, Laura et Sébastien, avaient été emmenés par les médecins et ils n'étaient jamais revenus.

Elle se sentait si seule. Elle avait si froid. Elle avait si peur.

Et surtout, il y avait quelque chose derrière elle.

Kim n'était pas seule dans la salle de bains, elle le savait, elle pouvait le sentir, comme une odeur, un courant d'air. Une présence.

Les lumières avaient sauté quand les alarmes s'étaient mises à hurler et Kim s'était retrouvée isolée dans le noir. Elle s'était laissée glisser sur le sol carrelé, se terrant contre la cuvette, terrifiée, attendant que quelqu'un pense à elle, vienne la chercher. Mais personne n'était venu.

Et la température avait commencé à chuter.

Maintenant, il faisait froid, très froid. Ses membres étaient glacés, son estomac retourné par l'angoisse qui la consumait. Elle tentait de se réchauffer avec des souvenirs et des images, avec les couleurs de sa chambre et le chamarré des coussins, elle se remémora la fois où sa sœur et elle avaient pris la machine à coudre de leur mère en cachette et cousu tous les bas de ses pantalons. Elle pensa au regard de ce garçon dans la classe d'à côté, et à tous les autres regards qu'il y aurait plus tard, quand elle serait grande… Sauf que Kim savait qu'il n'y aurait peut-être pas de « plus tard ». Pas avec ce qui s'approchait dans son dos.

Elle aurait dû se lever, fuir. Cela n'avait rien de physiquement insurmontable. Elle aurait dû sauter sur ses pieds, traverser la salle de bains, le dortoir, puis se jeter dehors, courir pour ne jamais s'arrêter, échapper, pour toujours, à cet endroit maudit… Oui, elle l'aurait dû, mais le moindre mouvement lui était impossible. Elle était véritablement paralysée.

Des larmes se mirent à couler sur ses joues. Elle éprouva une envie de vomir.

Et puis, il y eut un craquement sec et sonore. Un flash blanc. Kim entendit des pans du mur se décrocher et tomber sur le carrelage. Elle ferma les paupières de toutes ses forces, comme si cela avait pu l'isoler de la réalité. Le froid s'intensifia encore.

Finalement, dans un ultime effort, rassemblant tout ce qui lui restait de courage, la jeune fille se retourna. Et lentement, elle ouvrit les yeux.

Alors, un frisson de terreur lui poignarda le cœur.

Le mur fissuré s'était ouvert en deux. Et par la faille, une forme noire indistincte, comme une boule de fumée opaque, se déversait à présent dans la salle de bains et glissait lentement vers elle.

102.

Pendant que la troisième équipe de la Compagnie sécurisait les garages et les entrepôts, la première et la deuxième finissaient de nettoyer la zone scientifique, au rez-de-chaussée. Méthodiquement, les agents remontaient les couloirs, abattant tous ceux qu'ils rencontraient, sans distinction. Infirmières incrédules, médecins, techniciens et personnel de sécurité, tous tombaient. Fauchés dans l'élan de leur fuite, les corps s'écroulaient, les uns après les autres, criblés de balles, le visage pétrifié dans une grimace d'épouvante. Les armes, équipées de silencieux, ne faisaient presque pas de bruit, et la plupart des victimes, prises complètement par surprise, n'avaient ni le temps de résister, ni celui de s'échapper.

Il manquait beaucoup de monde, bien sûr – tout le personnel de jour était absent. Les formateurs du protocole, les deux femmes qui se relayaient à l'accueil, les autres groupes d'infirmiers... Mais Mandeville n'avait rien laissé au hasard. Aux quatre coins de la ville, d'autres agents de la Compagnie avaient été envoyés dans les domiciles privés, pour régler le problème. Il ne devait en rester aucun.

Une fois le rez-de-chaussée sécurisé, la première et la deuxième équipe entamèrent leur descente vers le sous-sol par deux cages d'escalier différentes, de façon à prendre les occupants en tenaille et ne leur laisser aucune issue.

Il ne devait en rester aucun.

103.

Au dernier étage de la clinique, dans le bureau occupé par Marciac, le docteur Roger regardait les écrans, épouvanté. Au rez-de-chaussée, les caméras qui avaient résisté à la fissure étaient braquées sur des cadavres. Les tueurs descendaient silencieusement les escaliers.

Autour de lui, Marciac et ses hommes rassemblaient en toute hâte des documents.

— Dépêchez-vous, docteur, ordonna l'inspecteur de la Compagnie, exaspéré. Nous devons évacuer.

Le docteur Roger ne bougea pas d'un centimètre.

— Vous les assassinez, murmura-t-il. Vous les assassinez tous…

Marciac se redressa, les yeux luisant d'une haine froide.

— Que croyez-vous ? Que nous avons le choix ? La fissure est en train de s'élargir ! L'élimination est la seule solution. Et vous faites du sentimentalisme ? En rassemblant des Shifters, vous saviez que le risque existait, Roger. Vous le saviez…

— Docteur ! Prenez vos dossiers, ordonna l'un des hommes en gris après avoir jeté un coup d'œil inquiet à Marciac. Nous n'avons plus beaucoup de temps…

Le docteur Roger resta immobile, les mains tremblantes.

Il avait *de la chance*. Mandeville n'avait pas demandé qu'on l'épargne, c'était Marciac – pensant que ses connaissances seraient utiles – qui avait décidé de le garder en vie.

Oui, il avait *de la chance*…

Derrière lui, sur les écrans, les mercenaires de l'équipe d'intervention arrivaient au sous-sol et abattaient déjà leurs premières victimes. Celles-ci ne se défendaient pas : elles n'avaient même pas le temps de les voir venir. Les uns après les autres, les occupants de sa clinique se faisaient descendre comme du bétail à l'abattoir.

Il y a le micro dans mon bureau, pensa Roger. *Juste au bout du couloir*.

Le micro d'alerte principale communiquait avec tous les étages. S'il faisait vite, il l'atteindrait avant que Marciac et ses sbires ne l'arrêtent. Bien sûr, il n'aurait que le temps de prononcer quelques mots. Après…

— La température chute dans cinq endroits de la clinique, annonça l'un des hommes en gris. Non, pas cinq. Six. Sept. Intrusion confirmée dans la salle de bains d'un dortoir secondaire…

— Eh merde ! cria Marciac.

Ses quatre assistants le dévisagèrent, interloqués. Jamais, durant toutes ces années, ils n'avaient vu Marciac perdre son calme.

Profitant de son inattention, le docteur Roger fit deux pas vers la porte.

— À quelle vitesse la chute se fait-elle ? demanda Marciac, et l'homme commença à lui répondre, parlant de failles, de frottements et de degrés…

Le docteur Roger bondit. Il courut vers le hall et claqua

la porte, alors que des insultes et des ordres furieux s'élevaient derrière lui. Les mains moites, le dos couvert d'une sueur froide, il se précipita dans son bureau, ouvrit le petit boîtier en Plexiglas, saisit le micro, appuya sur le bouton *talk* et cria :

— Évacuez la clinique ! Nous… Nous sommes attaqués…

Il y avait des haut-parleurs partout, dans tous les couloirs, à tous les niveaux. Sa voix légèrement éraillée par le stress devait résonner, à cet instant même, partout où la fissure avait épargné les haut-parleurs. Le docteur Roger imagina ses collègues, dans le sous-sol, levant la tête, incrédules, cherchant les issues. Ses assistants, ses techniciens, ces médecins qu'il avait lui-même formés.

Et les Shifters… Il avait accepté de les étudier… c'était nécessaire. Il s'était résigné – parce qu'il le fallait – quand certains avaient péri sur sa table d'opération. Mais cette fois, Mandeville allait trop loin. Roger ne pouvait plus se rendre complice de telles horreurs…

— La Compagnie a envoyé des hommes pour vous éliminer ! hurla-t-il dans le micro. Ils sont déjà en bas ! Ils tuent tout le monde ! Le personnel, les patients, tout le monde ! Délivrez les cobayes du dortoir ! Sauvez-vous ! Battez-vous !

La porte de son bureau s'ouvrit à toute volée. Roger ne se retourna pas. Il savait ce qui l'attendait, et il n'avait ni besoin, ni envie de contempler la mort en face. Il continua à crier, jusqu'à la dernière seconde :

— Ne restez pas en bas ! Fuyez ! Sauv…

104.

Les deux coups de feu résonnèrent dans les haut-parleurs et la voix de Roger s'éteignit d'un coup.

Aussitôt, une dizaine d'employés se jetèrent sans réfléchir dans les escaliers, où la plupart furent aussitôt abattus. Mais le chaos qui suivit fut trop intense pour que les agents de la Compagnie puissent maintenir leur stratégie. L'avance lente, le meurtre organisé n'étaient plus envisageables : on se défendait furieusement, certains se claquemuraient dans les salles d'opération, d'autres montaient des barricades ; une bonne dizaine réussirent à atteindre le rez-de-chaussée, grimpant par les monte-charge ou passant tout simplement en force. La troisième équipe, en retrait, parvint à en arrêter quelques-uns. Mais ils ne purent contenir cette vague déferlante et hystérique.

Un ordre claqua dans les oreillettes des agents des différents groupes d'intervention. Un ordre sec, clair et précis : « Formez des équipes de trois. Rangez les silencieux. Il est temps de passer aux pistolets-mitrailleurs. »

105.

Dans la salle de bains, la forme noire passa au-dessus du cadavre livide de Kim et glissa lentement sur le sol.

Il faisait si froid maintenant que l'eau avait gelé dans le lavabo, dans les toilettes. De minuscules étoiles de givre étincelaient sur les murs.

Bientôt, le noir devint absolu.

106.

Le Shifter qui se faisait appeler Sébastien était monté avec la première vague d'employés, ceux que l'intervention au micro de Rogers avait rendus fous de panique. Il les avait vus se précipiter dans les escaliers, contre les assassins ; il en avait vu se faire abattre – pas tous, certains avaient réussi à fuir. À partir de là, l'opération « élimination » avait sombré dans le désordre le plus complet. Maculant son visage de sang, Sébastien s'était allongé sur les marches, se dissimulant parmi les cadavres. Puis il avait attendu que les Corbeaux le dépassent avant de filer vers le rez-de-chaussée.

Arrivé dans le hall d'accueil, il se glissa discrètement entre les colonnes. Dehors aussi, c'était le chaos. Les hommes de la Compagnie poursuivaient les fuyards jusque dans le chantier.

Sébastien fila vers les fauteuils bleus du hall d'accueil. Le troisième, à gauche. Là, scotchés au chatterton, juste sous le siège, se trouvaient le PDA et les clefs USB qu'il avait dissimulés la veille, à son arrivée.

Son PDA. Il le sortit, l'alluma, fit rapidement défiler les écrans, cherchant à joindre *les autres*, pour les prévenir de la situation…

Mais aucun ne répondit.

Il lança l'application de géolocalisation. Toutes les coordonnées téléphoniques avaient été préalablement enregistrées. Il pouvait les suivre, un par un, des petits points bleus clignotants qui se déplaçaient sur la carte de la clinique.

Et alors il le vit. Le point rouge. Celui qu'il avait enregistré en priorité.

— Merde ! s'exclama-t-il.

Comment était-ce possible ?

Michaël Saurault était là. Dans la clinique. Piégé.

Mais qu'est-ce qu'il fout là ?

Sébastien prit une nouvelle inspiration. Non, il ne paniquerait pas, ils ne l'auraient pas, les Corbeaux, la Compagnie ne le vaincraient pas, ne le vaincraient jamais, même par la peur.

D'ailleurs, il ne devait pas se laisser distraire. Il avait une mission à accomplir. Là, à gauche. Dans la partie ouest du hall, un homme armé surveillait l'escalier qui menait aux étages supérieurs. Il fallait se débarrasser de lui. Sébastien rampa sans bruit et attrapa un pot à crayons sur un bureau. Il le fit rouler au sol et percuter une étagère en métal.

Il y eut un léger cliquetis.

Attiré par le bruit, le Corbeau se déplaça vers la gauche, l'arme au poing.

Sébastien attendit jusqu'au dernier moment, puis il se glissa derrière lui et lui envoya une décharge de taser dans la nuque.

L'homme s'écroula.

— Vous ne m'aurez pas, murmura Sébastien au corps inconscient avant de le tirer sous une table, hors de vue.

Une deuxième décharge, pour être certain que le Corbeau ne se réveillerait pas. Sébastien recula, puis hésita.

Il faisait froid.

Vraiment froid, bizarrement froid. Un froid glacial, dans ce coin du hall, et la pièce paraissait s'assombrir à vue d'œil.

Le jeune homme se retourna, regarda autour de lui, sans

trouver d'explication. Il réessaya son PDA. Le réseau fluctuait.

— Merde, répéta-t-il.

Tant pis. Encore une fois, il avait une mission. Une priorité. Le bureau du directeur de la clinique. Il ne pouvait pas reculer maintenant. Remontant la fermeture Éclair de son blouson, il se dirigea vers la cage d'escalier et commença à grimper les marches.

107.

Des hurlements et des détonations résonnaient dans les couloirs alentour.

Tariq et Laura s'étaient immobilisés. Nul besoin de parler ; le choix était clair : remonter, tenter de fuir par un des escaliers – ou bien continuer pour aller délivrer les derniers prisonniers.

Sachant que le dilemme était peut-être vain. Et si les Shifters avaient déjà été abattus ? Et eux deux ? Quelles chances avaient-ils de s'en sortir ?

— Tu n'aurais pas dû venir me chercher, lâcha Tariq, mais cette fois, ce n'était pas un reproche.

Il se tourna vers Laura. Les deux adolescents se regardèrent, sans réaliser que pour la première fois depuis leur rencontre, ils communiquaient de manière totalement sincère, sans masque, sans colère, sans sarcasme.

Les larmes brillèrent dans les yeux de Laura – des larmes de peur, d'émotion.

— Tu nous as sauvés la vie, Tariq, murmura-t-elle en réponse. Tu nous as offert la protection de ta famille, sans réfléchir, sans calculer…

Elle s'interrompit, cherchant ses mots.

— Tu es le garçon le plus généreux que je connaisse...

Laura s'arrêta de parler, gênée.

Tariq lui retourna un sourire. Il aurait sans doute aimé trouver une réplique un peu tendre, et un peu moqueuse à la fois... Mais des pas de course résonnèrent non loin, et son sourire s'effaça.

— Laura, remonte. Moi, je vais aller délivrer les Shifters. Je... je les connais, j'ai passé du temps, des tests avec eux... Je ne peux pas les abandonner.

Laura secoua la tête, la gorge serrée.

— Non... Non... Je t'accompagne.... Je l'ai promis à Sébastien... Je...

De nouvelles rafales résonnèrent. Elle écouta, comme hypnotisée. Une nausée la prit et elle réalisa qu'elle tremblait.

— Ce qu'il faut se dire, c'est que Michaël est en sécurité, murmura-t-elle, les larmes coulant maintenant librement sur ses joues. En sûreté dans l'appartement de ta tante... J'espère que lui, au moins, pourra quitter la France. Fuir loin de tout ça.

Tariq acquiesça. Il était très pâle.

Il y eut soudain de l'agitation au bout du couloir. Les deux adolescents firent volte-face. Mais ce n'était pas des Corbeaux : deux infirmiers, sortant d'une salle voisine, organisaient la résistance, bloquant le palier avec des chaises et des brancards.

— Vite, souffla Laura.

108.

De l'autre côté du sous-sol, Michaël et Ben hésitaient entre deux directions. Mais l'heure n'était plus aux indécisions. Michaël choisit une porte au hasard.

Il venait d'appuyer sur la poignée quand une ombre se dessina dans leur dos. Sans même se retourner, Michaël comprit aussitôt. Un Corbeau, juste derrière eux.

Il y eut un bruit de chargeur.

— Ben ! Cours !

Le pistolet-mitrailleur s'enclencha et Michaël plongea sur le côté.

Les balles de l'HK-MP5 ravagèrent les murs du palier et ouvrirent des sillons fumant dans le sol. Une nouvelle rafale arracha la porte de ses gonds. Une balle frôla la tempe de Michaël. Comme porté par son instinct de survie, le garçon se remit debout et courut vers le couloir où Ben s'était engagé. Il le rattrapa, accéléra…

Autour de lui, le décor était apocalyptique. Il y avait du sang partout. Sur les murs, par terre, en giclée sur les plafonds et sur les portes, tachant les moquettes, étincelant sur le carrelage. Les cadavres étaient éparpillés sur le sol. Michaël essayait de ne pas les voir, de ne pas s'attarder mais, dans sa course, il ne pouvait pas tout éviter. Son esprit enregistrait des images de corps désarticulés, comme de morbides instantanés. Il avait l'impression d'être dans l'Enfer de Dante, un labyrinthe qui se répétait à l'infini, toujours plus abominable, toujours plus féroce…

Ils arrivèrent devant un ascenseur.

— Non ! hurla Ben, alors que Michaël avançait vers un nouveau couloir.

Michaël recula, juste à temps… Des cris d'agonie, de nouvelles rafales. Il se retourna, effaré. Le Corbeau qui les avait ratés n'allait pas tarder à apparaître.

Ils étaient coincés.

— Michaël ! cria Ben, qui essayait de forcer les portes de l'ascenseur. Aide-moi !

Michaël s'exécuta, sans vraiment comprendre. Il tira de toutes ses forces sur le battant. La porte de métal résista un peu avant de se débloquer enfin. Le vide s'ouvrit devant leurs pieds. La cabine, immobilisée, était coincée dans les étages supérieurs. En dessous, le noir. Une échelle de sécurité longeait la paroi.

— On grimpe ! lança Ben.

— Quoi ?

Michaël hésita une seconde, puis réalisa.

— Non ! cria-t-il. Je ne vais pas abandonner Laura !

— Michaël, on ne peut pas rester ! Ils massacrent tout le monde…

— Laura ! Laura m'attend !

Ben prit les mains de son ami.

— Michaël, écoute-moi. Nous n'avons pas d'armes, aucun moyen de défense. Et je sens… je sens quelque chose… Quelque chose qui vient…

— Quelque chose qui vient ? répéta le garçon, incrédule.

Ben eut un geste exaspéré :

— Et puis, rien ne te prouve que Laura soit toujours ici, et…

— Elle est ici, répéta Michaël, tremblant.

Ben se frotta les tempes, tentant de réfléchir. Des pas

résonnèrent au bout du couloir. Michaël se retourna et écarquilla les yeux, terrifié. Le Corbeau courait droit vers eux, un pistolet-mitrailleur à la main. Lisant la panique dans le regard de son ami, Ben tourna la tête à son tour.

Le Corbeau s'immobilisa, le regard empli de défi. Son arme se leva lentement, le canon dirigé droit vers Michaël.

Impuissants, ils regardèrent le doigt du tireur appuyer sur la détente.

Sans réfléchir, Ben bondit. Les deux mains en avant, il repoussa Michaël alors qu'une rafale déchiquetait le silence.

Tout se passa dans la confusion et le bruit. Comme un instant infini. Interminable. Les balles traversèrent le couloir et déchirèrent le corps du jeune garçon, le saisissant en plein vol.

Projeté en arrière, Michaël vit la poitrine de Ben se couvrir de fleurs de sang pourpre. Ils s'écroulèrent tous deux sur le sol, au milieu d'une gerbe écarlate.

Michaël hurla, horrifié. Le cadavre de son ami, inanimé, lourd, reposait sur son torse.

Puis il y eut une seconde rafale. Plus proche encore.

Par réflexe, Michaël, d'un coup de reins, se retourna pour se protéger. Il roula sur le côté et bascula dans la cage d'ascenseur.

109.

— C'est ici, annonça Tariq. Couloir C14. Le dortoir où ils faisaient des tests sur nos cerveaux… et juste à côté, la salle d'observation où ils se cachaient, ces salauds. Ils…

Tariq s'interrompit. Les deux portes étaient closes.

— Toutes les autres portes du sous-sol sont ouvertes ! cracha le jeune Marocain, après avoir secoué les poignées. Toutes, sauf celles-là ? Pourquoi…

— Ce froid… Tu sens, ce froid ? demanda Laura, inquiète.

Le jeune homme acquiesça. Un air glacial envahissait l'espace.

Une voix s'éleva derrière la porte de droite, celle du dortoir.

— Au secours !

Tariq reconnut la voix de l'une des jeunes filles qui avait subi le protocole avec lui.

— On arrive ! hurla-t-il.

— Regarde, murmura Laura. Les boîtiers des digicodes… Ils sont différents. Cette zone doit être protégée par une sécurité supplémentaire.

Elle réfléchit, le cœur battant à tout rompre. *Un code, un code…* L'un des médecins qui les accompagnaient après les tests avait tapé un code ; Sébastien et elle l'avaient mémorisé. Ce n'étaient pas les mêmes portes, bien sûr, mais cela valait la peine d'essayer. Oui, sauf que…

Quel était ce maudit code ? Elle l'avait pourtant ancré dans sa mémoire. Tariq, qui, de son côté, avait attrapé un extincteur, tentait de défoncer la porte du dortoir. En vain.

— Chut ! Laisse-moi réfléchir ! s'exclama Laura tout en fermant les yeux.

La réponse était là, quelque part dans les méandres de son cerveau. Mais il s'était passé tant de choses, depuis lors. Elle avait subi tant de chocs, tant d'émotions ! Et il faisait si froid !

— Au secours ! continuaient de hurler les autres de l'autre côté de la paroi.

Je dois essayer.

La jeune fille ferma les yeux et s'approcha du boîtier électronique.

Elle leva une main tremblante. Ses doigts effleurèrent les touches. Elle inspira profondément. Et ce fut comme si sa main avait retenu le code. Elle se mit à taper, sans réfléchir.

52AB4

Elle rouvrit les yeux.

Rien.

Laura poussa un juron. Puis elle se dirigea vers la salle d'observation et essaya la même combinaison.

La porte s'ouvrit. Ils se glissèrent à l'intérieur.

Une série d'ordinateurs et de tables faisaient face à une grande baie vitrée donnant directement sur le dortoir. Laura se colla contre la vitre, où perlaient de minuscules cristaux de glace. Il faisait très sombre de l'autre côté. Des silhouettes se débattaient sur les couchettes.

— Laura, pousse-toi !

L'extincteur à la main, Tariq commença à frapper de toutes ses forces contre la baie, tandis que Laura cherchait quelque chose pour l'aider. Derrière, les cris s'intensifièrent.

Un dernier coup et la vitre éclata enfin. Tariq et Laura firent tomber les morceaux de verre coupants et glacés pour créer un passage dans lequel le jeune homme s'engagea aussitôt. La jumelle le suivit et ils se retrouvèrent dans un sombre brouillard – non, pas un brouillard, plutôt une obscurité épaisse, profonde… et glaciale.

Sur leur droite, ils virent un premier lit. Le garçon qui y était attaché se débattait en grognant. Laura ramassa un morceau de verre et coupa fiévreusement les courroies. Des exclamations et des appels résonnaient autour d'elle ; elle se retourna ; le garçon qu'elle venait de sauver s'enfuit sans demander son reste, trébuchant, les jambes engourdies par le froid.

— Attention ! Il y a des Corbeaux partout ! Ils sont armés ! voulut-elle prévenir, mais l'adolescent avait déjà disparu.

Transie, secouée par un sentiment d'urgence – comme s'il ne fallait pas rester là, dans cette pièce gelée, dans cette brume étrange –, elle s'élança vers une deuxième couchette. Quelque part, Tariq criait :

— Deux de libres !

— Deux ici aussi ! répliqua Laura, délivrant un nouvel adolescent.

À droite, il faisait plus clair. Laura relâcha un nouveau prisonnier, tandis qu'une fille groggy, sauvée par Tariq, partait vers l'extérieur en s'appuyant fébrilement contre le mur. Une autre, plus éveillée, ramassa un bout de verre et entreprit à son tour de délivrer ses compagnons.

— Vite ! Réveille-toi ! Il faut sortir ! Il faut sortir ! dit-elle en giflant un adolescent qui fixait le mur, les yeux vitreux.

— Un autre ! annonça Tariq, perdu dans l'obscurité.

Plus loin, sur une dernière couchette, un jeune garçon à lunettes gémissait dans un état de semi-conscience.

Le froid et la panique faisaient trembler les mains de Laura. Elle laissa tomber son morceau de verre, qui se brisa en mille morceaux sur le sol carrelé. Courant en chercher un autre, elle heurta Tariq qui grelottait.

— Combien ? demanda Laura, et Tariq bredouilla :

— Je ne sais plus…

— Pourquoi fait-il si froid ? murmura un des adolescents. Et si sombre ? Qu'est-ce… Qu'est-ce qui se passe ici ?

— Je ne sais pas ! cria Laura. Mais sortez ! Il n'y a pas une seconde à perdre. Et soyez prudents ! Les Corbeaux… sont partout…

Son nouveau morceau de verre à la main, elle rejoignit le garçon qu'elle avait abandonné. Elle caressa la tête du jeune Shifter, gelé mais vivant, puis elle scia ses liens.

Des doigts glacés lui effleurèrent l'épaule. Elle hurla.

— Laura !

C'était Tariq.

— Il faut qu'on sorte de là ! cria-t-il.

— Aide-moi, il a perdu connaissance !

Soutenant le garçon inconscient, Tariq et Laura se hâtèrent vers la salle voisine, suivis par cinq adolescents hâves et pétrifiés de peur. Les autres avaient disparu dans la clinique.

Les détonations s'étaient raréfiées, mais il faisait de plus en plus sombre.

— Regarde ! souffla Laura, perplexe, en désignant le mur à côté d'eux.

Des fissures se dessinaient sur la paroi, esquissant les méandres d'un fleuve. Laura approcha sa main, fascinée…

— Il faut partir ! répéta Tariq, la tirant en arrière.

Une plaque de plâtre tomba du plafond et s'écrasa sur le sol, juste à côté d'eux.

— Grouille ! hurla le Marocain.

Ils portèrent le jeune garçon jusque dans le couloir. De nouvelles failles s'ouvraient sur les murs autour d'eux, dans un fracas assourdissant. Sous leurs pieds, le sol se mit à trembler.

110.

Le leader de la première équipe d'intervention regardait les failles s'épanouir, comme de fins tentacules, sur les parois alentour. Le sol trembla quelques secondes, et une partie du plafond s'écroula à quelques pas de lui.

Les failles continuaient à croître. Il se retourna et, sans un mot, fit signe à son équipe de reculer.

Une voix résonna dans son oreillette.

— Pourquoi on change de cap, L1 ?

— Nuisibles à cinq mètres, annonça une deuxième voix. Ils ont monté une barricade, mais…

L'homme fut interrompu par le leader de la seconde équipe, qui avait priorité sur l'intercom.

— Leader 2 à Leader 1. Hé, mec, la température chute. Et tu as vu… ce que j'ai vu ? Sur les murs ? À toi.

Il y avait des choses dont il ne fallait pas prononcer le nom tout haut, surtout avec le coordinateur de la Compagnie qui espionnait leurs conversations. Il y avait des informations qu'ils n'étaient pas censés savoir… mais qu'ils savaient tout de même, des histoires troublantes qui se propageaient de service en service.

— Ouais, répondit Leader 1, contemplant les fissures. J'ai vu.

Il ne parla pas du cadavre gelé d'une adolescente découvert dans une des salles de bains. Une preuve de plus, s'il en fallait, que toutes ces rumeurs étaient fondées.

— Nous, on se casse, annonça-t-il à son collègue. Avant qu'il ne soit trop tard. Et tu devrais faire pareil.

— T'as raison. Moi aussi. Je tiens à mes hommes. Terminé.

Leader 1 donna les premiers ordres de repli, n'écoutant ni les protestations de ses agents, qui voulaient finir le boulot, ni la fureur du coordinateur qui, à des kilomètres de là, dans les bureaux douillets de la Compagnie, suivait leurs moindres mouvements sur son écran dernier cri.

— Qu'est-ce que vous foutez ? beuglait-il. Continuez ! Les ordres sont clairs ! Vous devez éliminer tous les survivants. Si vous fuyez, il y aura des conséquences. Je vous préviens ! Des conséquences lourdes !

Les conséquences, Leader 1 s'en moquait, du moins pour l'instant. Autour de lui, les écrans des ordinateurs étaient blancs de givre. Malgré les lumières allumées, une obscurité rampante avalait, peu à peu, les couloirs de la clinique.

— Désolé, grogna-t-il dans son micro, mais ça ne va pas être possible. Avec ce qu'il se passe ici, des survivants, il n'y en aura aucun. Vous n'avez qu'à venir vérifier vous-même. Mais moi, je sors mes hommes de cet enfer.

Il contacta les trois équipes et donna l'ordre général d'évacuation. Puis, suivi de ses hommes, il remonta l'escalier, prenant toutefois le temps d'achever d'une balle en pleine tête une infirmière agonisante sur le chemin.

111.

Michaël était allongé par terre, au fond de la cage d'ascenseur, sur une surface en caoutchouc de sécurité qui, par bonheur, avait quelque peu amorti sa chute. Sans elle, il n'aurait sans doute pas survécu. Autour de lui, l'obscurité était presque totale.

Ses yeux étaient grands ouverts. Il avait repris lentement connaissance. Tout son corps lui faisait mal, mais la douleur n'avait pas d'importance. Plus rien n'avait d'importance.

Ben était mort. Mort sous ses yeux. Et il n'arrivait pas à l'accepter.

Les détonations étaient plus lointaines, étouffées, et de plus en plus espacées.

Peut-être qu'il ne reste plus personne à tuer...

Il était seul, blessé, au fond de l'abîme, et pourtant il se trouvait probablement dans l'unique endroit sûr au sein de cette folie, protégé, au centre de l'ouragan. Protégé, oui, mais dévasté.

Ben était mort, et c'était sa faute.

Ben était plus jeune, bien plus innocent qu'eux, et il s'était fait tuer à cause de lui. En essayant de le sauver. Et tout cela pour rien. Michaël était venu chercher Laura et il n'avait pas réussi à l'atteindre, pas même à la voir.

Le garçon se laissa envahir par une vague de désespoir. De toute façon, quel espoir y avait-il ? Les Corbeaux les abattaient un par un, Shifter après Shifter. Bientôt, ils seraient tous morts.

À quoi bon se battre ? Il ne voulait plus jamais bouger. Il voulait demeurer là, dans ce puits qui s'assombrissait lentement.

Il voulait rester là pour toujours.

Un craquement résonna sur sa gauche. Michaël tourna la tête. Une fissure s'élargissait lentement au milieu de la paroi. Il la regarda, comme hypnotisé, alors que la température baissait imperceptiblement, engourdissant ses membres. Il cligna des yeux et se demanda s'il avait toute sa raison. Peut-être était-il en train d'halluciner, à cause du choc. Cette paroi qui s'ouvrait devant lui, c'était un spectacle irréel. Irrationnel. Mais il n'avait même plus envie de savoir, de comprendre.

Il poussa un long soupir.

112.

— Il n'y a personne, souffla Laura. Où sont-ils tous passés ?

Ils marchaient dans le noir – Tariq, Laura, les cinq Shifters – au milieu des corps ensanglantés. Seule, la lueur fluctuante de quelques ordinateurs, de quelques néons perçait parfois cette obscurité étrange, artificielle. Plus un bruit.

— Peut-être que c'est un piège, murmura Tariq. Peut-être que les Corbeaux sont cachés quelque part… à nous attendre…

Mais ils n'y croyaient ni l'un ni l'autre.

Par contre, ils sentaient.

Quelque chose vient.

Quelque chose, tout près…

Une terreur inexplicable monta en eux, comme une vague soudaine et invisible.

— Par ici ! s'écria Laura.

La porte de la cage d'escalier était ouverte. Ils s'y précipitèrent et montèrent les marches quatre à quatre, faisant fi de toute précaution.

113.

Mandeville raccrocha son téléphone et fixa le vide un moment. Les mauvaises nouvelles pleuvaient, les unes après les autres, comme une cascade vicieuse.

Il était de retour à son bureau, submergé par les appels, les e-mails, les fax, les courbes, les statistiques... Six nouvelles fissures mineures avaient été détectées. Les occupants de la clinique de l'Arc-en-ciel s'étaient révoltés ; un bon nombre d'agents avaient été tués ; et l'ordre d'évacuation avait été donné trop tôt par le leader de la première équipe. Des employés avaient réussi à s'échapper. Des employés qui allaient, bien sûr, alerter la police. Il allait falloir les traquer, acheter leurs témoignages, étouffer les retombées, obtenir encore une fois la collaboration du ministre français.

La seule bonne nouvelle – si on pouvait l'appeler ainsi – était que la première fissure, celle qui entraînait toutes les autres, se stabilisait lentement. Dans une quinzaine de minutes, elle se refermerait.

La structure de la clinique était endommagée et le bâtiment menaçait de s'écrouler. Au fond, ce serait sans doute mieux ainsi.

Mandeville fit pivoter son fauteuil.

Il aurait dû être accablé. Il aurait dû être anéanti. Tout ce travail, cette prévention pour rien... Et pourtant, il ne l'était pas. Au contraire, une énergie insoupçonnée pulsait à présent dans ses veines.

Il était comme un général qui se prépare pour la guerre, pensa-t-il. Une guerre qu'il aurait tout fait pour éviter, pour prévenir. Mais maintenant que le conflit était là...

Maintenant qu'il était là, il allait falloir se battre.

Et Mandeville était prêt.

Il espérait seulement que ce serait la dernière fois. Et que, grâce à lui, cette chose que tous les initiés craignaient n'aurait pas lieu. Cette date fatidique, redoutée.

Le Shift.

114.

Dans le lointain, Michaël crut entendre la sonnerie d'un téléphone. Si faible. Si distante. Il se refusa toutefois à bouger, à ouvrir les yeux. D'ailleurs, ce n'était sans doute qu'une illusion. Cela faisait plusieurs minutes qu'il flottait dans un demi-rêve, dans une eau noire où nageait quelque chose de plus noir encore.

Je serre sa paume contre la mienne. Mes yeux toujours fermés. Nos doigts se croisent. Et puis je lui demande :

— Qui es-tu ?

J'ouvre les paupières et la première chose que je vois, c'est son regard. Ses yeux plongent dans les miens. C'est comme si elle voyait à travers moi. Elle semble me connaître déjà.

— Je m'appelle Claire, dit-elle.

La fille aux cheveux rouges. Elle se penche, met sa main sur ma joue d'un geste si tendre, et murmure :

— Ne meurs pas. Nous avons besoin de toi.

Ce fut comme un électrochoc. Michaël sortit de son rêve et ouvrit les yeux, le cœur battant.

L'obscurité était opaque, presque tangible. Il n'y avait plus un bruit – plus de détonations, plus de cris, plus rien, hormis les chocs légers des morceaux de plâtre et de pierre qui pleuvaient sur le sol. *Le mur tombe en morceaux, tout tombe en morceaux*, pensa le garçon, mais même cette idée ne suffisait pas à le tirer de sa torpeur. Le froid le transperçait, décuplant la souffrance de sa chute. Tout son corps hurlait. Et ce téléphone, qui sonnait, sonnait toujours… De plus en plus proche. Près de lui. Sur lui.

Il glissa la main dans sa poche et attrapa péniblement son portable. Le moindre geste était douloureux. Les larmes coulaient sur ses joues, la migraine battait contre ses tempes.

— Laura ? murmura-t-il.

Ce n'était pas Laura.

La connexion était mauvaise, les mots sautaient, incompréhensibles, mais la voix était masculine, jeune, ferme.

— Michaël. Tu dois sortir d'ici.

— DK-Lion ?

La réponse fut inaudible, mais Michaël entendit « partir » et « Corbeaux ».

Il eut un petit rire désespéré.

— Il est trop tard pour moi, murmura-t-il. J'ai fait tuer… Mon ami… Il s'est fait assassiner…

— Beaucoup de mes amis sont morts, dit la voix au téléphone. Et j'ai continué quand même. Les hommes de la Compagnie ont quitté les lieux. Tu vas pouvoir te frayer un chemin dehors…

Michaël rassembla son courage et se redressa. Les muscles de son dos, tout son corps protesta, mais il n'y prêta pas attention.

— Tu es ici ? demanda-t-il. Ici, dans la clinique ?

— Oui. Tout en haut. Je suis venu récupérer des données. Nous en avons besoin. Beaucoup d'existences sont en jeu.

Michaël ne répondit pas. Le calme, la résolution de son interlocuteur le sortaient lentement de son cauchemar. C'était comme si la voix au téléphone était une lame de réalité et de force qui tranchait à travers le noir, la souffrance, le froid.

— Tu as perdu un ami, reprit la voix. Mais tu en as d'autres autour de toi. D'autres raisons de vivre, de te battre. Le désespoir, c'est égoïste. Tu es important. Pour nous tous.

— Attends, dit Michaël, tâtant l'obscurité autour de lui, cherchant à se relever. Quoi ? En haut ? Quelles données ?

La communication s'interrompit.

Michaël hésita, puis il parvint à se redresser complètement. Il fit bouger ses mains, ses pieds. Rien de cassé. Il avait horriblement mal, sa tête tournait, il avait la nausée… mais ses membres étaient intacts. De nouveau il tâta les parois, chercha quelque chose à quoi s'accrocher. Ses doigts rencontrèrent un barreau en métal – sans doute l'échelle que Ben avait repérée…

Ben. Les mains de Michaël tremblaient. Il resta immobile un moment ; il ne fallait pas qu'il y pense, sinon il allait de nouveau plonger, retomber dans ce gouffre. DK-Lion – c'était forcément lui – avait raison. Il devait se battre.

Soudain, il lui sembla que, derrière lui, quelque chose se mouvait dans les ténèbres.

Absurde. Malgré tout ce qu'il avait vécu, il restait quand même, en lui, un vrai fond de rationalité. Il n'était plus un enfant, il savait qu'il n'existait pas de monstres cachés dans le noir. Lentement, il posa le pied sur un échelon. La douleur lui arracha un cri.

Il n'y arriverait jamais. Posant son front sur le mur qui s'effritait, il sentit son esprit repartir, mêlant la réalité et le rêve. L'impression étrange s'amplifia. Quelque chose se dressait dans l'obscurité et s'approchait… Une forme noire, indistincte. Cette fois, il fut certain que c'était là. Bien réel.

Un échelon de plus…

La chose était tout près maintenant.

Il tenta de se raccrocher à la réalité. Ce qui comptait. Les gens qui comptaient. Laura et sa mère, et Tariq, et la mystérieuse Claire, et ce fameux DK-Lion… Et puis les autres, tous les autres comme lui, comme Laura, tous ces inconnus encore à découvrir – les Shifters – et il se répéta les noms, un par un, *Laura*, *Tariq*, *Claire*, et à chaque nouveau nom, il montait un nouvel échelon, grimpant vers la lumière, hors de la nappe d'obscurité et de désespoir.

115.

Sébastien remit son PDA dans sa poche, frustré. Il avait essayé plusieurs fois de rappeler Michaël, sans succès. Le réseau fluctuait toujours, de manière anarchique, inquiétante.

Gravissant les dernières marches, il arriva au bureau du docteur Roger.

Le directeur de la clinique était mort et personne n'avait pris la peine d'emporter son corps, mais à cette exception près, l'endroit était impeccable. Les fissures n'avaient pas atteint le dernier étage et la pièce paraissait une oasis de luxe et de paix. Les lueurs du soleil levant filtraient à travers le dôme, une brise légère faisait frémir les plantes de la terrasse. Une pipe reposait sur la table, des statuettes africaines décoraient les étagères.

Sébastien alluma les deux ordinateurs, inséra ses clefs USB et lança ses programmes d'intrusion. Les puissants logiciels firent rapidement tomber les sécurités du système. Il accéda au disque dur puis au réseau interne de la clinique et fouilla les répertoires disponibles. *Là.* Les dossiers, les archives. Tout ce dont il avait besoin.

Il commença à copier les fichiers. L'opération demanderait une dizaine de minutes, tout au plus. Sébastien en profita pour étudier les documents qui traînaient sur le bureau, utilisant le fax pour photocopier ce qui lui paraissait intéressant.

Posé sur un coin de la table, comme s'il avait été jeté là lors d'un moment d'inattention, se trouvait un dossier jaune vif, intitulé « Profil psychologique de DK-Lion ». Sébastien jeta un coup d'œil à la copie en cours – encore sept minutes – puis il ouvrit le dossier et parcourut le texte, amusé. *Pas mal, pas mal. Si on excepte deux ou trois erreurs, dont une majeure…*

Un léger bruit résonna dans la pièce voisine. Sébastien reposa le dossier. Au même instant, sur l'écran, la copie s'arrêta brusquement, affichant un message d'erreur.

Merde !

Un nouveau bruit…

Il saisit son taser et avança à pas de loup vers le palier. Glissant le long du mur, le dos plaqué à la paroi, il jeta un coup d'œil discret par la porte du bureau adjacent.

Un homme en costume gris finissait de ranger des dossiers dans une mallette.

Merde, merde, merde et merde ! Pourquoi ne l'avait-il pas entendu plus tôt ? Peut-être était-il dans le petit cabinet attenant.

Un téléphone sonna, l'homme répondit :

— Ici Marciac. Oui. Oui. Entendu. Dans dix minutes.

Sébastien fit un pas sur le côté. L'homme était armé. Pas d'un taser ni d'une simple matraque. Non. Un automatique.

Et la copie des fichiers qui était bloquée, là-bas…

Surtout, garder son calme.

Ils ne m'auront pas. Ils ne m'auront jamais, se répéta-t-il. Il allait trouver une solution. Il en trouvait toujours.

116.

Michaël accéléra le rythme de son ascension. Ses pas claquaient contre les échelons métalliques, mais cela n'avait plus d'importance. Il n'y avait probablement plus personne pour l'entendre, maintenant. Des courants d'air glacé parcouraient le bâtiment.

À bout de forces, il arriva enfin au rez-de-chaussée, se hissa hors de la cage d'ascenseur et s'écroula sur le sol du hall. Sa poitrine se soulevait au rythme de sa respiration.

Le calme était retombé sur l'édifice.

Et maintenant ? Qu'allait-il se passer ? La clinique était pleine de cadavres... Pleine d'indices. La Compagnie allait sûrement faire disparaître tout ça. Éliminer les preuves. Dans quelques minutes, quelques heures, ils viendraient... Quoi ? Tout brûler ?

Le portable sonna. Un numéro inconnu.

— Michaël ? dit une voix familière.

Merveilleusement, magnifiquement familière.

Il poussa un long soupir de soulagement, incrédule.

— Laura ! balbutia-t-il, et des larmes montèrent aussitôt à ses paupières. Où... Où es-tu ?

— Dehors. Nous sommes dehors, Michaël ! Nous nous sommes enfuis de la clinique, Tariq et moi, c'est une longue histoire, il y avait des tueurs, et... Oh mon Dieu, Michaël, tellement de morts... Tu ne peux pas imaginer... Une telle horreur.

Michaël ferma les yeux sans répondre. Si, il pouvait très bien imaginer.

— J'appelle d'une cabine, continua Laura sans faire de pause, sans même reprendre sa respiration, tu devais être fou d'inquiétude... J'ai perdu mon portable, je te raconterai, on arrive, Tariq et moi, le plus vite possible, on va faire comme la dernière fois, pour ne pas être suivis, on va faire des tas de détours mais on vient, ne bouge pas de l'appartement, tu es bien à l'appartement, hein ? Avec Ben ?

Michaël soupira.

Qu'allait-il répondre ? Que pouvait-il répondre ?

Non, Laura, je ne suis pas à l'appartement. Je suis à la

clinique. Je suis parti te sauver, en compagnie de Ben, et je n'ai pas réussi, parce que tu t'es sauvée toute seule (et tu as aussi sauvé Tariq, tu n'avais pas besoin de moi. En vérité, as-tu jamais eu besoin de moi ?). Et Ben est mort, par ma faute, alors qu'il voulait partir.

Et je l'en ai empêché.

Tout cela pour une tentative inutile.

Pour rien.

— Oui, je suis à l'appartement, mentit-il, d'un ton infiniment las.

Il expliquerait plus tard... Il n'avait pas le choix, il serait bien obligé d'expliquer, de raconter, mais pas maintenant.

— On arrive ! répéta Laura, avant de raccrocher.

Le silence retomba dans le hall de la clinique.

Michaël ne bougea pas.

Je ne sers à rien, pensa-t-il. Depuis le début de ce drame... depuis que les Corbeaux étaient arrivés à l'orphelinat, qu'avait-il accompli, vraiment ? À part quelques recherches sur Internet...

Cette clinique, tous ces risques, tous ces morts. *Pour rien.*

Tournant la tête, il vit l'escalier qui montait vers les étages supérieurs.

Vers le bureau du directeur.

Tout en haut, avait dit la voix mystérieuse au téléphone... *Je suis venu récupérer des données. Nous en avons besoin. Beaucoup d'existences sont en jeu.*

Michaël se releva doucement.

Beaucoup d'existences sont en jeu.

Il avait toujours mal, mal partout. Sa tête n'était que souffrance. Et il était fatigué... jamais, de sa vie, il n'avait été si épuisé. Pourtant, lentement, il s'engagea dans l'escalier.

Il monta une marche, puis une deuxième, accéléra progressivement le rythme de son ascension. Ses poumons le faisaient souffrir, irrités. Il fit une pause au premier étage, puis une autre, un peu plus haut. Toujours ce silence, pesant, inquiétant. On n'entendait plus que le grésillement des néons.

Enfin, il arriva en haut des marches. L'escalier s'ouvrait sur un couloir. Au bout, deux pièces étaient encore allumées.

Michaël, comme un automate, traversa le corridor.

Dans la première salle, personne. Dans la seconde, il découvrit deux corps. Le premier était celui d'un homme âgé d'une cinquantaine d'années. Étendu par terre, il tenait encore un micro dans les mains. Le second était celui d'un adolescent aux cheveux roux et aux yeux gris écarquillés de surprise.

Il avait été abattu d'une balle dans la tête.

Le jumeau ne douta pas un instant de son identité. Devant lui, gisait celui qui l'avait appelé dans la cabine de l'ascenseur. Celui qui lui avait dit de sortir, de ne pas se laisser aller au désespoir. DK-Lion ? Sûrement.

Michaël l'avait tant cherché.

Et aujourd'hui, il était mort.

Sa gorge se noua, mais il tenta de contenir son émotion, ses regrets. Ce n'était pas le moment, et ce n'était pas ce que le garçon aux yeux gris aurait voulu.

Il enjamba le cadavre. Voyant l'écran bleu avec un message d'erreur, il fut attiré par l'ordinateur, au milieu du bureau. Sur sa façade, deux clefs USB clignotaient.

Michaël se pencha sur l'ordinateur et commença à taper. Rapidement, il comprit : DK-Lion n'avait pas eu le temps de finir de copier les données de la clinique. Il s'assit sur le fauteuil et se mit au travail. Deux minutes plus tard, le transfert se remit en route.

Quand tous les fichiers furent copiés, Michaël récupéra les clefs.

— Tu ne seras pas mort pour rien, murmura-t-il en observant le garçon à ses pieds.

Et Ben non plus.

Son regard se posa sur la fenêtre. Dehors, au niveau de la rue, un gros camion noir venait de se garer juste devant l'entrée. Des hommes en sortirent, déballant des caisses, déroulant des fils.

Michaël n'hésita pas une seconde de plus. Il se précipita dans les escaliers, dévala les marches jusqu'en bas et reprit le chemin par lequel il était entré, à travers l'entrepôt.

Quelques minutes plus tard, dégoulinant de sueur, les jambes tremblantes, il était dehors.

Il marchait à grands pas dans les rues d'Aubervilliers quand il entendit la déflagration étourdissante qui secoua tout le quartier. Les murs des hauts immeubles s'allumèrent du rouge d'un immense brasier, et bientôt le ciel s'emplit d'une épaisse fumée noire.

117.

Plus que vingt-quatre jours…

… pensa l'être.

118.

28 MAI, PARIS, FRANCE.

Deux jours après la destruction de la clinique, une brise légère faisait frémir les feuilles des platanes parisiens.

Au troisième étage du musée Carnavalet, les cupidons du XVIIe siècle se tordaient en bas-relief au plafond, languissant sous leurs feuilles d'or, entourés de mosaïques précieuses. Les bonbonnières, les commodes de Louvois, les tables Louis XV, incrustées de marbre et de jade, croulaient sous les bibelots précieux. Une statuette en porcelaine, représentant Prométhée attaché à sa montagne, le foie dévoré par des oiseaux cruels, était posée sur un secrétaire.

Laura et Michaël étaient assis, très droits, sur une bergère tendue de soie pourpre. Devant eux, sur une desserte, deux tasses de thé refroidissaient devant une assiette de petits fours et une pyramide de minuscules sandwichs coupés en triangle.

Ils attendaient. Ils attendaient et ils espéraient.

Les terribles événements des derniers jours avaient laissé des traces. La mort de Ben, celle de Sébastien, le massacre de la clinique… La vie, pour eux, ne serait plus jamais la même. Ils étaient entrés dans une nouvelle réalité, sombre et violente, dont ils savaient qu'ils ne ressortiraient pas, dont ils ne guériraient jamais. Et il subsistait tant de questions.

D'ailleurs, ils en avaient assez peu parlé. Après avoir échangé les informations nécessaires, Tariq, Laura et Michaël s'étaient terrés dans l'appartement de Ménilmontant ; ils avaient dormi, pleuré beaucoup, cherché à comprendre… Mais parlé, non. Qu'y avait-il à dire ?

La seule lueur d'espoir était ici. Dans cet instant.

Laura et Michaël allaient retrouver leur mère.

Ce serait pour eux l'occasion d'y voir plus clair, mais surtout de trouver un réconfort, un pilier et un peu de cette affection dont ils manquaient, livrés à eux-mêmes depuis si longtemps.

Le café du musée était presque toujours désert. Michaël avait organisé le rendez-vous avec une extrême prudence. Leur mère avait déposé une première proposition de lieu et de date à la consigne, Michaël avait répondu par une autre, puis il avait laissé à Fiona Forbes un nouveau numéro de téléphone sur lequel, au tout dernier moment, Tariq avait enregistré de nouvelles instructions. De vrais professionnels. Ils n'avaient pris aucun risque.

Laura pouvait ressentir la peur qu'éprouvait Michaël. Une peur profonde et silencieuse.

Depuis la mort de Ben, il ne voulait plus mettre personne en danger. Par-dessus tout, il craignait que, toute à sa joie d'aller les rejoindre, Fiona Forbes ne prenne pas les précautions nécessaires… ou qu'eux-mêmes ne se fassent suivre et que, par leur faute, les Corbeaux ne la retrouvent. Fiona avait survécu dix ans à la traque de la Compagnie. Il ne voulait pas qu'elle se fasse capturer à cause d'eux.

Laura observa son jumeau. Il avait des cernes sous les yeux, mais il paraissait calme, posé.

— Comment te sens-tu ? chuchota-t-elle.

Il lui sourit – un sourire pâle et triste, mais un sourire tout de même.

— Mieux.

— Ça se voit. Les deux derniers jours…

Laura s'interrompit, puis reprit :

— Michaël, je vais te dire quelque chose mais ça va te paraître ridicule. Promets-moi de ne pas te moquer.

Michaël fronça les sourcils.

— Ne pas me moquer de ma propre sœur ? Je ne puis rien promettre, il y aurait trop de chances pour que je me parjure.

— Tu vois, tu vas mieux, dit Laura avec un petit rire. Tu fais de nouveau des phrases impossibles…

— Impossibles ? J'ai simplement utilisé un conditionnel ! protesta son frère. Ce n'est pas difficile, tu sais ! Tu devrais réviser tes conjugaisons… Enfin, quand je dis « réviser », encore faudrait-il que tu les aies apprises un jour, et ça, ma chère sœur, c'est une utilisation du subjonctif, et…

— Michaël.

— Oui ?

— Je suis fière de toi.

Il y eut un silence. Les jumeaux se regardèrent un moment, puis Michaël baissa la tête.

— À Coudray, reprit Laura, j'étais la plus forte, et toi tu étais… Enfin, tu te souviens, quand Alexandre te faisait peur ? Je veux dire… *Alexandre ?*

— Alexandre… Oui. C'était une autre vie, murmura le garçon.

Un nouveau silence. Michaël jeta un bref coup d'œil autour de lui, puis dit à mi-voix :

— J'ai rêvé, cette nuit.

Laura se rapprocha :

— De quoi ?

— J'ai rêvé de Clai... De la jeune fille aux cheveux rouges. Elle marchait et ils la suivaient tous... Les adolescents que j'ai vus à la mosquée, et toi, et Tariq, et moi, et... Et Ben, et Sébastien...

Laura sentit sa gorge se serrer à la mention de Sébastien.

— Et ?

— Et ce n'était pas triste, continua Michaël – mais son sourire était un peu forcé. En fait, j'ai réalisé...

Il hésita, puis reprit :

— À ton tour de ne pas te moquer, parce que moi aussi, j'ai peur de te paraître ridicule. J'ai réalisé... que c'était une guerre. Une guerre dont les mobiles nous échappent, mais dont je sais que la cause est juste. Nous contre eux. Nous, contre la Compagnie.

Laura acquiesça.

— Ce n'est pas ridicule du tout.

— Et nous devons être prêts, dit Michaël.

Laura lui prit la main et ils restèrent immobiles, assis bien au centre de la bergère de soie.

— Nous le sommes, mon petit Einstein.

Elle se serra contre lui.

119.

Dans les journaux français, cette semaine-là, on parlait, en troisième ou quatrième page, de la destruction d'un immeuble dans un terrain vague d'Aubervilliers, organisée en toute urgence par la mairie de Paris. L'immeuble, occupé de manière provisoire par des services médicaux, était – selon la version officielle – complètement insalubre et promis à une élimination prochaine ; une fuite de gaz dangereuse avait précipité la décision.

Rien de plus.

Une centaine d'appels désespérés à la police avaient été enregistrés cette nuit-là et quelques plaintes déposées, mais il n'y avait eu, étrangement, aucune investigation. Aucune enquête. La plupart des témoins s'étaient spontanément retirés. Certains avaient assuré avoir entendu des coups de feu. On n'avait pas donné suite.

Mandeville referma le quotidien avec un soupir de soulagement. Ses services avaient agi de manière rapide et efficace. L'événement aurait pu avoir des conséquences bien plus néfastes. En outre, le choc de l'explosion avait refermé les failles. Toutefois, ils étaient intervenus un peu tard, et il espérait que *rien* n'était entré…

— Un appel pour vous sur la ligne 1, monsieur le président, annonça la voix de sa secrétaire dans le petit haut-parleur.

Mandeville prit la communication. Il reconnut aussitôt le timbre aigu de sa directrice informatique, une femme désagréable que Marciac lui-même trouvait difficile à vivre. Mais la directrice était aussi un bourreau de travail, d'une rigueur et d'une énergie peu communes, et Mandeville respectait son intelligence.

Comme souvent, la femme sauta les formules de politesse pour aller droit au but, expliquant qu'il y avait eu une intrusion dans le réseau de la Compagnie, à partir du poste du docteur Roger à la clinique.

— Une intrusion ? répéta Mandeville, mécontent. Quelque chose a été pris ?

— Quelqu'un a effectué une copie de toute une série de dossiers cryptés, expliqua la directrice.

— Qu'y avait-il dans ces dossiers ?

— Les fiches des Shifters que nous avions réussi à établir, expliqua la femme.

Mandeville laissa échapper un juron furieux.

— Ainsi que les arbres généalogiques. Et puis les archives sur le *Sub Basement 13* et les détails de l'opération du même nom…

Mandeville ravala sa colère. Quand il y a une mauvaise nouvelle, on ne s'en prend pas au messager, c'est une des premières lois du management.

— Bien. Merci de m'avoir prévenu, réussit-il à articuler après une longue minute de silence. Les dossiers sont cryptés, vous dites ?

— Oui. Et c'est du sérieux. Avant qu'ils ne réussissent à craquer le code, il peut se passer un moment…

— Surtout depuis que leur hacker est mort, murmura Mandeville.

Marciac avait abattu le faux Sébastien Desclayes, alias DK-Lion, avant de quitter la clinique. Un peu par hasard, d'ailleurs – un hasard extrêmement bienvenu.

— Merci, répéta-t-il.

Son interlocutrice ne raccrocha pas. Après une courte hésitation, elle demanda :

— Il paraît que Laura Forbes se trouvait à l'intérieur de la clinique au moment de l'explosion ?

— Non. Elle s'est échappée.

— Oh, dit la femme, d'une voix déçue.

— Nous finirons par l'avoir. Nous avons de nouvelles informations et une opération est en cours.

— Parfait, conclut la directrice. Merci, monsieur.

Mandeville se pencha vers son écran et reprit son travail.

120.

La connexion Internet de l'orphelinat n'ayant toujours pas été rétablie – officiellement –, Clô avait fini par trouver une autre solution. Avec ce qui s'était passé l'autre jour, il était hors de question de retourner dans le « cybercafé » de Coudray. Même si elle n'était toujours pas complètement certaine que c'était bien elle qu'on avait pourchassée – peut-être s'était-elle fait des idées –, elle préférait ne pas prendre le moindre risque. Elle avait donc décidé de se rendre à la Poste. Il y avait là-bas un vieil ordinateur relié au Web et suffisamment de monde pour la rassurer.

La jeune fille se laissa glisser le long de l'enceinte en vieilles pierres. Faire le mur était devenu une habitude et elle avait amélioré sa technique. Ses pas résonnèrent dans la ruelle étroite à l'arrière de l'orphelinat. Voyant que la voie était libre, elle glissa son sac sur son épaule et se mit en route d'un pas rapide.

Elle était pressée de lire son courrier électronique. Elle espérait qu'un journaliste, enfin, aurait répondu à ses e-mails. Que quelqu'un se serait intéressé à son histoire. Un simple commentaire d'un inconnu sur son blog aurait suffi à lui donner une petite lueur d'espoir. Laura et Michaël avaient disparu depuis trop longtemps et la vérité n'avait toujours pas éclaté au grand jour. Une chose était sûre :

des gens – avec le bras long – s'efforçaient d'étouffer l'affaire. Mais elle n'abandonnerait pas pour autant. Elle en avait fait son seul but, sa mission.

Laura lui manquait tellement ! Plus rien n'était pareil, depuis la disparition des jumeaux. La joie, les rires avaient déserté sa vie. À vrai dire, plus personne, à l'orphelinat, n'avait vraiment le cœur à s'amuser. Les jours se ressemblaient, longs, tristes et inquiétants. Et ce silence ! Ce silence gêné des élèves comme des professeurs devenait tout simplement insupportable.

Clô serra son iPod dans son poing au fond de la poche de son jean. Le petit appareil électronique, et tous les souvenirs qu'il évoquait, était à présent son seul véritable lien avec Laura. Chaque fois qu'elle le touchait, chaque fois qu'elle glissait les écouteurs dans ses oreilles, elle ne pouvait s'empêcher de se remémorer les longues heures qu'elles avaient passées ensemble à partager, souvent en cachette, leur amour de la musique. Et quand le lecteur, par hasard, tombait sur *Bliss*, le morceau du groupe Muse qu'elles affectionnaient tant et qu'elles avaient mille fois écouté, allongées dans un coin de la cour, elle ne pouvait retenir les larmes silencieuses qui montaient à ses paupières. Elle se sentait parfois un peu ridicule, mais c'était plus fort qu'elle. La musique, souvent, est la plus amère des madeleines de Proust.

Clô avala sa salive, comme pour chasser la boule douloureuse qui lui entravait la gorge, puis elle sortit la main de sa poche et porta le petit casque à ses oreilles. Elle parcourut la liste des artistes enregistrés dans l'appareil, évita soigneusement le trio britannique et lança un vieil album de

Led Zeppelin. Laura et elle portaient une admiration sans borne à ce groupe mythique que, toute leur vie, comme elles étaient nées au moins trente ans trop tard, elles regretteraient de n'avoir pu voir sur scène. Clô conservait dans sa petite chambre un poster du chanteur Robert Plant qu'elle avait récupéré chez son frère aîné, et elle avait un jour avoué à son amie qu'elle avait éprouvé son premier émoi amoureux – ce n'était pas exactement ses termes – devant la chevelure blonde ébouriffée de ce rockeur à l'androgynie terriblement sexy.

Un sourire se dessina sur son visage dès les premières notes de guitare.

Et puis, soudain, au bout de la ruelle, alors que son esprit voguait déjà dans les nappes cotonneuses d'une ballade folk, elle sentit des mains la saisir à l'épaule et se refermer sur elle jusqu'à lui faire mal.

La jeune fille n'eut pas le temps de se retourner. Ni même de crier.

Une aiguille s'enfonça dans sa gorge. Elle sentit la brûlure du liquide qui coulait sous sa peau. Et l'instant d'après, elle s'écroula, inconsciente.

121.

Une voix féminine résonna à l'étage inférieur du musée.

— Au troisième étage ? D'accord, merci beaucoup…

— Vous avez rendez-vous avec deux adolescents ? disait l'employé qui, plus tôt, avait reçu Michaël et Laura. En arrivant, ils m'ont dit qu'ils attendaient quelqu'un… Une femme…

— Oui, c'est… C'est ça. Au troisième étage, donc. Au troisième, répéta la voix, enrouée d'émotion.

Des pas montèrent l'escalier.

Michaël et Laura se levèrent, le ventre noué, le corps tremblant. Ils se tenaient toujours la main. Leur cœur battait à tout rompre. Debout, devant la bergère, ils attendirent que la femme apparaisse. Celle qu'ils attendaient depuis si longtemps. Depuis toujours, au fond.

Et puis, enfin, dans la lumière artificielle, ils la virent.

Fiona Forbes.

Leur mère.

Elle était grande et fine, des cheveux châtain clair, presque blonds, des yeux gris d'une grande beauté, embués par l'émotion. Elle était élégante, délicate, elle ressemblait à une femme du monde, une femme qui a réussi. Mais il y avait sur son visage beaucoup de tendresse, aussi. Une mère idéale, en somme.

Le cœur de Laura s'emballa. C'était elle, c'était bien elle, la même femme que sur les photos, la même femme que dans ses souvenirs – des souvenirs qui renaissaient à présent, comme une cascade émergeant de la brume du passé. Leur mère qui les poussait sur une balançoire, qui riait dans le jardin, un anniversaire, des vacances, un livre lu le soir au bord du lit…

À l'idée de la retrouver, Laura avait eu un doute – qu'elle n'avait jamais avoué à Michaël, mais peut-être avait-il eu le même… Les pensées de Laura s'embrouillaient, les idées, les émotions s'entrechoquaient. Oui, un doute… Laura avait pensé que peut-être il s'agissait d'un piège, que la femme qui allait venir ne serait pas leur mère, mais un imposteur envoyé par la Compagnie…

Mais ce doute était oublié, à présent.

C'était elle. Laura le savait. Elle le *sentait*, au plus profond d'elle-même.

La jumelle fit un pas en avant. Les larmes de Fiona Forbes coulaient sur ses joues. Elle enlaça sa fille, et Laura éclata en sanglots, tandis que Michaël restait derrière, incapable de bouger.

— Tu n'as pas changé, Laura, balbutia sa mère, riant et pleurant à la fois, lui caressant les cheveux. Enfin, qu'est-ce que je raconte, évidemment que tu as changé…

La jumelle bredouilla des paroles incohérentes, sa mère la couvrit de baisers, tandis que Michaël restait toujours figé d'émotion. Essuyant ses larmes, Fiona Forbes se détacha tendrement de Laura, puis avança vers son fils.

122.

Claire se réveilla dans un sursaut d'horreur.

Elle s'était endormie sur le divan du squat, près de la porte de Clichy. Après une nuit passée à travailler sur l'ordinateur, ses yeux étaient rougis de fatigue, elle les avait fermés pour quelques instants seulement et maintenant…

Sa respiration était courte, elle lutta pour reprendre son calme… mais elle frissonnait, épouvantée.

— Michaël, souffla-t-elle. Michaël…

— Claire ? demanda l'une des Shifters du groupe, accourant à ses côtés. Ça ne va pas ?

— Qu'est-ce qui se passe ? s'enquit un autre hacker de l'équipe, de l'autre côté de la salle.

— C'est DK-Lion, murmura sa voisine, une nouvelle

venue, recrutée pendant la panique de la mosquée. Je veux dire… c'est Claire. Elle a fait un cauchemar.

— Elle n'arrête pas, depuis la disparition de Sébastien, expliqua le numéro deux du *Neverland Project*, un garçon portant un blouson de cuir noir et des grosses Doc – il était et son assistant le plus doué, son meilleur ami.

— Non… Ce n'est pas Sébastien, balbutia Claire, livide.

Elle se leva, arpenta la salle, sous les regards inquiets des autres. Les mains tremblantes, elle se massa les tempes, luttant contre les larmes…

— C'est Michaël. Michaël…

— Celui dont tu rêves… tout le temps ? demanda avec douceur la fille à ses côtés.

— Oui. Mon Dieu. Il y a… Un danger, murmura-t-elle. Il va… Il va mourir…

Claire, la véritable DK-Lion, leva la tête, contempla le squat, son installation, son équipe, ses compagnons les plus fidèles, tout ce dont elle était si fière, tout ce qu'elle avait mis des années à monter.

Et soudain, plus rien n'avait d'importance. Le monde était devenu gris. Elle répéta, très bas :

— Nous devons faire quelque chose. Michaël va mourir.

123.

— Vous n'avez changé ni l'un ni l'autre, disait Fiona, tremblante. Michaël, tu es le portrait de ton père. Le même regard…

Fiona détourna brusquement les yeux, comme si cette

ressemblance était trop pénible à contempler. Une gêne s'installa – Michaël n'osait toujours pas bouger, et de son côté Fiona semblait ne pas pouvoir se résoudre à le toucher.

C'est trop dur pour elle, pensa Laura. *Michaël est l'image de l'homme qu'elle aimait, qui est mort devant ses yeux, dans l'accident…*

Fiona regarda autour d'elle, étudiant la pièce, les meubles, les bibelots.

— Merci pour ta lettre, maman, déclara Laura un peu bêtement, pour briser le malaise qui s'installait. Elle a été… pour nous, comme un miracle, tu ne peux pas imaginer. Quand tu nous as dit… qu'il fallait que nous n'ayons jamais peur de qui nous étions…

— Oui, répondit Fiona.

Sa voix était si enrouée qu'elle pouvait à peine parler et elle ne croisait toujours pas le regard de Michaël.

Conscient de l'hésitation de sa mère, le garçon pâlissait à vue d'œil.

Mais qu'est-ce que tu fais, maman ? pensa Laura, devinant la détresse croissante de son frère. *Embrasse ton fils ! Embrasse ton fils !*

— Quand j'ai écrit cette lettre, dit Fiona, caressant distraitement la statuette de Prométhée qui était posée à côté d'elle, je… Il y a tant d'éléments que j'ignorais. Maintenant… Maintenant j'en sais plus, et…

Elle a des cernes, réalisa Laura. *Des cernes creusés par des nuits d'angoisse, sans doute… D'angoisse et de… remords ?*

— Parfois, il y a des décisions à prendre, continua Fiona… D'abominables décisions.

Et puis elle se retourna. Elle se retourna d'un coup et ferma ses yeux mouillés de larmes.

Le cœur de Laura s'emballa. *Qu'est-ce qu'elle fait ? Pourquoi elle se retourne ?* Un affreux pressentiment la saisit ; elle fit un pas vers son frère, incapable de parler, incapable de prévenir…

De toute manière, il était trop tard.

Une petite lumière rouge était apparue sur la poitrine de Michaël.

Celui-ci baissa les yeux. Puis il releva lentement la tête. Il adressa à sa sœur un sourire triste et résigné.

Le coup de feu résonna sous les plafonds du musée.

La balle atteignit Michaël en pleine poitrine.

À SUIVRE…

Photocomposition Nord Compo
Villeneuve-d'Ascq

Dépôt légal : novembre 2010
ISBN : 978-2-35756-027-7
Achevé d'imprimer en octobre 2010
par Glénat Production en UE